南沙, 通江达海向世界

练行村　主编

广州文学艺术创作研究院
优创计划资助

SPM
南方传媒 | 广东人民出版社
·广州·

图书在版编目（CIP）数据

南沙，通江达海向世界 / 练行村主编 . —广州：广东人民出版
社，2023.12
　　ISBN 978-7-218-17067-1

　　Ⅰ . ①南⋯　Ⅱ . ①练⋯　Ⅲ . ①散文集—中国—当代　Ⅳ . ①I267

中国国家版本馆CIP数据核字（2023）第211447号

NANSHA, TONGJIANG DAHAI XIANG SHIJIE

南沙，通江达海向世界

练行村　主编

出 版 人：肖风华

责任编辑：赵瑞艳
责任技编：吴彦斌　周星奎

出版发行：广东人民出版社
地　　址：广州市越秀区大沙头四马路 10 号（邮政编码：510199）
电　　话：（020）85716809（总编室）
传　　真：（020）83289585
网　　址：http://www.gdpph.com
印　　刷：广州市豪威彩色印务有限公司
开　　本：787 毫米 × 1092 毫米　1/16
印　　张：15　　字　　数：180 千
版　　次：2023 年 12 月第 1 版
印　　次：2023 年 12 月第 1 次印刷
定　　价：88.00 元

如发现印装质量问题，影响阅读，请与出版社（020-87712513）联系调换。
售书热线：（020）87717307

前言
preface

　　"海也者，能发人进取之雄心者也……故久于海上者，能使其精神，日以勇猛，日以高尚，此古来濒海之民，所以比于陆居者，活气较胜，进取较锐。"在中国近现代史中有着深远影响的梁启超先生，给予了海洋以及居住在海边的人们极高的评价。

　　数千年来，广州乃至整个珠江三角洲地区的发展，就是水退、陆生、人进、城建的历史。遥望过去，在广州南边毗邻大海的南沙地区，最初仅有几座不高的山峰露出水面。那时的南沙仅仅是一个古海湾，海水连天，岛丘错落。经海洋平面几进几退变化，沙泥淤积，渐成洲坦。南沙先民很早就在这片岛丘、沙洲上生息、劳作。南沙街道鹿颈村出土的先秦遗址，揭示了距今三千多年前后南沙先民采用的农耕与渔猎相结合的生产方式和定居生活方式。

　　伟大的母亲河珠江，不但源源不断地为下游输送甘甜的河水，更是送来大量的泥沙。于是乎，日复一日，年复一年，广州市核心区域的河道逐渐收窄，渐渐有新的土地浮出水面。转眼又是千年已过，南沙伴随着淤积而成的大片陆地逐渐形成。那时中原动荡、战事频繁。

衣冠南渡、靖康之变、崖山之战、两王入粤，中华大地一次又一次承受着苦难，也给广东地区带来了越来越多的移民。随着社会和自然地理的长期发展演变，南沙及其辖境轮廓逐渐形成。而海洋文明与大陆文明在此激烈碰撞，在不断的冲突和融合当中，进而形成了南沙各地不同特色的民间习俗。

人们在这里安居乐业，围海造田，驾驶着一艘艘渔船在海面上来回穿梭。这片美丽的土地，不单单是一个鱼米之乡，更是通往广州黄埔港的必经之地。以哥德堡号为代表，无数来自中亚、西亚以及欧洲的商船，在无尽的汪洋大海上架设了被世人称颂的海上丝绸之路，谱写了一曲盛世赞歌。

为了保护"一口通商"并早已化身"天子南库"的广州，清政府在从虎门到广州城下的珠江水道上广设炮台，并且规定了严格的清关手续。沿途一座座巨大的炮台，不仅承担着守卫国门的任务，更是充当不同环节间的通信工具。但谁又能预料，仅仅百年后，鸦片战争的硝烟席卷了这片新生的热土。

中华人民共和国成立后，南沙这片沃土拥抱了五千多名从东南亚归来的同胞们。这些侨胞们用自己的双手开荒拓地，种植水稻、甘蔗等农作物，凭借辛劳的血汗和肥沃的土地，硬是将亩产提升到民国时期的一倍还多。

南沙地区水网密布，陆上交通极为不便。因此，南沙虽然拥有极为优越的地理位置，却无法施展。这种局面急需打破，可谁也意想不到拉开南沙开发新篇章的，不是车，不是轮渡，而是一艘从珠江上来的快艇。船上的人在南沙的滩涂上踩下了深深的脚印，也留下了大开发的雄心壮志。十余年间，一座座桥梁如同彩虹一般，横跨在一条条有名或无名的大小河流之上。虽不敢说从此天堑变通途，但也为南沙人翘首期盼的大发展扫除了地理障碍。

谁也想不到，传说中昔日张保仔藏宝之地的龙穴岛，竟然会摇身一变成为广州港中最新、最大的港口。多年来，庞大的进出口数据，早已让昔日辉煌的广州黄埔港不堪重负。河沙的淤积，让这个昔日面对浩瀚狮子洋的海港，变成一个内河港。为了延续梦想，汹涌的浪涛下，人们在龙穴岛外的海面下"愚公移山"，在偏远荒芜的龙穴岛上"挖空心思"，应对各种特殊地质条件带来的困难。所有的人都只有一个想法，那就是一定要为两千年经久不衰的广州海上丝绸之路传奇续写新的篇章。

当一切皆通之后，南沙正式进入快速发展和自我迭代时期。武林高手，讲究内外兼修。南沙作为广州走向世界的重要门户，肩负着国家级新区、粤港澳全面合作示范区和面向世界的重大战略性平台等重大使命任务。重任在肩，南沙人不敢有丝毫松懈，开始在国家的强有力支持下不断完善相关管理制度。截至2023年4月，南沙累计形成857项自贸区制度创新成果，在国家新区营商环境评价中排名前列。在投资贸易便利化方面，南沙推出了一系列先行先试的创新举措，口岸通关效率全国第一；在与港澳规则对接方面，搭建了面向粤港澳的服务平台和对接渠道，在建筑、交通、税务等6个领域实现职业资格认可。

有了强大内功的加持，南沙经济活力持续迸发，门户枢纽能级持续增强。2013年以来，南沙地区生产总值连续跨越两个千亿元大关，年均增速约10%，规模以上工业产值突破3800亿元，汽车高端装备等先进制造业持续壮大。第三代半导体、生物医药、商业航空、新型储能等新兴产业蓬勃发展，营商环境不断优化，落地《南沙方案》三项重磅财税政策，发布四链融合的政策体系和10项特色专项政策，推出"拿地即开工""无证明自贸区"的首创式改革品牌，形成857项自

贸区制度创新成果。截至2023年4月，南沙累计引进世界500强设立的投资项目已达241个。

可见的将来，南沙还将切实发挥粤港澳大湾区的枢纽作用，不断提升招商服务水平，强化政策兑现和要素保障，加速打造1个五千亿级、3个千亿级、若干个百亿级的产业集群，促进整个粤港澳大湾区的快速发展。未来可期。

翻开南沙的历史画卷，我们可以发现一部南沙史，既是一部开拓史，也是一部革命史，更是一部改革开放史。而这就是南沙的故事。

目录

南沙
序曲

罗铭恩

面向世界的南沙港

金秋，这里风景优美、气候宜人。白天，阳光把海岸照得金灿灿；夜晚，皓月把海水照得银闪闪。

在广州市南部的海湾，有一个深邃宽阔的海港——南沙港。南沙港坐落在广州市南沙区西岸龙穴岛，南向南海，东望深圳，西靠珠江三角洲腹地，位于珠三角地理几何中心，是广佛经济圈和珠三角西翼城市通向海洋的必由之路，方圆100公里内覆盖整个珠三角城市群，成为连接这个城市群的枢纽性节点。

南沙港自建港以来的10多年时间，已发展成为中国华南地区最大的深水港。何谓深水港？即水位在-15米以下的港口。目前世界上第六代集装箱船及万箱位船，其吃水至少-14米，如要进港系泊，当然要求航道水深和码头前沿水深均在-15米以下。也就是说，一个港口要想建成集装箱运输的枢纽港，必须要有深水航道和深水泊位。

令人惊叹的是，至2022年底，广州南沙港的出海航道水深已达-17米，深水泊位的水深也达到-15.5米。已建成6个15万吨级专业化集装箱泊位，20个10万吨级大型集装箱泊位，还配套36个"无水港"，64条"穿梭巴士"驳船支线，开辟外贸航线150条。2022年南沙港全年吞吐量实现1838.85万标准箱，助力整个广州港（黄埔港+南沙港）的吞吐量达到全球第五的水平。

高高的龙门吊，伸出了钢铁的臂膀，托举起辽阔的天空；静静的海岸线，拥抱着纷飞的浪花，呼唤着蔚蓝的大海。南沙港正以它巨大的动力，为世界释放出源源不断的能量！

起步

回忆，可以帮助我们还原事件的初始状态；回忆，可以成为人生美好的珍藏。

2004年，年过半百的广州港集团公司副总经理、总工程师吴君离开他奋斗多年的岗位，接过开发南沙港的重任。那时，南沙港选址在龙穴岛一侧，该岛没有桥梁可通往，岛上只有稀稀落落的人家。吴君被任命为南沙开发区建设指挥部副总指挥，开始了他职业生涯中最艰巨而又最光荣的拼搏。当他来到南沙的新垦镇，遥望海那边的龙穴岛时，只见白茫茫一片，连岛上的人影也看不见。而当他要前往龙穴岛时，必须穿上救生衣，乘坐小汽艇，穿过水流湍急的内河，然后再穿过一片开阔的海面。汽艇在波浪中行驶，颠簸得十分厉害，浪花把乘员的衣服都打湿了。吴君好不容易来到龙穴岛上，只见岛上荒芜一片。吴君并没有退缩，他深知开发南沙港的重要性。当时广州港没有建设大型的专业集装箱码头，广州港的出海航道跟不上船舶大型化发展的需要，以致大型船舶无法进港。建设南沙港，是广州港从河口港向海港发展的壮举。

在滔滔海水上兴建一个大港谈何容易，第一步就是要加固地基。南沙港所在的地域有着很厚的淤泥层，20多米的淤泥覆盖了一大片地带。如果解决不了这个难题，码头就会高低不平，车辆的运行和集装箱的安放也会受阻。指挥部经过周密研究，决定采用真空预压技术来进行填淤泥工程。技术人员首先在软土地基表面铺设砂垫层，然后打入排水板，埋设排水管道，接着用不透气的封闭膜使软土地与大气隔绝，最后通过吸水管道对软土地基进行抽真空，使地基得以最大限度的加固。作为新一代的软基加固方法，真空预压技术具有无污染、费用低、工期短、施工安全的优点，但做出如此大面积的推广应用，在当时还属先例。副总指挥吴君为了确保这种方法的安全性和实效性，率领设计和施工团队进行试验式的施工，收集数据，再次论证，摸索出了一套完全符合要求的可行性办法。

施工队在即将施放沉箱的关键时刻，出现了一个意想不到的问题，泥沙回淤因超过规定的标准而使工程无法进行。这时候冒出了两种不同意见，一种是暂停施工，另找对策；另一种是审视略为超标的回淤标准是否会影响安全性，如不影响就可继续施工。吴君苦苦思索，整个夜晚都睡不着觉，第二天上午，他又到施工现场反复观察，还是得不出结论。他忽然醒悟：要发挥集体的智慧，特别是要重视专家的意见。于是，当天下午就在指挥部召开了专家献策会议，这个会议从下午一直开到夜晚。当明月高挂中天，如银的月光洒满大地的时候，会议才宣告结束。有人戏称这次会议为"月光会议"，说那是"月光下的交心会"。会议中，专家们重新审视回淤标准，认为沙泥虽然有回淤，但不会出现颠覆性破坏的恶果，安全系数仍然是符合要求的。于是，他们重新设定了一个符合安全系数的新标准。为保证港区工程的稳固安全，每放一个沉箱，都会派潜水员下去取样，然后经设计、监理、施工单位一起确认样本不高于新标准，才能继续把沉箱放下去。

一个问题解决了，另一个问题又来了。填淤工程原设计使用的沉箱是980吨，这一规格的沉箱由于体积小、重量轻，入水时需要增加安装的数量，出水时还要增加繁琐的卸板工程。吴君又一次发挥团队的作用，召开由设计单位和施工团队参加的专业会议，决定把沉箱的重量增加至2237吨，这样就可以有效地解决沉箱一次出水的问题，也可以减少沉箱的下沉数量，同时大大地缩短工期。当然，采用大型沉箱施工的办法并非没有先例，中国的上海湾港口、渤海湾港口，已率先在国内的港口建设中使用大型沉箱。但对于华南沿海海域来说，在建港中使用如此大的沉箱尚属首次。而且这些"巨无霸"的运输也成了一个难题，因为从新沙镇的沉箱预制厂到南沙港的施工现场，相距20多公里，运送这些"巨无霸"需要一种特殊的海上运输工具。施工单位当机立断，委托沉箱预制厂制造两条半潜驳船，把这些"巨无霸"运送至南沙港。起运那天，两条半潜驳船就像两条小型的航空母舰，浩浩荡荡地沿着珠江口水道航行而来，那轰鸣的轮机声，像是一曲雄壮嘹亮的交响乐，伴和着珠江水的奔腾声，在水天之间，在云海之中，奏响了时代最昂扬的旋律。

拓展

2016年10月，南沙港深水航道拓宽工程在秋高气爽的时节中启动。历经三年多时间，至2020年7月30日完成。这项施工难度、投资金额为广州航道建设历史之最的疏浚工程，终于画上了一个圆满的句号。当"浚洋1号"耙吸船在珠江口画出该工程最后一条优美的航迹线时，南沙港深水航道拓宽工程最后8.2公里航段的疏浚任务，就宣告胜利完成了。这意味着珠江口至南沙港大型集装箱船舶单向通航的历史彻底结束了。

2016年夏秋之交，中国交通集团广州航道局接到了这个光荣的任务，立刻调集优势的资源和力量，选派国内一流的疏浚队伍参与这一工作。他们决定同时投入7艘大型耙吸式挖泥船疏浚航道。耙吸式挖泥船是目前世界上最先进的挖泥设备，以其自动化程度高、效率高而著称。巨大的耙吸式挖泥船具有超强的疏浚能力，每小时可挖1万立方米的海底泥，每月能创造150万立方米的挖泥量，这也是挖泥设备中的"巨无霸"，其功效神奇得令人惊叹。航道局为了加强施工过程中的安全性，决定所有参与施工的挖泥船均实行双船长制，就是由两位经验丰富的船长轮流在驾驶台值班，坚持每天24小时不间断作业。同时，还增派瞭望员，加强全天候瞭望，当有其他船舶经过时，及时做好避让。这就为船舶安全施工和安全航行增加了"双保险"，使施工船舶和航行船舶在安全方面达到万无一失。

有人说，保障船舶的安全不是有一个简单的办法吗？在航道上增设几个航标灯就可以起到指引船舶航行的作用了。但你有没有想过，多艘挖泥船同时在一片并不宽阔的江面上施工，剩下的空间并不充裕，增设航标灯也不可能让往来的轮船自由自在地航行。唯一的办法是让挖泥船进行适当的避让。这样看来，提前预警就是进行避让的一个有效办法。有一次，从东面的水道上开过来一艘货轮，那是从南海开入珠江口的大轮船。瞭望员已经监察到来船的航行方向，一方面向来船发出警示，提醒对方减速慢行；另一方面指示挖泥船暂停作业，驶向一旁避让。挖泥船上的船长也看到了这个情况，迅速指挥船舶暂时离开施工点，让对方货轮顺利通过这段水域，避免了事故的发生。

疏浚工程中安全性的保障，其实有一个很重要的环节，就是航道局和港务局的管理部门，在调度上和引航上的正确性。V、VI标段是拓宽工程6个施工标段中难度最高、抛泥运距最远、安全风险最大的施工段，被称为深水航道上的"咽喉"。顾名思义，"咽喉"是指通行的面积狭窄，其作用又是十分重大的要道。这个航段的长度有8.2公里，最高峰的施工时段有8艘耙吸式"巨无霸"挖泥船在同时操作，这对安全性提出了很大的挑战。广州港务局知难而上，充分发挥自身在大湾区港口群管理一体化的优势，把航道管理、船舶调度、引航领航紧紧抓在手中，通过对施工船舶和航行船舶的合理调度，还有引航"零等待"等创新手段，确保在119天施工期内，杜绝了任何安全事故和环保事故，顺利完成了8亿元的施工任务。

2020年春夏季节，正是新冠肺炎疫情流行期间，施工区域采取全封闭管理的模式，同时实行全员核酸检测。施工前和施工期间，实现了全部参建人员"零感染"。平常，管理部门对员工的健康非常重视，有时个别员工患有普通感冒，管理人员也坚持让他们休息，不允许带病工作，同时让患者尽量不与其他员工接触，从而确保整支队伍处在一个良好的健康状态。管理部门还想方设法，尽量改善员工的伙食，让大家感受到大家庭的温暖，从而全身心地投入攻坚战中去。

多艘大型耙吸式挖泥船实行群体作战，就像一支训练有素的联合舰队，鏖战在波浪翻腾的海面上，彰显出战无不胜的气概和威力，指战员们把疏浚航道的战役，掌控得如此完美，实属少见。南沙港深水航道的成功疏浚，将使10万吨级和15万吨级集装箱船实现双向航行的梦想，它们完全可以在宽阔而深邃的航道上自由驰骋。

跨越

在南沙港铁路中，有一道亮丽的风景线，那就是龙穴南水道特大桥。

南沙港铁路作为国家的重要铁路项目，担负着打通海陆联运的重

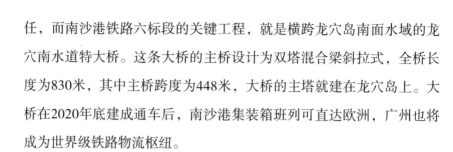

任，而南沙港铁路六标段的关键工程，就是横跨龙穴岛南面水域的龙穴南水道特大桥。这条大桥的主桥设计为双塔混合梁斜拉式，全桥长度为830米，其中主桥跨度为448米，大桥的主塔就建在龙穴岛上。大桥在2020年底建成通车后，南沙港集装箱班列可直达欧洲，广州也将成为世界级铁路物流枢纽。

大桥于2016年8月开始动工，揭开了跨越珠江口的序幕。谁也没有想到，龙穴南水道特大桥的建设工程指挥者竟是一位名叫朝龙的年轻人，大桥刚刚动工时他年仅26岁。这位中国铁路广州局最年轻的总工程师，1990年10月出生于四川，后来毕业于成都大学的道路与桥梁专业，2014年7月才调到中铁广州局工作。朝龙作为一个朝气蓬勃的年轻人，其优势在于思维活跃、精力充沛、创造力强，有专业知识，敢于打破条条框框的束缚。

"勇于跨越、追求卓越"，大桥工地上的标语十分醒目，显示了桥梁建设者营造百年工程的雄心壮志。严格地说，"百年工程"这几个字似乎说得有点轻描淡写，因为这是一件功在当代、利在千秋的大业，它可以抵抗7级地震、12级台风，还有超级雷暴，它的意义和作用远远超过一个世纪的期限。

朝龙领受任务以后，立即进入角色，他参与了项目设计和施工程序的每个环节的研究。从编制施工方案、物资总控台账，到办理每期验工计价相关手续，与设计、监理人员沟通，现场调度安排等，都进行了大量的、具体的工作。在全员一盘棋的思维模式下，多个施工环节从"串联"变成"并联"，从"一条腿走路"变成"两条腿走路"，大大缩短了施工的周期。指挥部根据专家们的意见，对桥梁上部结构的施工，采用主塔和塔梁同步进行的方式，有利于项目的加快完成。考虑到索塔155米的高度和现场风速等条件，桥梁主墩的建造采用了液压爬模的施工工艺，克服了高度和风速等不利因素，增加了安全性。继2019年1月25日完成了2个钢筋混凝土段的铺设后，同年3月20日又进入了主桥两边跨钢梁的架设阶段。

大桥施工过程中的一个重要环节，就是要挖走水下的淤泥。挖泥的方法如何才能做到"多快好省"，这又是摆在他们面前的一个议题。过去一般采用"吸"的方法，用机械设备的力量把淤泥吸走，但这种方法会造成一吸一个坑，进度比较缓慢。朝龙经过反复思考，决定采用"围堰排淤"的方式来"抓"走淤泥。这样做也面临着两种选择：一种是用传统的钢板双壁围堰，但这种方法的缺点是要等待桩基施工结束后才能开始围堰，这样势必影响整个工程的进度。另一种方法是以钢筋管桩锁扣来围堰，这样就可以让桩基施工与围堰施工同步进行。朝龙毅然选择了后者，采用150根钢筋管把水与泥隔离开来，让施工人员在围堰里大展身手。夏天，围堰里的温度是很高的，常常达到40多摄氏度，朝龙等人一待就是七八个小时，脸上手上被炙热的阳光晒得脱皮，但他们却把这种艰苦生活当成家常便饭，没有人在乎围堰里的温度，只在乎围堰里的施工进度。

大桥建设的另一项重要工作就是浇筑主墩，这就需要有高质量的混凝土。大桥对混凝土的配比有严格的要求，灌筑的时间也要衔接得很好。主墩是修建在承台上的，承台又是一个"巨无霸"，面积足足有1.5个篮球场那么大，浇筑的混凝土达6240立方米，要分两次浇筑，每次灌浆开始后不得停顿，以确保混凝土不会出现裂缝甚至断层。同时，每次浇筑的时间为3天，这3天里必须严格保证混凝土质量，实施的工程才不会出现瑕疵。

南方的滨海地区潮湿多雨，夏季雨水更加频密。一天下午，施工队正在浇灌混凝土的时候，大雨突然倾盆而下，如果混凝土罐车的出料口被雨水灌进去，那就会造成混凝土提早凝固，大桥的质量必然会受到严重影响。当时工人们都在桥下忙于围堰施工，来不及上来采取措施遮挡雨水。朝龙二话没说，带着8位管理人员拿起遮雨布就冲到罐车旁，他们顾不上穿雨衣，更顾不上大雨滂沱，大家雷厉风行，仅用10分钟就把10台罐车的出料口全部遮挡得严严实实。虽然管理人员浑身湿透，个个像"落汤鸡"似的，但大家的心里却是热乎乎的。

一座斜拉式大桥，岿然屹立在龙穴水道上，大桥上竖起的斜拉式钢管，多像童话世界里的一排竖琴。这排竖琴在海风的拨动下，弹奏出我们这个时代最美妙动听的乐曲。

延伸

一个重要消息传来，南沙港快速路将跨江东延，打通珠江口东西两岸的两条动脉，进一步提升南沙在湾区的龙头地位。

说到南沙港快速路，当地市民并不陌生，它是南沙地区建设的"三高三快"系统中的高速路之一，给交通运输带来极大的便利。南沙港快速路的一、二期建设分开两个时段进行，主线于2002年7月动工，2004年12月竣工运营；支线于2004年10月开工建设，2005年12月建成通车。主线北起仑头立交，南至南沙港码头，全长65公里；支线东起黄阁立交，西至细沥立交，全长7公里。有人说南沙港快速路是南沙城区发展的生命线，一语道出了这条快速路的重要性。

南沙港快速路主线沿途风光无限。当我们乘车由北往南走时，可以看到鳞次栉比的水陆地带，映入眼帘的有官州水道、小谷围岛西部、珠江后航道、七星岗、番禺区陆地东部、北江沙湾水道、大刀沙岛、南沙区群岛，最后抵达龙穴岛。沿途经过的乡镇、街道比比皆是，令人目不暇接，依次经过的有海珠区官洲街道、仑头立交桥、番禺区小谷围街道、南村镇、石碁镇、南沙区东涌镇、大岗镇、横沥镇、万顷沙镇和龙穴街道，最后抵达南沙深水港。支线东起黄阁镇，西至鱼窝头，是南沙港快速路与广澳高速公路之间的联络线。路程虽然不长，但它是连接两条线的纽带，其重要作用可见一斑。

广州市正在把南沙港快速路打造成一条广州滨海"金游廊"，让海内外人士慕名而来，流连忘返。在这条"金游廊"里，人文景观和旅游景点星罗棋布，颇具特色。像仑头公园、广州大学城、岭南印象园、七星岗茶花园、海鸥岛、十八罗汉山森林公园、百万葵园、南沙港客运码头等，都是文化含量甚高和视觉效应甚佳的好去处。不久以后，这里将成为一条名副其实的国民旅游模范干线。

随着广州市南拓步伐的加快，缩小南沙区与广州中心城区的空间距离，已经提到重要的议事日程上来。根据南沙区拟定的"三高三快"交通规划，一个快速道路交通体系已经在2023年初春形成。"三高"，即是利用现有京珠高速公路、南沙港快速干线及东新高速公路，形成三个运行时间在40分钟以内的高速通道。"三快"，即是升级改造番禺大道至南沙大道、新建东部干线、西部干线，形成三个运行时间在40分钟左右的快速通道。南沙港快速路东延就成了这个项目中的重要环节。

我们站在最新的规划图面前，感到十分振奋。在南沙港快速路的末端，将东延跨江到达深圳，其北侧为深茂过江通道，南面为深中通道。好比一条长长的杠杆，撬动南沙城区发展的命脉，加速珠江东西两岸的融合，从而大大提升广州市在大湾区中的核心地位。

向东，向东，向着梦幻般的东方延伸……

龙舟竞渡话南沙

历史上，南沙镇和它周边的几个镇曾经是番禺下辖的濒海边陲之地。直到2005年4月，南沙镇和毗邻的几个镇正式成为广州市的一个行政区——南沙区，南沙从番禺脱离出来。

南沙区的龙舟竞渡活动得益于番禺悠久的龙舟文化传统。番禺是著名的岭南水乡，河网密布，水道纵横，龙舟文化源远流长。据史籍记载，番禺的龙舟文化已有上千年历史。五代南汉时（917—971年），番禺的明月峡、玉液池就是龙舟竞渡的水域。每年端午节，南汉王令宫人龙舟竞渡于其间（见宋代方信儒《南海百咏·石屏堂》）。

明末清初，著名学者和诗人屈大均在其所著《广东新语》中，记述了自明崇祯丁丑以来，番禺就有龙舟活动。"龙船饭熟老娘忙，托钵儿童喜若狂。寄语乖乖须吃饱，一生从此寿而康。"自古以来，番禺一直有扒龙船、吃龙船饭的习俗。过去，南沙多年来属于番禺县的偏远地区，龙舟竞技活动比不上番禺的中心地区兴旺，但由于受中心区的影响，其龙舟文化也具有一定的特色。

追根溯源，南沙区的南沙镇、万顷沙镇、横沥镇、榄核镇、东涌镇等，从清初就有赛龙舟的习俗，屈指一算也有数百年历史。龙舟文化早已成为南沙人亲水文化的重要组成部分，龙舟也成为该地区氏族文化、宗教文化、民俗文化的载体。龙舟竞渡起到了弘扬优秀传统文化、弘扬爱国主义精神、凝聚团结民众的作用。

一条条龙舟，就这样年复一年，在端午期间，以磅礴的气势、独特的文化、热烈的方式，在历史的长河上飞驰，释放出屈原《离骚》的咏叹！

南沙区各镇（街）举行的龙舟竞渡活动，基本上沿袭珠三角地区的传统做法，一共分为五个步骤。

第一步"起龙"。每年的农历四月底，各村镇会择吉日起龙，村民先在河涌边放鞭炮、摆祭品祈福。接着由一位老人领着一群青壮年下水，把往年藏在河底淤泥里的龙船挖出来，清洗干净，适当修补，刷上桐油。然后再把藏在祠堂里的龙头、龙尾取出来清洁一番，重新添加色彩，与龙身合在一起，为即将到来的竞渡做好准备。

第二步"采青"。起龙之后，需要举行一个仪式，让龙舟神采焕发。这个仪式一般在农历四月二十八日举行，名曰"采青"。青壮年把龙舟划到村外的河涌边，采摘一些新鲜的龙眼叶、柏枝、菖蒲等植物，放在船头，再将用红布扎成的彩球挂在船头上，寓意山水常绿、彩运当头。

第三步"拜祖"。凡是原来同属于一个太公祠堂的宗亲，在拜祖那天都会扶老携幼前去拜祭。其时，龙舟桡（扒）手将龙舟划到码头，将龙头、龙尾拆下抬到太公祠堂，供宗亲参拜。拜毕，宗亲们在祠堂里同吃龙舟饭。虽然菜式简单，品种不多，但吃起来津津有味。

第四步"竞渡"。竞渡是龙舟赛事中最重要的一项活动，俗称"扒龙船"。比赛时，江河上彩旗飘飘，河道上龙舟排列整齐。随着

一声号令，龙舟在强劲而有节奏的鼓声中风驰电掣，每位桡手都使出浑身力气，在呐喊声中奋力划桨，每个人的注意力都高度集中，仿佛这个世界上除了龙舟之外就没有其他事物。

第五步"藏龙"。端午节之后，从初十到十五，各村镇的龙舟就相继沉寂下来了，村民陆续将龙舟重新埋在河底的淤泥里，小心地把龙舟藏起来，这样做是为了把船体保养好。水底的淤泥把龙舟与空气隔绝开来。可以使龙舟历经数十年之久仍不会腐烂。至于龙头和龙尾，村民们按惯例提前把它们从船头卸下来，满怀敬畏之心供奉在祠堂里。待到第二年的端午节，村民们再"请龙出水"。

任何一个宏伟的活动都会有衍生品，龙舟竞渡也不例外，颇受群众欢迎的龙艇，就是由龙舟衍生出来的一个"另类"。赛龙艇是龙舟文化的一个延伸符号，也经历过历史的洗礼。清朝时期，珠江三角洲下游的农民，在秋收过后往往举行划艇比赛，以庆贺一年的丰收，祈求来年风调雨顺，这一竞技活动逐渐形成风俗。后来受到端午节赛龙舟的启发，决定把赛龙艇纳入端午民俗活动的范围，并特制出一种较为狭窄、短小、轻巧的小艇，于每年农历五月龙舟水期间举行比赛，名为赛龙艇。龙艇每艇只能坐3～5人，比起龙舟每舟可以坐20人至70人甚至100人，其规模简直可以用"袖珍"两字来形容。但赛龙艇简单实用，易于组织，比赛时不用敲锣打鼓，也不需旗手指挥，划艇时靠共同呼喊一起发力。输赢就看选手在规定的时间内谁划得最远，所划距离最远者就是速度最快者，冠军非他莫属。赛龙艇早已成为南沙地区沙田文化、渔业文化和亲水文化的集中体现，寄托了南沙人民勇于进取、不甘落后的争先精神和对美好生活的追求。

2010年6月9日，南沙区举办了成立行政区以来的首届龙舟赛。这届赛事由区政府主办，南沙镇（街）承办。

这天上午，南沙区蕉门河两岸人声鼎沸，人头攒动，广州不少市民为观看这次龙舟盛会，专门从市区乘车赶来南沙。虽然天气炎热，气温高达36摄氏度，但大家的热情丝毫不减。上午10时，蕉门河上锣鼓喧天，祥龙飞渡，水波翻腾。两岸观众齐声呐喊，擂鼓助威，18支来自各村镇及香港、澳门、台湾的龙舟队展开激烈竞逐。一位南沙诗人激情奔涌，诗兴大发，当即创作并朗诵古体诗一首，以表心迹："鼓角齐鸣旌旗展/一河豪情洒浪尖/飞舟赛过龙卷风/追逐春秋傲南天。"

早在5月20日，人们就饶有兴味地目睹了南沙镇和万顷沙镇的"起龙"仪式，两个镇均吸引了200多名村民观看，其中万顷沙镇的仪式似乎更引人注目。当天上午7时多，万顷沙镇十五涌的河道正值退潮，一位长者领着20多名壮汉跳进水中，找到留有记号的位置，用泥铲甚至用双手把掩埋龙舟的淤泥小心地弄走。仅用了15分钟，众人就挖出了一个长约20米、深约0.5米的泥坑，坑中露出了龙舟的船舷。在汉子们的摆弄下，一条18.5米长的龙舟慢慢浮出水面。在初战告捷之后，他们乘胜追击，继续挖取另外两条龙舟。经过一个多小时的奋战，另外两条龙舟也浮现在水面上。知情人都说，这三条龙舟属于标准龙种类，已经有近30年历史了。由于多年来精心保养，一直完好无损。老村民还告诉前来观看的外地人，三条龙舟都是用坤甸木这种名贵木材造成的，每条船有3吨重，可以抵御浪涛。按这次比赛的规定，一条龙舟可以乘坐20个桡手、一个鼓手、一个旗手、一个呔手。老人们还说，以前的习俗是禁止女性参与"起龙"仪式的，因为女性参与了就会造成龙舟竞渡时翻船。但现在思想解放了，女性前来观看"起龙"也就不成问题了。

南沙区首届龙舟赛取得了圆满成功，南沙镇和万顷沙镇在比赛中均取得佳绩。这种成功激发了下一年各村镇参赛的热情，同时引起了欧洲划艇运动员的关注。2011年6月3日，南沙区举办了规模更大的龙舟赛，吸引了22支龙舟队参加。而且在龙舟赛举行的同时，举办了令人瞩目的国际皮划艇竞逐，来自法国、德国、意大利、英国等17支队伍在蕉门河上展开了皮划艇的角逐，这一新鲜的举措为传统的端午扒龙舟活动增添了奇丽的异国风情。

时光走进了2017年，南沙区的龙舟竞渡赶上了新的潮流，由区内的小舞台登上了国际性的大舞台。榄核龙舟队、东涌龙舟队和南沙区彩龙队在"2017广州国际龙舟邀请赛"中，一举夺得三项冠军，实现了南沙龙舟历史的首次跨越。

6月11日上午，珠江两岸的温度高达38度，人们别说做体育运动了，即使站在江边不动，也会热得汗流浃背。就是在这种高温的天气下，各支龙舟队的热情丝毫不减，大家跃跃欲试，要与天公比热度，与河流比速度。众所周知，"广州国际龙舟邀请赛"是一项五星级赛事，旨在弘扬中国传统体育运动，加强与各国人民的交往，被誉为世界上最好的龙舟赛事之一。这届赛事共有世界各个国家和地区的130支龙舟队报名参加，近5000名运动员在传统龙舟、标准龙舟、彩龙、游龙等4个项目的比赛中大显身手，其规模为中国龙舟赛历史之最。

榄核龙舟队参加男子标准龙的角逐，这种龙舟规定只能乘坐25名队员。他们在赛前做了充分的准备，发动了大批青壮年加入龙舟队，提升整支队伍的综合实力。经过选拔，挑选出30多人担任主力队员，其中又分为首发队员和替补队员。这支队伍在赛前两个多月就开始进行高强度的训练，迅速提升竞技能力。比赛这天他们顶着烈日，经过初赛、复赛和决赛三轮比拼，在最后一轮中以绝对优势领先于其他龙舟队，勇夺标准龙竞逐的冠军。

要说最激烈紧张的拼搏当然是传统龙的决赛了，这是当届国际龙舟赛的压轴项目。下午4时，观赛市民站满珠江两岸，翘首以待这场压轴大战。6条进入最后决赛的传统龙停在起点上，静等鸣锣发令。每条龙舟上乘坐着70名队员，而南沙区东涌镇的这70名壮士，又是从100多名选手中挑选出来的，可谓强中之强。只听一声锣响，6条传统龙像离弦的箭似的往前冲，4号赛道上的东涌龙舟队特别引人注目，起步不久就冲在最前面，其速度简直像一股不可阻挡的旋风。东涌队的两名旗手仿佛特别兴奋，站在船头的"头旗"和站在船尾的"尾旗"配合默契，互相呼应，全船人员在他俩发出的旗语下，做着整齐划一的动作。旗手作为龙舟竞渡的总指挥，全靠旗语统一全体选手的行动，船上的主梢（舵手）看旗手指挥掌航，鼓手看旗手指挥击鼓，桡（扒）手听鼓点落桡扒行。旗手根据当时所处水域的流速，审时度势指挥鼓手敲击相应的鼓点。这天比赛的水域较为开阔，东涌队采用的鼓点以"双蹄鼓"为主，也就是俗称的"双马丞蹄"，鼓点较为密集，桡手划桨的频率甚快。船到半程的时候，东涌传统龙就取得较大的领先优势，其他5条龙只能望其项背。当划完600米的距离到达终点时，东涌传统龙领先第二名竟达10米之多，从而以压倒性优势获得了这届赛事分量最重、含金量最足的金牌。

我们还要关注一下南沙区的彩龙队，这支队伍同样令人眼前一亮。活跃在非赛道水域的彩龙竞技也别具特色，这种竞赛与速度无直接关系，只凭设计新颖、装饰独特而取胜。这届赛事中，南沙区的彩龙打出了"丝绸之路，南沙启航"的口号，整条彩龙用传统丝绸之路的元素和当代邮轮等元素装扮起来，既新颖艳丽又具有南沙特色，获

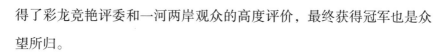

得了彩龙竞艳评委和一河两岸观众的高度评价，最终获得冠军也是众望所归。

两年后的2019年，南沙区龙舟队和东涌镇龙舟队在广州国际龙舟邀请赛再显身手。这次他们换了一个位置，南沙区代表队以传统龙征战该届赛事，而东涌镇代表队则以彩龙参加竞选。南沙区传统龙舟队请来国家级皮划艇教练前来指导，从区内各街镇200多名龙舟赛爱好者、退役运动员中挑选出70名队员，进行一个半月的高强度训练，最终在600米赛道长度的竞逐中，获得了冠军。而东涌镇的彩龙队展示的彩龙也尽显风采，其吸睛的设计令人称羡，整条彩龙长达44米，体现了南沙区这张名片的主题词：湾区明珠、开放枢纽、未来之城、南沙大桥、自贸区拱门、南沙咸水歌等元素尽显其中。150米长的非赛道水域上，展现出南沙区开放创新的良好精神风貌。这次比赛，东涌彩龙也令人信服地获得了冠军。

源远流长的龙舟文化活动，需要从村落抓起，从村落普及开来。

在横沥镇的群结村，村民们有着浓厚的龙舟文化情结。群结村位于横沥镇西南部，与中山民众镇隔河相望，美丽的三涌河从村庄流过，紧靠着村界而汇入洪奇沥河道。优越的滨水环境孕育着村内团结互助、不畏风雨的龙舟文化传统精神。

群结村至今仍保留着端午的传统习俗。端午这一天，家家户户均贴上驱邪符，大门上悬挂艾叶、菖蒲、凤尾草等植物，并扎上一束大蒜，借此避邪。正午时分，用生果、粽子拜祖先，烧艾草熏厅堂，寓意驱邪。在三涌河边居住的人家，孩子们在龙船划过屋前的河边时，会跳下河去洗"龙舟水"，祈求身体健康，快高长大。村民们在这一天会兴高采烈地扒龙舟，或者扒龙艇，祈求来年顺风顺水。

历史向着21世纪20年代迈进，群结村的龙舟文化活动又向前迈进一大步。村委会决定把龙舟文化的拓展和打造田园综合体结合起来。龙舟文化作为田园综合体的一个重要组成部分，要扩大其发展空间。为此，村委会发动村民在三涌河边建设龙舟文化码头，修起一条亲水栈道，开办龙舟文化主题餐厅，在村庄的牌坊附近建设一条商业街，既售卖当地的农副产品，也销售龙舟文化工艺品。此外，还把龙舟体育竞技与篮球竞赛活动以及文艺演出活动结合起来，把一大片杂草丛生的荒地改造成平整舒适的文化体育场所，建起了灯光球场和群众大舞台。在这个大舞台上，表演了龙舟说唱、龙船舞、咸水歌等文艺节目。

团结进取、同舟共济、爱国爱家的龙舟文化精神，正在南沙区发扬光大，并展现出前所未有的水文化风采。

蕉门侨胞之家

五月，我们来到珠江蕉门水道，走进了遐迩闻名的侨胞之家。

家，对于所有人来说，都是一个亲切的字眼。一套舒适的住宅，对于住户来说是一个美好的归宿，好比一艘远航归来的船舶，驶入一个安全的港湾，免遭风浪的袭击。从这个意义上说，家，是心灵的港湾，没有家的人，他的心就是一束浮萍。但仅有个人的家还是不够的，还需要有一个公众的家，这个家能够把集体维系在一起。

珠江街于2010年建立起来的侨胞之家，使侨胞们有了归属感，有了家的感觉。这个家，既是侨胞们心灵的港湾，又是归侨文化的一个窗口。透过这个窗口，我们可以领略到归侨文化的特色，以及街道管理层对侨胞的人文关怀。可以说，侨胞之家汇聚了侨城文化、爱心文化、乡土文化、传统文化的本色。

自21世纪以来，原珠江华侨农场的危房改造工程陆续竣工，归侨难侨的住房条件有了较大改善。2009年，一座崭新的花园式小区——嘉安花园拔地而起，成为归侨和侨眷的聚居地，有50%的侨胞住进了这座美丽舒适的花园小区里。

昔日的珠江农场，自20世纪50年代起迁入了大批侨胞。起初以马来西亚、印度尼西亚、泰国侨民为主，到了20世纪80年代之初，又有大批越南难侨来到这里。他们刚到农场时，居住的条件非常简陋，茅屋是他们唯一的家，浅海滩涂是他们的园地，木船是他们的主要交通工具，黄土路是他们进出农场的捷径。而今天，他们早已告别了茅屋、滩涂和木船，住进了景色宜人的花园小区里。

珠江街管理层看到侨胞们有了新的居住环境，打心眼里高兴。但他们也发现，花园小区似乎缺乏一种文化氛围。他们思考着：作为珠江蕉门水道西畔的街道辖区，现有越南、马来西亚、印度尼西亚等归侨1780人，侨眷2125人，这是一个不少的数目。街道应该用一种文化凝聚力把他们团结起来。

于是，2010年1月，嘉安花园建起了侨胞之家，面积达350平方米，投资30万元，设立了会议室、健身房、绿色网园、图书阅览室、文娱室等。街道管理层围绕"维护侨益、凝聚侨心、汇聚侨智、发挥侨力"这条主线，以侨胞之家为阵地，扎实推进"暖侨乐侨"工程，构建珠江和谐侨胞社区。

侨胞之家建立起来后，这艘文化之舟就启程往"家"的目标进发。"家"根据侨界人士的文化层次、专业技能和兴趣爱好，开设了五大类活动：越南侨友会和新马侨友会举办的联谊活动，使珠江归侨更好地了解中国、了解世界；为社区建设发展建言献策的议事会，使侨胞们成为珠江街发展的献策人；开展篮球、合唱、舞蹈、瑜伽等文娱活动，使侨胞们变成健美的使者；开启烹饪、点心制作等美食活动，使大家领略"食在广州"的风采；开展邻居节、中秋节、春节等主题文化活动，使侨胞们增进感情、凝聚侨心，营造浓厚的文化氛围。

在建言献策的议事会上，侨胞们你一言我一语地踊跃发言，有人提议在"侨都新城"兴建海外侨胞业绩纪念馆。街道领导层认为很有道理，大家经过合议，决定把这项工程列入侨城的发展规划。在适当的时候建立海外侨胞爱国爱乡事迹展览馆、海外华人事业成就展览馆，彰显海外侨胞的成就和爱国爱乡的事迹，从而激发侨胞们的念祖怀乡之情，为祖国和家乡的发展尽心尽力。数年以后，侨胞们的家国情怀将在这两个展览馆里风华再现。

风景秀丽的龙穴岛原属珠江华侨农场管辖，位于南沙区南端万顷沙十六涌边缘。过去登上这个小岛必须乘坐船艇，饱受风浪的冲击。而现在有一条快速路和跨海大桥可直达龙穴岛的港口。为了让侨胞们领略龙穴岛的巨大变化，侨胞之家组织越南侨友会和新马侨友会的成员前往龙穴岛的港区参观。

改革开放之前的龙穴岛只有几十户居民，龙穴岛也只是一个荒芜的小岛。经过多年的努力，小岛如今已成为中国船舶集团公司深海码头的基地，新开发的龙穴岛除原居民外，还有港区建设者、物流园区工作者数千人。这个历史上曾经是海盗穴居地的荒岛，在不久的未来就会成为亚洲东南部最大的深水港，华南地区最大的海港物流中心，其规模和运输能力可以跟日本的东京湾媲美。龙穴岛的巨大变迁使侨胞们深受鼓舞，他们对祖国的未来倍添信心。

你参与过侨胞之家发起的"舌尖上的东南亚"的美食活动吗？如果没有，你一定要参加一次，以享受一下东南亚的美食风味。一位曾当过厨师的王姓归侨，在"舌尖上的东南亚"活动中大显身手。他打造的"颜值沙拉"每一款都带着生活的气息，特别是那款泰式香茅猪颈肉沙拉，实在令人回味无穷，用广州话来说就是"翻寻味"。这款菜式选用紫边生菜、罗马生菜、芝麻菜、苦苣等传统的沙拉生菜，外表美观；加上以香茅腌制的爽滑猪颈肉，再用酸爽微辣的"热吻泰汁"凉拌，整体的口感十分鲜美，酸酸甜甜还有点辣，像是恋爱的感觉。侨胞们品尝这款泰式"颜值沙拉"后，纷纷伸出大拇指称赞。大家开启了用视觉带动味蕾的赏心悦目的美味之旅。

在珠江街的辖区内，还有好几家归侨和侨眷开设的饼店和小食店。有一家饼店取名"侨乡园"，店主是越南归侨的第二代。卖的饼食以本地风味为主，也卖一些越南和马来西亚特色的糕点。在"舌尖上的东南亚"活动中，他们也端出自己的糕点让居民们品尝。归侨们对这种风味很熟悉，但非侨胞对这种异国味道却有点陌生，不过品尝以后，觉得不乏新奇和新鲜。这也算是一种特色享受吧。

志愿者服务队是侨胞之家开启的另一个为民服务之窗。组织者发动归侨和侨眷，利用自己的一技之长，为侨胞和社区居民服务。其中的义诊一事，常为社区居民津津乐道。在社区医院当过医生的侨眷胡氏、许氏等人，退休后自愿为居民义诊。许婆婆是一位很有正义感的归侨，在抗战时期参加过游击队，辗转各地打击日本侵略军。她常常向后辈讲述当年侨胞爱国抗日的故事，鼓励后辈热心为祖国服务。

在义诊的日子里，医生们接待了来自各个社区的居民。一位中年患者告知医生，自己晚上睡觉经常失眠，想要一些安定类药物。医生询问了患者的情况后，指出失眠人士吃点安定类药物未尝不可，但服食这类药物后，会造成许多不良反应，诸如四肢无力、精神不振、注意力不集中、脾气暴躁等。解决失眠的妥善办法是平常保持卧室空气的流通，晚上尽量少吃难消化或油腻以及有刺激性气味的食物，不喝含有咖啡因的饮料，睡前进行一些轻微的体力活动，坚持上床前用热水泡脚。这样，失眠的状况就可以改善了。

有一位青年患者找到义诊的医生，说自己多年患有鼻炎，特别是在季节交替时症状比较明显。医生了解病情后，除了开一些鼻炎药给患者外，还建议他用一种长效鼻炎膏贴在特定的穴位上，以达到疏通经络、改善脏腑功能的目的。同时建议他平时加强锻炼，增强体质，防止受凉，坚持用冷水洗脸等。

参加义诊的医生们都说自己能医治的都是小病，做的都是平凡的小事，不值得称道。但是，在人们的心目中，为群众服务的事情，再小也是大事。正所谓：人生最有价值的事情是平凡，人生最可贵的品格是坚持。

最后说一说侨胞之家开展的文体活动，音乐、舞蹈和球类项目在这里搞得如火如荼。有支崭露头角的合唱队更是风生水起，其领唱和合唱的水平在周边的业余团队中名列前茅。一曲《我的祖国》，一下子把归侨和侨眷们带回激情燃烧的岁月。你听，女高音领唱的那段词曲多么清脆嘹亮："一条大河波浪宽，风吹稻花香两岸，我家就在岸上住，听惯了艄公的号子，看惯了船上的白帆。"接着，雄浑高亢的合唱声响起："这是美丽的祖国，是我生长的地方，在这片辽阔的土地上，到处都有明媚的风光。"那脍炙人口的歌声，伴和着呐喊的珠江水，穿过五月的阳光，穿过翠绿的万顷沙，在广阔的原野和天空回荡。

啊，蒸蒸日上的侨胞之家，洋溢着归侨文化的风采，打开了人文情怀的窗口。日复一日，年复一年，侨胞们带着美好的心愿，走进这个温馨的家；归侨儿女在这个心灵的港湾里，升起了梦想的风帆。

舢舨洲上的灯塔

广州，一座历史悠久的海滨城市；舢舨洲灯塔，广州一座耀眼的海上标志。

灯塔，是建立在关键航道上的一种塔状发光航标，用以指引船舶航行的方向或指示危险区间。有灯塔的航道才是安全的航道，有灯塔的港口才是活着的港口。

在广州南沙区海面的一座孤岛上，有一座白色的灯塔，建塔距今已有108年历史，灯塔每个夜晚都用明亮的灯光照耀着海面，为往来的船舶送上平安和祝福。这就是被誉为"珠江口夜明珠"的舢舨洲灯塔。

舢舨洲位于珠江口和内伶仃洋汇合处，是蕉门水道与虎门水道出海口之间的一个孤岛。岛的西侧1.5海里处是南沙区龙穴岛，东侧是沙角电厂，其上游4海里就是虎门要塞。舢舨洲东扼广州主航道喇叭口，西望广州南沙港，全岛面积约3亩，外形酷似一只小舢舨。小岛附近遍布险滩暗礁，海域错综复杂，人称这个孤岛及其水道是"龙穴之口，虎门之喉"。

每逢夜晚，不管是明月高挂、群星闪烁，还是雷电交加、暴雨倾盆，灯塔都用明亮的光束，照耀远近的航道，为船舶指引前行的方向。而航船呢，也用飘扬的国旗，向无私无畏的灯塔致以崇高的敬礼。

经历过多少次风雨的袭击，承受过多少回烈日的烤烘，倔强的灯塔依然屹立不倒。风雨的洗礼使它变得更纯洁，烈日的照射使它变得更亮丽。

"燃烧自己，照亮别人！"这就是永不熄灭的灯塔精神。

远去了，古老的海上丝绸之路；久违了，汉代的明月。

广州是我国海上丝绸之路的重镇，广州港是海上丝绸之路始发港之一。秦汉之际是广州港初步形成时期，那时候东南亚、南亚，甚至波斯湾地区的货物在番禺（广州古称）集散，使番禺成为西汉时期最著名的九大都会之一。隋唐时期的广州港不仅是中国第一大港，而且是当时世界上首屈一指的港口。两宋时期的广州港对外贸易规模又有所发展，市舶司的建制也愈加完善。明代对外贸易政策几经变化，但广州港始终是重要的对外交流窗口。清代鸦片战争前，广州港更是取得一口通商的地位，是清代官方对外交流的最重要枢纽。而珠江口的虎门水道和蕉门水道，是中国海上丝绸之路的重要航道。

古代，由于航道上没有灯塔，船舶进出珠江口有一定的风险，有时难免发生触礁沉船的事故。如今在舢舨洲附近1.2海里处，仍可看到有两艘沉船的残骸，不过目前未能考证这两艘沉船是在哪个年代触礁沉没的。

20世纪初期，粤海关为了方便世界各国的船舶进出广州港，保障海上丝绸之路的畅通，在珠江口先后建起了两座灯塔，一座是建于1906年的金锁排灯塔，另一座是建于1915年的舢舨洲灯塔。由法国建筑师设计的舢舨洲灯塔显得格外夺目，主塔高13.5米，副楼高6米，灯高31.5米。副楼主要作为灯塔手的居住和生活设施。这种塔楼合一的设计，完全是因应孤岛只有3亩地的狭小面积而采用的方式，它有效地解决了灯塔操作和守灯员居住的问题，在中国航标灯塔中甚为罕见。俱往矣，数海上丝路，还看今朝。

今天，舢舨洲灯塔的外观仍然呈乳白色，洁白的色调在碧海中非常抢眼，当地人也因此称之为"白灯楼"。从楼梯直上最高的顶层5楼，凭栏眺望，只见大海茫茫，水天相连，视野无比开阔，令人心旷神怡。灯塔的建筑质量十分可靠，经过百年沧桑的考验，至今依然坚固如初。2000年，广州航标处对灯塔进行了维修，外观上仍保留白色的基调，舢舨洲灯塔依然是名副其实的"白灯楼"。有人说那是大海中一位身穿白色连衣裙的美女，以手加额，眺望远航的亲人从海外乘风破浪归来。

建于1906年的金锁排灯塔的命运又如何呢？世上的事情往往难以预料，在其发挥了重要的作用之后，由于虎门大桥的建造，金锁排灯塔已从1997年起停止运作。于是，舢舨洲灯塔也就成了珠江口独一无二的大型航标。

在抗日战争年代里，炮火纷飞，硝烟弥漫。中国共产党从国家和民族的大义出发，建立了抗日民族统一战线，联合国民党人一致抗日。舢舨洲灯塔也成为抵御日寇侵略的一面旗帜。每一道灯光，都闪烁着灯塔手浓郁的家国情怀。面对敌机的疯狂扫射，灯塔手无所畏惧。那枪炮都无法扫灭的灯光，正是灯塔手生命的火花在燃烧。

1937年9月，侵华日军为了切断抗日盟国援华的补给线，大举向广东发起进攻。13日，日本海军在大鹏湾登陆。14日拂晓，一支日本海军舰队为了配合陆地的攻势，气势汹汹地向珠江口的虎门水道和蕉门水道袭来。我海军舰艇于14日凌晨在夜色中完成了集结，当时的舢舨洲灯塔和金锁排灯塔为我海军舰艇集结提供了灯光支援。当日本海军舰队接近虎门水道时，我海军"肇和""海周"等舰艇展开了作战队形，向日本舰队进行冲击。日舰利用大口径火炮，向中国舰艇猛烈开火，炮弹在我舰艇附近的海面猛烈爆炸，我海军冒着敌人的炮火英勇还击。双方在珠江口激烈交战，枪炮声震撼了拂晓的海面。这是抗日战争时期中国海军与日本海军唯一的一次真正意义的海战，战斗的结果是中国海军击退了日本舰队的进攻，取得了这场海战的胜利。

恼羞成怒的日本舰队司令下达命令，出动海军航空兵的数架飞机，轰炸珠江口沿岸的中国设施，其中也包括舢舨洲灯塔和金锁排灯塔。一架敌机从高空俯冲下来，向着舢舨洲灯塔扫射。灯塔外的铁护栏被机枪子弹打得噼啪直响，有四根铁栏杆被子弹打弯了。敌机第二轮的俯冲飞得更低，一排机枪子弹扫过来，铜门被一枚子弹击中了，而且这枚子弹牢牢地嵌进门里，谁也拔不掉。那四根被子弹打弯的铁栏杆和嵌进铜门的子弹，一直保留至今，成为二战时期日军侵华永远的罪证。

笔直的灯塔依然耸立着，每到晚上都昂起头仰望星空，寻找星空的梦想与创造力，追逐新的机遇。舢舨洲灯塔在历史的进程中，见证了科技的进步，灯塔里闪烁着科技之光。

南沙人文地理与海洋文化的研究学者黄利平，提供了舢舨洲灯塔在各个历史时段的科技信息。我们不会忘记灯塔在初建时期，安装的射灯只是电石灯头，需要配置电石雾炮；当炮膛里的电石瓦斯与空气混合后发生燃烧时，便会发出像牛叫一样的声音，俗称"牛号"，这种低沉的声音可以传到很远的海面。每逢浓雾弥漫的夜晚，灯光无法穿透雾障指引船舶航行时，低沉的"牛号"就能够引起船长和舵手的警觉，使他们格外小心地避开暗礁潜伏的区间，安全地把船舶驶离危险区。

我们忘不了灯塔在历经60多年沧桑后，进行过一次重要的设备更新。1982年，中国进入了社会主义建设的新时期，中国人民在共产党的领导下，走进了改革开放的新时代。我国的航道建设也取得了重大的发展，灯塔管理部门为舢舨洲灯塔设置了先进的天然蓄电系统，使这个灯塔成为我国第一批采用太阳能蓄电池供电的灯塔，其后又相继安装了雷达、风力发电机、电雾号等新式设备，使灯塔集视觉、音响、无线电航标于一体。这座特大型灯塔一跃成为全天候灯塔，可以在任何天气状况下为往来船舶提供航道上的安全指引。

历史进入了21世纪，共产党引领的航船乘风破浪前进，舢舨洲灯塔在潮流中更加昂首挺立。2000年，广州航标处从欧洲引进了价值30多万美元的主灯，灯座呈六角形，灯壁上的同心圆里有一圈圈美丽的条纹，如同大海里的波纹。这种奇异的透视镜可以发出6束光线，使60瓦的灯泡在黑夜里的射程能够达到18海里。灯塔上还安装了一盏辅灯，万一主灯出了故障，辅灯就会自动发出亮光，保证海上照明不会中断。舢舨洲灯塔从而成为不会熄灭的夜间导航明灯。

灯塔，是海洋文化的一个亮点；灯光，是连接世界的一条无形通道。

没有月亮的夜晚，大海里蒙蒙一片。灯塔发出的亮光，划破了漆黑的夜幕，照射在辽阔的海面上。大海，露出了洁白的笑容；灯光，像无声的语言，倾诉着灯塔手的心声。那长年照亮大海之夜的仅仅是塔灯吗？不，那是守灯人的心灯。

在舢舨洲灯塔，有一位名叫黄灿明的守灯人，是一名优秀的共产党员。他从1999年至2021年春季，已经在这个孤岛上度过了22个年头，约共7900多个昼夜。加上他之前在深圳蛇口航标站工作过的11年，他总共当了33年的航标工。也就是说，黄灿明把自己人生中最美好的时光，都献给了祖国的航标事业。

从20世纪20年代起，黄灿明家族就和灯标结下了不解之缘。祖父黄带喜原是东莞市虎门镇沙角人，因一场洪水把家中的田地淹没，他只得离乡背井，来到虎门水道的金锁排灯塔，当上了一名航标工。1957年，黄带喜在守灯的岗位上去世，他的儿子黄振威继承父业，年仅18岁就接过了父亲的担子，成为金锁排塔的新一代航标工。

1988年，黄振威的儿子黄灿明，刚满24岁就前往航道局应招，当上了深圳蛇口的一名灯标手。难忘一个风雨交加的夜晚，海面上的一个航标灯忽然熄灭了，黄灿明和妻子划着一条舢板，前往熄灭的航标进行抢修，经过一番拼搏，航标恢复了光明，往来的轮船又能自由地进出港口了。

黄灿明在蛇口港干了11年，1999年又接受航标处的特别安排，来到条件更艰苦的舢舨洲工作。半年后，他的妻子郭丽珍也跟着上了岛。他们把12岁的儿子和7岁的女儿交给公公婆婆，便义无反顾地走上了孤岛的岗位。

每天，当东方露出鱼肚白的时候，黄灿明就开始工作了，这时候他成为一名巡岛员，在荒僻的孤岛上仔细地巡查一遍，然后登上五层高的塔顶，认真检查灯具的每一个部件。

早上7点整，升国旗的庄严时刻到了。黄灿明利索地走到旗杆跟前，双脚立正，怀着崇敬之心，拉动绳子，鲜艳的五星红旗就在海浪的节奏声中徐徐升起。而他的妻子，则站在他的身旁，向国旗行着注目礼。每当有人白天从岛侧经过，远远就可以看到岛礁的最高处飘扬着一面五星红旗。每逢国庆节，黄灿明还会打开录音机，让国旗在国歌的音乐旋律中高高升起。每到傍晚6时，黄灿明就会把国旗轻轻降落下来，抹干旗上的水汽，小心地把旗子叠好，为明天早晨的升旗仪式做好准备。

在许多人看来，守灯人的工作是枯燥单调的，但在黄灿明看来，这件工作是很有意义的。他说："如果没有守灯人孤独的守望，就不会有船舶的安全航行。只要需要，自己愿意在孤岛上一直守望下去。"黄灿明白天的主要工作是检查设备、擦拭灯罩、清除太阳能硅片上的灰尘和水渍，保养电池头等。晚上的主要任务就是用望远镜观察海面，看看浮标是否有损坏或漂走，如有损坏要及时修复。暴风雨的夜晚是最令人揪心的，每逢这种情况，黄灿明就要彻夜注视航标灯的运转，而作为助手的妻子也会陪伴在他身边。

2003年，在黄灿明值守舢舨洲灯塔的第4个年头，也就是他39岁的那一年，他加入了中国共产党，在党旗下进行了庄严的宣誓，成为一名光荣的共产党员。从此，他对自己的要求更严格了。

舢舨洲四面环水，气候潮湿，航标员工作的日子长了，很容易患上风湿性关节炎。黄灿明从前辈那里学会了驱湿防寒之道。每到夜晚，他都用保鲜膜把自己的双腿包裹得严严实实，防止湿气渗入自己的腿脚，这种土办法也确实起到不少作用。当然，上级管理部门也为灯塔的防潮防寒采取了不少措施，尽量不让员工的健康受到损害。

黄灿明登岛的最初几年，是没有淡水供应的，苦涩的海水不能饮用。怎么办？他只能靠接雨水饮用。每逢下雨，夫妻俩就赶紧用盆桶把雨水接满。接下的雨水往往有沉淀物，夹杂着不少杂质，这就需要把干净的水倒进水缸里，而把余下的杂质倒掉，是一件颇费功夫的事情。广州航标处为了解决这个难题，采取了一个重要的措施，每个月都派船送10吨淡水到孤岛上，岛主人从此就不用为饮水问题发愁了。

事实上，航标员的生活条件是在不断改善的。早些年孤岛灯塔会遇到供电不足的问题，缺电的夜晚甚至要靠点蜡烛来照明。但如今铺设了大量的太阳能发电板，电力充足，而且还可以把多余的电力储存起来。现在，岛上的电力得到了保障，除了照明用电不成问题外，还可装上空调机、电冰箱、电视机和音响设备。

在长期的值守灯塔生活中，黄灿明找到了排除寂寞的好方法，那就是空闲时数数往来的船舶。他趴在铁栏杆上，专心数起过往船舶的数量。有一天他数了3500多艘，还有一天数了3600多艘，以后每次的数字都相差无几。据港口管理部门统计，每年经由舢舨洲灯塔指引通航的船舶，已超过100万艘次。

孤岛，其实并不孤单。

子承父业，这种动人的故事再次出现在黄氏家庭里。

黄灿明的儿子黄登科，也走着和父亲一样的道路。早在2007年，黄登科就通过广州航标处的招考，成为黄家第4代航标工，他先是在桂山岛灯塔工作，后又调到蛇口航标站，蛇口曾是他父亲战斗过的地方。黄灿明说，自己还有3年就退休了，希望退休后，儿子能来舢舨洲灯塔值守。自己会选择留在孤岛上，做儿子的助手。

随着航海保障事业的发展，现代灯塔都装配有现代化新能源。南海航海保障中心广州航标处在珠江口航标建设中，引入了"对标同步闪"、遥测遥控和船舶自动识别系统等技术，打造了珠江口"海上高速公路"。由于新技术的应用，越来越多的灯塔实现了无人值守。整个南海航海保障中心，共有70座灯塔，目前只有其中的5座有人值守，当中包括舢舨洲灯塔。

有人对黄灿明说："可能不久以后，所有的灯塔都会变成无人值守了，航标工难免会变成失业者。"黄灿明却说："即使将来某一天，我真的要离开灯塔，但我仍然会待在灯塔附近，因为它已经成为我生命中永远的侣伴。"

两千多年前，广州就是中国海上丝绸之路的重要港口。如今，新的海上丝绸之路正在不断延伸。至2022年初，广州南沙港已建成6个15万吨级专业化集装箱泊位，开辟了150条外贸航线，助力整个广州港的吞吐量取得全球第五的佳绩。

洁白的灯塔，曾为昔日的海上丝绸之路做出了无私的奉献，如今也为新的海上丝绸之路输送源源不断的光明。即使有一天，所有的灯塔都实现了无人值守，但"燃烧自己，照亮别人"的灯塔手精神却依然绽放光芒。

听，在舢舨洲灯塔上，响起了黄灿明歌唱中国共产党的歌声："你是灯塔，照耀着黎明前的海洋；你是舵手，掌握着航行的方向。伟大的中国共产党，你就是核心，你就是方向……"

阳光下的龙穴岛

你也许到过广州的南沙区，但不一定到过南沙的龙穴岛。在这个面积达65平方公里的岛屿上，每个角落都有着动人的传说。

龙穴岛是一个诗意的岛，那里的早晨和夜晚是那么柔情；龙穴岛是一个不眠的岛，建设者们在这里没有白昼之分；龙穴岛是一个梦幻的岛，时时刻刻都有美丽的梦想。

历史回眸

龙穴岛原属珠江华侨农场管辖，珠江华侨农场改制以后，归珠江街道管辖。为了加快岛屿的发展，近年又成立了龙穴街。但岛上的退休人员仍由珠江街管理，地块管辖权归属珠江农工商联合公司。令人振奋的是，在这个古老的海岛上，建起了华南最大的造船基地，建成了世界一流的深水港。

浪潮拍打在龙穴岛的礁石上，掀开了古老的一页。传说很久很久以前，龙穴岛临海的一隅有一座堂皇的龙宫，南海龙王就居住在这座龙宫里，宫内储藏着大量珠宝，那光彩夺目的水晶球更是价值连城。

宽大的宫门高10米、宽5米，深藏着诸多玄机，龙王出海时会卷起巨浪把宫门紧闭，返回时又会令汹涌潮水退去。几千年过去了，那个扑朔迷离的龙宫只剩下一个幽深的洞穴，而那个巨大的洞门已被盘根错节的老树古藤遮盖，传说中的龙王早已消遁得无影无踪了。

清朝中后期的反清斗士张保仔，曾率领一众人士在东南沿海与清兵周旋，也曾在龙穴岛的洞穴隐藏，最后因寡不敌众而在龙宫内被清兵活捉杀害。龙穴岛也留下了许多关于反清斗士的传奇故事，这些故事随着历史远去而逐渐被人淡忘了。失去了传奇人物的龙穴岛，在许多年里变得荒僻、孤寂、沉默。

龙穴岛上的居民，长期以来靠捕鱼为生，最兴盛的捕鱼时期是在20世纪70年代。那时，他们每次出海捕鱼都用8条机船作业，而且那时的渔民都是武装民兵，出海时配备机关枪、冲锋枪，以及电台等。那时的渔业队，与民兵队是结合在一起的。龙穴岛的渔业队涉迹的海域很多，除了在附近的海域捕鱼外，更多的是远赴汕尾、汕头、北海，还有靠近越南的南海海域。

岛民们出海捕鱼经历过不同的风景，既有风平浪静、一望无垠的水色，也有狂风大作、波浪翻卷的险象。在月光如银的夜晚，从各地来的船队聚集在一起，有广西的、福建的、广东的，全都驶进同一片海域，那星罗棋布的灯盏，发出耀眼的光芒。一百多艘渔船，构筑起一座海上城市。那是一座移动的城市，一座只有在夜间才醒来的城市。

遇上台风季节，海上的情景可以用险象环生来形容。两条相距仅200米的渔船，由于风浪的翻卷而无法看到对方，其他渔船似乎也在波峰浪谷中消失了。并非船队无法预测台风的到来，而是他们都清楚地知道，台风前夕正是捕鱼的好日子，这时候鱼群会成群结队出现，捕鱼一天的收获相当于平时一个月的所得,这样的诱惑实在是太大了,值得去冒一下风险。于是,渔民们便在台风到来之前撒下大网,果然等待他们的是丰厚的渔获。一张拖网拖不动,两张拖网也拖不动,他们只好在拖网上剪开一个口子,放掉一些鱼群。而当他们把大量鱼群拖到船上的时候,台风也就呼啸而至了。当然,渔民们靠自己的勇气和毅力战胜了台风。

2004年春,历史掀开了新的一页,沿海变革的呼唤催醒了沉睡的龙穴岛,城市南拓的脚步驱走了岛上的寂寞。一株株火红的杜鹃花绽开着迷人的色彩,一棵棵粗壮的苦楝树收起了苦涩的容颜,一丛丛仙人掌从峭崖的石缝中伸出绿色的手掌,它们都从小岛的现代变化中赢得了生机和活力。

龙穴岛呀,它依然像往昔一样,置身于内伶仃洋的西北一隅,西临万顷沙半岛,北望番禺小南沙,东眺虎门太平,南倚苍茫伶仃洋;但它早已脱掉了古朴的容颜,变成一个威武的海中骄子,屹立在中国南部的海岸线上。

大桥的福音

龙穴岛的建筑物,往往都与"龙"字有关。最令人着迷的一座长达2500米的跨海大桥,就取名为新龙大桥。桥的一头连着万顷沙的新垦,另一头则连着龙穴岛的东部。

站在新龙大桥的桥面往下俯瞰,滔滔的海水奔流不息。顿时,往昔我们驰骋珠江口的一幕又在眼前掠过。

2004年初,我们到龙穴岛探秘,从万顷沙的新垦码头启程。快艇载着我们在河涌里行驶,然后转到宽阔的河面。经过30分钟的行驶到达了龙穴岛的第一站。我们稍作停留，再前往较远的第二站，这就需要再乘40分钟的快艇。乘快艇的滋味不同寻常，胆子大的人觉得十分刺激，胆子小的人则饱受惊吓。快艇行驶时，简直像一支离弦的箭，艇底冲开长长的浪沟。最惊险的是当别的快艇从相反方向开来时，两股浪潮发生剧烈碰撞，把艇身撞得左摇右晃，稍有闪失就会跌落水中。最令人担心的是快艇行驶到宽阔的水域时遇到大轮船驶过，轮船排开的大浪会令小艇颠簸不已。当快艇几经艰险在龙穴岛的第二站停泊时，我们每个人都成了"落汤鸡"，衣服全湿透了。

新龙大桥的建成，把一切阻隔和险象都驱散了，川流不息的汽车代替了昔日的快艇，人们乘车仅用几分钟就可跨越珠江的出海口。我们清楚记得，大桥在2004年底通车之前，龙穴岛还是非常落后的，常住的六百多名岛民过着十分简朴的生活，全岛仅有一间米铺、三间百货商店，两名医护人员、五名小学教师；没有银行，没有邮局，没有自来水，甚至没有有线电视；岛上的道路破烂不堪，小路上积满"走地鸡"的鸡屎。岛民进出岛全靠小船小艇，捕鱼捞虾是他们唯一的谋生手段。

而现在，常住岛民虽然仍是六百多人，但岛上人员却数倍增加，那是因为造船基地和港口接纳了大批创业者。岛上的粮店、商店、学校比原来翻了几番，银行、邮局早已进入小岛，岛民用上了大电网的电。小岛还走到了全省信息化建设的前列，成为全网接收数字电视和多媒体功能服务的样板。如今，新一代岛民走出小岛到区内其他地方就业，岛外各种专业技术人士纷纷进入小岛施展才华。

我们记得，在新龙大桥的引桥开始动工之时，一位从珠江华侨农场走出来的老画家，带着他的弟子，重返龙穴岛写生。这位老画家面向宽阔的海面，对弟子说，这幅《碧海晴天》就由他自己来画，表现的是生态美。而一年以后大桥建好了，就由弟子来画一幅《沧海长龙》，表现的是造型美。生态美和造型美都是大自然的神来之笔，老画家希望他们的作品能成为龙穴岛变迁的见证者。

神奇的龙穴岛呀，它是珠江口最先接受阳光的地方；而壮美的新龙大桥，仿佛伸出一只巨手，托起每一轮初升的太阳。

巨轮从这里启航

龙穴岛周围的水域，往昔行驶的只有一条条旧船破艇，岛上的居民唱惯了那首古老的歌谣："月弯弯，雀仔叫，我在月下把船摇，月光对我眨眼笑；摇呀摇，摇呀摇，摇落满天小星星，天亮摇到外婆桥。"如今，古老的歌谣少有人唱了，而在龙穴岛水域行驶的也换成了万吨轮船。

龙穴岛是广州唯一的出海口，有着条件良好的深水港，地理位置得天独厚，拥有造船业所需的深水海岸线。为此，广州市政府决定委托中国船舶集团公司等，在龙穴岛建设华南最大的造船基地，与长江口造船基地、环渤海湾造船基地并列为中国三大造船中心。

龙穴岛的居民，为支持中国的造船工业，牺牲了自己的利益。曾经，他们历经艰辛，日夜奋战，围海造田造出了7000亩土地，而如今，他们要无偿把这7000亩地交给政府，由中船集团兴建造船基地。因为土地是国家的，不存在征地的问题，只属于收地的范畴。征地与收地仅一字之差，但利益却有天壤之别。龙穴岛的居民在这件事情上表现出高尚的风格，他们以大局为重，把自己亲手开辟出来的7000亩地无偿地献给了国家。

忘不了2004年金秋时节，历史性的一刻到来了，一声炮响打破了海岸的寂静，造船基地的奠基战斗打响了。第一场战役是吹填造地，8台大型吹沙机同时投入运转，轰鸣的机声震撼了平静的大海；一条条粗大的沙流源源不断喷射到堤围内，好似一条条巨龙在苍穹中滚动，第一期工程的围堤土方量达2000万立方米，造地面积达580万平方米，码头海岸线达6公里。

2008年早春二月，我们走到浩大的船台附近，看到两个工人正从高高的脚手架上走下来。我们上前一问，才知道他们是龙穴岛新一代的青年人，几年前已被中国船舶集团公司录用为造船工，经过培训已经胜任本职工作。这两个工人是为数不多的被录用的岛民，岛上的大多数青年人都到港区码头从事物流工作去了。小伙子们摘下头上的安全帽，拍打着工作服上的灰尘，笑谈他们手中的活儿——电焊。从他们脸上的神情来看，他们心中充满了自豪。当然啦，他们的祖辈只是摇着小木船的贫苦船民，而他们这一代人却成了焊接万吨巨轮的造船工。

近来，我们得知龙穴岛造船基地接连取得丰硕的成果。2015年的造船产量已达到300万吨，占中国造船产量的四分之一，而且建造的船型为15万吨原油船、11万吨成品油船，还有大型集装箱船等，真是令人惊讶的丰功伟绩。令人振奋的是，2016年12月8日，由广船国际有限公司建造的我国最大的半潜船"新光华"号在南沙命名交付。这艘船外形酷似航空母舰，平坦甲板面积有两个标准足球场大，全船有118个压载水舱，每个水舱都有一个阀门直接通向海底，轮船可自动潜入水中30.5米，并能轻松举起10万吨级重物。这艘被称为"海上大力神"的"新光华"号半潜船，于2015年3月20日开始动工，仅用了20个月就胜利建成，成为中远海运公司特种船运输的新旗舰。

今天，在龙穴岛巨大的船坞中，一艘艘巨轮从轨道上滑出，投身到大海的怀抱里，那悠扬的笛声冲开了层层海浪，把中国人民的智慧和力量带到世界的每个角落，珠江口将成为中国创建世界第一造船大国的重要砝码，成为镶嵌在祖国海岸线上的璀璨的造船明珠。

不平静的海港

美丽的龙穴岛，喧腾的深水港；自从大型轮船频繁进出深水港以后，静静的龙穴岛就变得不平静了。

龙穴岛港口统称南沙港，位于珠江出海口虎门水道的西岸，东与东莞虎门隔海相望，西眺中山市；距香港38海里，距澳门41海里。港口规划陆域面积65平方公里，海岸线长25.5公里，航道水深17米，可建成50个5万吨级泊位。南沙港区方圆100公里范围内囊括了广东经济最发达的珠三角城市群以及港澳地区，周边75公里范围内还有五大国际机场，从地图上来看，南沙港区恰好处在珠三角的几何中心。

早在2004年6月南沙港第一期工程仍在施工时，我们就登上了喧腾的龙穴岛。那时候新龙大桥还没有建成，只能乘坐快艇来到码头工地。只见码头面对的大海浩瀚一片，远处的青山屹立在海岛的侧翼，这里既是一个风景优美的胜地，也是一个得天独厚的良港。当时大海上涛声阵阵，港口里热火朝天，年轻的建设者们来自祖国的四面八方，他们放弃了节假日的休息而投入海港的建设。当那些生活在市区的同龄人在娱乐场所里轻歌曼舞时，他们却满头大汗地顶着烈日在拼搏奋战，伴随着他们的只有劳动号子声和拍岸的涛声。他们的忘我精神，深深感染着年轻的岛民。一个星期天，外出做工的一个岛民返回龙穴岛休假时，写了一首诗送给与他同龄的港口建设者。这位墙头诗人的新诗叫作《我和你》，诗曰："我是一个快乐的岛民，你是一个奔驰的骑手；我和你，手拉手，相逢在小岛的尽头。海鸥为我歌唱，海风为你梳头，风雨为我呐喊，机声为你加油。你在南沙建港口，我的诗情环岛走，小岛屹立我胸中，世界走进你心头！"

在南沙港一期工程竣工的当天，南沙港迎来了第一位客人，中国远洋运输总公司的"粤河号"集装箱轮船、中国海运集团"新苏州号"集装箱轮船顺利停靠港口，并成功卸下了第一个货柜。第一期工程结束后不久，第二期工程又吹响了进军的号角。当我们再一次登上龙穴岛时，很快就看到一艘巨大的主力施工船"万顷沙号"正在施展神奇的功力。这艘华南最大的大型自航耙吸式挖泥船是由荷兰建造的，目前也是世界上最先进、自动化程度最高的挖泥船之一，具有超强疏浚能力，每52分钟可挖1万多立方米泥，每月能创造出150万立方米的挖泥吹填量。这艘"巨无霸"挖泥船的神奇功力实在令人惊叹。

2006年7月18日，当南沙港第二期工程正在热火朝天施工时，港口迎来了一位尊贵的客人——瑞典"哥德堡号"商船。早在两百多年前，中瑞两国就开始了双边贸易史，现在"哥德堡号"重新莅临广州，记忆的大门再一次洞开，第二个经贸黄金时代的大幕又徐徐开启。历史翻到了1732年的秋天，有一艘悬挂着英国米字旗的帆船远远驶来，当时的广州人并不知道，这艘乔装成英国国籍的商船，实际上来自更加遥远的北欧——瑞典。这艘瑞典商船叫"腓特烈国王号"，船上之所以悬挂英国国旗，是因为船长认为中国人对米字旗更熟悉。商船在广州逗留了4个多月，采购了大量货物。其后，由瑞典来粤的商船多达35艘，其中最有名的就是"哥德堡号"。瑞典人把那个时代称为"闪闪发亮的黄金时代"。

2006年7月22日，广州市政府和瑞典驻华使馆主办的"广州——瑞典经贸合作交流会"在广州举行，随"哥德堡号"来访的众多瑞典

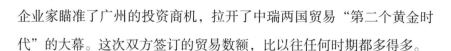

企业家瞄准了广州的投资商机，拉开了中瑞两国贸易"第二个黄金时代"的大幕。这次双方签订的贸易数额，比以往任何时期都多得多。

令龙穴岛居民自豪的是，瑞典客轮停靠在龙穴岛后，船员们十分欣赏岛上的风光，那翠绿的山头，突兀的岩石，平整的田地，朴素的农舍，都证明龙穴岛的海岸线是美丽的。确实，岛民们曾经有一个计划，要将龙穴岛建设成一个旅游观光岛，这个计划开始实施的时候，适逢广州市有一个更大的计划要在岛上实施，那就是造船基地和港口建设计划。龙穴岛居民为了顾全大局，除了把7000亩围海造田的土地无偿移交出来，还把一些属于旅游景点的地盘也贡献出来。他们知道，今后将有许多邮轮在这里靠岸，然后把一批批广东游客，送往国内的其他沿海城市和亚洲的各个港口，浏览当地的自然风光，享受旅游的快乐。于是，他们乐于让"小旅游"服从"大旅游"。

确实，自2016年初丽星邮轮公司"处女星号"在南沙港起航以来，国际邮轮巨头纷纷抢滩南沙龙穴岛，致使广州邮轮业的发展十分迅速，"老广"的邮轮游从入门级已经飙升至国际豪华版，欢乐指数达到"爆灯"的程度。2016年底，首个亚洲本土豪华邮轮品牌星梦邮轮公司耗资9.5亿美元，打造了15万吨的"云顶梦号"入驻南沙港，带来全新航线的体验。星梦邮轮公司总裁介绍说，首度入驻南沙母港的"云顶梦号"，是星梦第一艘专为亚洲，特别是中国高端邮轮市场量身定制的邮轮，让"老广"尽享真正的豪华邮轮的风采。

其他邮轮巨头也不甘示弱，纷至沓来。皇家加勒比公司加大了华南市场的投入，作为备受瞩目的"海洋量子号"姐妹船，吨位达16.8万吨的旗舰级邮轮"海洋赞礼号"，也于2016年底停靠南沙港。歌诗达邮轮公司也于同年底派出"幸运号"开通了南沙港母港的航线。

在一个周末，我们在南沙港看到，前来港口准备登上邮轮出发的游客中，有一批自驾粤T、粤S、粤J等牌照的私家车的珠三角城乡游客，他们将私家车停靠在港口停车场，将行李交付托运，然后，一家老小轻松上船。还有一批来自江西、湖南、广西等地的游客，他们乘搭高铁来到广州南站后，换乘旅游大巴抵达南沙港。更令人高兴的是，游客中除了操着标准粤语的"老广"外，还有操着地道番禺乡音的中老年人，他们其中有一些是珠江街道的居民，个别甚至是龙穴岛的岛民。他们要享受一下搭乘豪华邮轮远游的乐趣。

不算尾声

历史又掀开新的一页，又一世界顶级邮轮将从广州起航。2017年初秋，从云顶邮轮集团传来消息，该集团决定把星梦邮轮旗下第二艘15万吨全新邮轮"世界梦号"调配至广州南沙，这艘由德国建造的世界级巨轮将于2017年11月入驻广州南沙港启动运营，并分别开通前往菲律宾和越南的两条国际航线。这两条航线分别是"广州南沙—菲律宾马尼拉—长滩岛"以及"广州南沙—越南胡志明市—芽庄"。这是继"云顶梦号"后，属于"老广"的第二艘豪华邮轮，堪称中国邮轮母港运营发展的又一新里程碑。

"世界梦号"这艘海上"巨无霸"，楼高18层，可载客3376人，客房接近1700间。为满足旅客的需要，"世界梦号"还专门配备了完善的商务及休闲设施，旅客不仅可以体验来自世界各地的餐饮风味，还可尽情享受中西式水疗设备以及感受由新加坡引入的知名Zouk派对俱乐部的魅力。笔者了解到，在这种高级别的邮轮当一名员工也享有优厚的待遇，船上最低岗位底薪1000美元/月，其他级别薪金需根据部门效益及岗位情况而定，员工薪金不乏在万元（人民币）以上的，工作期间一日六餐全部免费。但员工的身高要求较为严格，要求男员工身高1.76米以上，女员工身高1.68米以上。

为了缓解客流压力，南沙国际邮轮码头已于2016年8月底开始动工，2018年底完工并投入运营，年旅客流量预计可达到75万人次。南沙国际邮轮码头综合体总投资170亿元，码头将按世界标准建设一个22.5万总吨和一个10万总吨的邮轮泊位，未来世界上最大的邮轮可自由进出南沙邮轮母港。

啊，世界一流的港口迎送着世界一流的巨轮，开创着中外海上航运和贸易的新时代！中国人民打造海洋强国的梦想，一定能够实现！

绿道畅想曲

春天，我们走在南沙区东涌镇的绿道上，走在悠长的绿色走廊，也走在希望与梦想交织的旅途上。秋天的落叶已经飘远，冬日的寒流已经消逝，春天的故事刚刚萌芽。暖融融的阳光哟，与绿色的期盼一起走进我们的心扉。

进入21世纪的珠江三角洲，高扬着一个美丽的主题，就是"绿色、自然、环保"。于是，一条条绿道崛起在城乡的中轴线上，释放出清新的空气和绿色的氛围。

绿道是指沿着河流、溪谷、山脊线、水沟、风景道路等自然和人工廊道建立的景观线路，兼具生态、休闲、环保等多种功能，在公园、自然保护地、名胜区、历史古迹和城乡聚居区之间起到重要的连接作用，是一种线性的绿色开放空间。

美丽的东涌绿道，总长度26公里，始建于2011年4月，其建设理念坚持原生态、原产权、原民俗和自然化、多样化、人性化的原则，依托东涌自然、历史、文化、成形道路等资源，规划建设出覆盖大稳村的绿道网络。它坐拥生态之美，践行低碳之风；它像一条绿色的丝带，把东涌镇城区与大稳村及主要干道市南路串联成网，实在有巧夺天工之感。

我们从城区的和乐路出发，一条平均4米宽的道路出现在我们面前，这条道路隐藏在香蕉树、甘蔗林、石榴、木瓜、桂木、青橄榄的绿色怀抱中，绿道蜿蜒向北伸延，一眼望不到头。而大片的蔗林和果林，又把在田间除草施肥的农民掩藏得严严实实，我们这辆行走在绿带中间的汽车也吞没在林涛中。

汽车向前走着，绿道两旁的蔗林、果树像一条河流似的在我们身旁流过。我觉得绿道上流淌的是东涌人的追求和气质，是绿色人生的无声诠释。我忽然感觉到，生命正从绿道出发，在茫茫沙田采撷一份潇洒；视野与河涌亲密接触，心灵感悟出绿色背后的人文情怀。

在绿道的中段，有一条独具特色的长廊，名为"绿色走廊"，全长1.5公里，长廊上的棚架高3.5米。这是一条步行道，汽车不准在长廊内行驶。长廊内的风情真是独树一帜，两旁种植了珠帘、蒲瓜、老鼠瓜、千成兵丹、丝瓜、密本南瓜、长柄葫芦、西番莲、刀豆等一批观赏性强、长势旺盛的瓜果。而在长廊的顶上，一排整齐美观的棚架一直向前铺展，棚架上缠满了藤蔓枝叶，也吊着一排排瓜果。密集的瓜果可谓形态各异，有长形、圆形、纺锤形、葫芦形等数不胜数；颜色也各不相同，有青色、青灰色、红色、金黄色等比比皆是。

我们行走在一条集观光、科普、农具体验于一体的绿色长廊，也行走在一条"遮天蔽日"的休闲路上。在这条长廊上，由于棚架被枝叶藤蔓围蔽，因此"白天晒不到太阳，晚上羞见到月亮"。在赤日炎炎的夏天，这里成为人们避暑的好去处；而在秋高气爽的明月之夜，人们可以通过长廊旁边的河涌，欣赏到天上月亮的倒影。当然，在细雨绵绵的日子里，绿色长廊还可以成为避雨的好地方。

长廊上的瓜果可真多，仅葫芦瓜就有好几种，比如长柄葫芦、大肚葫芦、鹤首葫芦等等。鹤首葫芦瓜的外形十分奇特，许多城里人从没见过，其形状似古战场上的兵器狼牙棒。一根根"狼牙棒"在头顶悬挂着，犹如交战双方摆开阵势准备厮杀。还有漂亮的珠帘藤，其学名叫锦屏藤，最特别的地方是从茎节处长出无数细长红色的气根，悬挂于棚架下，当微风徐徐吹来，气根即随风摇曳，恰似一排排红色的幕帘在摆动，幕帘后似乎晃动着美女的身影，那情景如诗如画、让人如痴如醉。

我们走着走着，忽然担心那些沉甸甸的瓜果会砸到我们头上。陪同我们漫步的镇政府干部笑着说："别担心，这些瓜果都由菜农用丝线绑牢在棚架上了。"我们左看右看，还是看不出端倪。那位干部又说："丝线都是绿色的，跟枝叶的颜色一样，你们自然看不出破绽了。"他又告诉我们，当初一些员工也担心硕大的瓜果会掉下来砸到游客，往往趁瓜果还未熟透就摘下来。后来农科所的朋友替我们想出这个好办法，难题就迎刃而解了。

我们的一个同伴想试试棚架上的瓜果的牢靠性，顺手从长廊旁边的泥土里拔起一根竹竿，在瓜蔓上拨来拨去，瓜果仍然没有掉下来。另一位略懂采摘知识的同伴说："这样做是徒劳的，你要在竹竿的一头绑上弯月形的刀子，才能把瓜果割下来。"那位要把瓜果拨弄下来的同伴只好作罢了。

这时，一阵风吹来，吹动了悬吊着的一排排瓜果，它们像一串串彩色的风铃，在阵风中轻轻摇曳，带给慕名而来的客人们真诚的祝福，也带给客人们无尽的遐想。放眼绿色长廊，远远近近走动着兴致勃勃的中老年人，晃动着温情脉脉的情侣们的身影，回响着儿童们欢乐的笑声。

在绿色长廊的旁边，有一个湿地公园，占地面积45亩，内有园林和湖泊。紧挨着绿色长廊的是一个清澈的湖，湖内种植了荷花、再力花、水生美人蕉、铜钱草、风车草、狐尾藻、水草、水芋、桐花、鸢尾、梭鱼草等10000多株水生植物。湖边砌有步行路径，湖心搭建了观景台，游人可观赏湖内美景。仔细看去，湿地公园的湖内有着绿色长廊的倒影，棚架上的瓜果和枝叶藤蔓也在水中历历在目，它们和湖上的水生植物交相辉映，使人分不清哪种是湖中植物，哪种是湖岸植物的倒影。由于湖中植物是绿色的，我们头顶上的植物也是绿色的，因此水中的倒影似乎也是绿色的。视觉上的错位成全了观赏上的美感。

我们走过了1.5公里的绿色长廊，又坐上汽车前往东涌绿道的另一端——沙鼻梁涌驿站。在沙鼻梁涌的三岔口，有一株树龄120年的古老木棉树，树身直径近2米，树高近40米，树冠面积达300平方米。虽然有点老迈年高，但古树在每年的春天，枝头上仍开满鲜红的木棉花，红艳艳一片，真有返老还童、重获青春之感。

从沙鼻梁涌口往南走约50米，又有一棵枝叶茂盛、充满生机的巨大榕树屹立其中，这棵树树龄约有110年，树身分成四枝，各自向着东、南、西、北方伸展，像一个母亲养大的4个孩子各奔前程。据说一百多年前，这里还是一片泥沙冲积而成的"沙鼻梁"，人们围田耕种，并堆起一个高高的土墩，在土墩上种下了这棵榕树。每当河水暴涨，老百姓便跑上土墩避难，榕树也成为当地居民观察灾情的瞭望台。我们看着这棵古榕，不由得又浮想联翩：东涌绿道百年的古树哟，一部村民的奋斗史，不正刻在你苍老的年轮里？

走在东涌的绿道上，一种新的思维油然而生：沙田，是不会枯黄的绿洲；生活，是不断延伸的绿道。悠悠绿道带给当地居民的是一种新的生活方式，带给旅游者的是一种新的情趣。人们总喜欢走进绿道，到大自然中锻炼，到郊野中呼吸新鲜空气。绿道的延伸，带给现代人一种更为环保、更为自然、更接近原生态的生活方式。

　　春天，我们走在东涌的绿道上，走在春风和春雨的奏鸣中，走在春花和春草的笑语下，走在翠绿的希望里，我们和整个东涌一起激情跃动。啊！生命在绿道中经历了最流畅的漫行，生活在绿道中找到了最美丽的风景。

南沙人：
沙之下，水之上

庞　贝

　　我一向认为考古学家比历史学家更靠谱，如今很多历史学家都变成了活色生香的"说书人"，考古学家看似枯燥乏味的劳作就更值得敬重。外人难以理解这些"挖土人"的快乐，他们在经受日晒雨淋的田野挖掘后的那种欣喜，那是"发现者"的快乐。对于追逐热点的媒体来说，考古学家们的工作有时却很难有充分的展现。即便是"南沙人"这样一个对广州来说意义非常的考古发现，我们似也难见更多后续报道。"南沙人"是最早的广州人，"南沙人"的考古发现将广州人的历史追溯到先秦时期。这些都是考古学家的定论。2023年的这个早春的日子，置身于南沙这个地理和历史的现场，恍若身在一个特别的平行时空中。南沙是粤港澳大湾区的几何中心，是大湾区"半小时交通圈"的原点。珠江有八个入海口，而南沙有其三。地质地理学研究显示，南沙曾数次在汪洋大海中沉没。沧海桑田之变，而今是有了身临其境的最为直观的感受：极目所见是一座现代新城，这里有广州最大的湿地，有"科技风"的现代图书馆，有人工智能全自动控制的集装箱码头，有全国规模最大的邮轮母港综合体，也有商用火箭制造公司。沧海明珠，就在这片江海交汇的广大区域，就在这片经年围垦而成的沙基陆地上。而在更为古远的年代，我们现在身处的很多地方还是"在水里"。

　　考古学家说，60万年至80万年前，岭南就有了人类活动遗迹；12.9万年以前，岭南就出现了早期智人（马坝人）；1.4万年前，广东先民就驯化了水稻，这或许是世界稻作文明的源头；距今2500年前，今日珠三角的地形轮廓才大致稳定下来，"负山带海"的广州地貌亦基本定型。"南沙人"却是约3500年前的遗存,在一个叫鹿颈村的地方。

鹿颈村位于广州市南沙经济技术开发区的东南部,虎门水道西岸古海湾内,虎门抗英战斗遗址大角山下,占地面积3.5平方公里,东面与东莞市虎门镇隔水相望,南面与龙穴岛隔凫洲水道相望。从广州驱车来到珠江出海口的大角山,沿着山麓东行一小段路,便到了鹿颈村。鹿颈村也叫鹿颈寨。晨光熹微,薄雾笼罩的小村庄,安宁而幽静的风景,似是蒙着某种神秘的面纱。一片片红顶白砖的小楼依山而筑,自有一种整洁和质朴之美。沿着绿树成荫的村道往前走,沿途所见有灯光篮球场、健身舞广场、社区书屋和曲艺社等文体设施,也有路口视频监控的"电子眼"和分类垃圾箱。鹿颈村其实是一个古村落,据传建于元代至顺年间,这是当地人追溯到的开村年代。我向一个正在修饰花木的老伯打听考古遗址所在,老伯说在牌坊斜对面大马路那头。

返回村口,我看见了大理石牌坊上的"鹿颈"二字。牌坊的对面正是通往大角山天后宫的路,据说那个天后宫广场上安放着一尊"南沙人"。我来到这里,不是走马观花的游客,我并非是要看这个"南沙人"的复制品。我要探寻"南沙人"发掘过程中的更多细节。

此刻的村道上阒寂无人,路边的厂房映衬着日出时分的霞光。我向村庄的后山眺望,据说鹿颈村是因后山山势延伸如鹿颈而得名。也有一说是因村落建于鹿山山头下之凹位,类似于颈部位置,故名。我感觉"鹿颈"这个名字很好听,也许其由来并不这么简单,也许这名字别有深意。

远山静默,云淡风轻,雾中的花树在微风中颤动,仿佛是在发出某种低语,那也许是关于古老岁月的某个秘密。

发现

　　很多重大发现都是始于某种偶然，"南沙人"的发现亦是如此。虽说是偶然的机缘，这其实也是基于发现者是"有心人"。番禺人于小光依然记得那个发现过程的所有细节。20世纪90年代他在番禺质量技术监督所工作。他是个爱下功夫的文物爱好者，也钟爱家乡历史文化，一有时间便会到乡间田野做调查。某个寻常的周末，他利用这空闲时间从番禺市区到南沙镇进行例行的调查。这一天，他正骑着单车绕过鹿颈村的鱼塘，穿过沙堤，行进在乡间的小路上，忽然觉得车胎下硌到一块石头。敏感的他立即停下车，蹲下身子细细查看。这是一个颜色奇怪的石块，其形态、质地都非同寻常的石头。再仔细查看周边，就见离这石块不远处，还有一块跟这很像。石块上有斑驳的花纹，他低头凝视这些花纹，似乎意识到了什么。

　　"这是古陶片啊！"于小光喃喃自语。他攥着这化石般的陶片继续寻找，寻找范围在不断扩大。田埂、树下、草丛、石堆，整整一个下午，他在这附近发现了大量散落在地面的陶片。于小光起身抹了一把汗，抑制住怦怦狂跳的心。他具有一定的考古知识，凭经验他推断出，这里很可能是一处重要的文物遗址。得出这个推断，他立即打电话给番禺文物管理办公室（以下称"番禺文管办"），报告所发现的情况。

　　番禺文管办值班人员接到电话，便立马上报广州市文物管理委员会。很快地，广州市文物管理委员会的专家会同番禺文管办考古人员，一起来到了鹿颈村现场。这无疑是个古遗址。一场全面细致的调查开始了。

　　面对大片的稻田、菜地、荔枝林和蕉林，考古人员分头勘察，首先确认遗址的范围和大致年代。整个遗址面积有10000余平方米，从东边的大角山，到西侧的鹿山，从南面的珍珠山，到北面的珠江口。鹿颈村三面环山，一面向海，看来，这个遗址所在的位置原先应是珠江虎门出海口西侧的一个古海湾。遗址现场散落着大量各种纹饰的陶片和石器，考古人员从暴露的地层断面很快便推断出，遗址的文化内涵非常丰富，这是环珠江口地区又一处重要的先秦遗址。

大量的陶片石器散落在稻田、菜地和树林间，这预示着此方土地之下有另一种存在，那也许是一个为漫长岁月所掩埋的古村落。北面沙堤处是开挖的鱼塘和采沙场，望着这个景象，有位考古人员叹息了一声："这部分地方的遗址，恐怕已经遭到了破坏，需要尽快加以勘探为宜。"

1997年，广州市文物考古研究所向国家文物局申请对遗址进行主动发掘，同年得到国家文物局的批准，颁发了发掘执照，经费自筹。随着90年代初南沙经济技术开发区的成立，遗址所在地被划为鹿颈村的工业用地，村里开始在遗址的北面和东面兴建简易厂房，并将继续往遗址的中部地带发展。根据这一情况，广州市文物考古研究所及时向上级汇报，提出立即对遗址进行抢救性考古发掘。广州市文化局对此非常重视，专门拨出发掘经费。

广州市文物考古研究所会同番禺博物馆成立了鹿颈遗址发掘队，力图对遗址进行抢救性考古发掘。2000年11月下旬，装备齐全的考古队员带着工具进场作业。古怪的装备，古怪的举动，着实让来看热闹的村民们好奇地议论了好半天。

这是一次全面的考古调查和勘探，考古队确认了遗址的分布范围和文化内涵，然后开始第一期的抢救性发掘。根据当时的地形地貌，他们将整个遗址分为六个发掘区，分区掌握地下遗存的埋藏情况。遗址发掘采用象限法布置探方，总基点位于鹿颈路2号民宅院墙东南角正东10米，正南15米处。整个遗址均坐落于第一和第四象限内，发掘前参照当时的地形地貌和现有建筑物分布，将遗址分为第一象限内的五个区和第四象限的第六区，一共六个发掘区。在各区的发掘过程中，不同发掘区地层编号各自独立，而相对年代在后期的整理中梳理出来。

第一区位于遗址西部，鹿颈路和小河涌之间的狭长区域，从掌握的调查和勘探的情况来看，这里地势高，堆积较薄，耕土层下便是商时期文化层。考古人员推测这里可能分布着居住类遗迹，所以未作发掘。而位于遗址北部第五区，因被村民挖了鱼塘和沙场，文化堆积也早已被破坏。

挖掘工作是从遗址第二区开始的。二区北部由于没有农作物，不存在青苗补偿的问题，于是考古队员们首先在此布了一个探方作为试掘点。

考古队员们在二区探方发掘了几天，看到他们收集的那些陶片标本，村民才明白原来考古就是来挖"烂瓦渣"的。

看着队员们挖出来一个又一个"烂瓦渣"，一个看热闹的老汉有些不以为然，也有几分疑惑。他随手指了指河涌边的香蕉林和杂草丛说："这些玩意那边很多啊，都是种地时候拣出来丢在河边的！"

一听老汉这话，考古队员们简直是如获至宝，他们撒腿奔向那片蕉林草丛。满地都是石锛、陶罐釜钵的残片，还有大量的烧土块和贝壳，考古队员们兴奋不已：这些显然是先秦文化遗物！他们又是拍照，又是记录，又是编号收集标本，忙得不亦乐乎。看见队员们欣喜奔忙的样子，村民们也跟着热闹起来了，"村里来了捡垃圾的'考古佬'！"

挖掘

　　一万多年前，地球的末次大冰期结束，海平面逐渐上升，海水淹没大片陆地，整个过程持续了数千年。珠江三角洲主要由西江、北江、东江在海湾内堆积复合而成，是一个地势低平、河涌纵横、水网交织、岗丘（海浸时为岛屿）错落的冲积平原。它是在三次海浸和三次海退的过程中发育起来的，现今的地貌基本是形成于6000年前。彼时海平面高度接近现今高度，大陆的人类群体便开始慢慢走出洞穴，来到靠近海河岸边活动，也留下了他们的文化遗迹，而今我们所见的沿海人类遗址多为沙丘遗址。沙丘遗址因其分布在沿海沙滩、沙堤和沙洲上而得名，而沿海沙丘遗址是具有明显海洋文化特质的古代文化遗存，鹿颈村遗址地层堆积便是典型的沿海沙丘，其文化内涵以新石器时代晚期到商时期中晚段为主。鹿颈村遗址的第一期抢救性发掘是在2000年11月至2001年6月，面积1500平方米。2002年4月至7月，为配合鹿颈村简易厂房的兴建，又在遗址南部进行了第二期考古发掘，面积近900平方米。遗址发掘领队是广州市文物考古研究所陈伟汉副所长，发掘人员有张强禄、廖明全、朱汝田、朱家振等人，参加初步整理的人员有张强禄、朱汝田、廖明全。

　　经过前后两次的发掘，考古队基本掌握了遗址六区、二区南部、三区、四区及五区地下遗存的埋藏情况。其中五区位于遗址北部，大部分早年被挖作鱼塘，已回填，无文化堆积；五区南边与四区之间为广州联友办公用品有限公司厂房，已无文化层分布，但四区地表采集有大量的陶片等文化遗物，应是建厂房时被夷平的沙丘文化层中的包含物。从早期的地形图和当地百姓讲述中得知，此处原有一相对高度约1米的东西向小沙丘，农田耕作时常发现很多陶片、石块等。发掘当中，四区第1A层即地表层属于铺垫层，北部为黄褐沙，包含大量的陶片，近现代物不多，其下的第1B层方为耕土层。故推测该区域原存在东西向的沙丘或沙堤。一区位于遗址西部，未作发掘，从调查和勘探的情况来看其地势较高，堆积较薄，耕土层下即为商时期文化层，推测该区有居住类遗迹的可能。二、三、四区及六区均有文化层，堆积厚度距地表深1.2～1.8米，自下而上基本上可以划分出新石器时代晚期、商代、唐宋、明清4个阶段的堆积，其中尤以商代的堆积最为丰富。

商代遗存分布广，堆积厚，包含物多，内涵丰富，上层属贝丘性质的堆积，下层属沙丘性质的堆积，原地貌当为一个中间高、四周低的小沙丘，所发现的墓葬、房址活动面、灰坑、灰沟、贝壳陶片层堆积和丢弃的红烧土堆积等均是在此沙丘上逐次堆积形成的，当中出土有大量的陶、石、骨和蚌器等，还有数量众多的鱼骨和动物骨头、贝壳等。陶器仍以夹砂陶为主，但泥质陶比例显著增加。夹砂陶以侈口卷沿或折沿的圜底釜和罐占绝大多数，其次是圈足豆和圜底钵等，支脚和支座也不少，纹饰主要是绳纹、交错绳纹、方格纹、刻画的水波纹等等。泥质陶种类较多，有大口卷沿折肩的圈足罐、小口广肩鼓腹的圈足尊、圈足豆。纹饰丰富多样，以几何形纹占绝对优势，其中又以曲折纹为主，其次是方格纹、回字纹、勾连云雷纹、席纹等等。由于环珠江口地区沙丘堆积和贝丘堆积的堆积形态与埋藏条件的复杂和多样性，遗址除了大致呈水平状的渐续地层堆积之外，发掘中出现较多的是成片成层或成堆分布的陶片、石块、烧土、贝壳、骨头等遗物的混合堆积，无一定的形状，多呈水平或斜坡状堆积，局部地方也呈坑状堆积，但不规则，多是利用自然洼地随意堆积而成。

新石器时代晚期遗存主要分布于六区下层，属沙丘性质的堆积。

埋藏相对较深，略呈北高南低坡状分布，但起伏不大，与三区交界处同商时期遗存有叠压关系。遗迹现象多表现为成片成堆的陶片和石块相杂的地层堆积，应属废弃后的二次堆积。其中包含有少量石器，但不见有贝壳、鱼骨或动物骨头等，烧土的含量也很少，当与埋藏条件有关。

陶片保存状况普遍较差，质地以夹砂陶占绝大多数，多黑胎，呈灰色或灰褐色，纹饰以绳纹为主，器型以卷沿或折沿的圜底釜为多。泥质陶数量较少，其中灰陶较多。其次是橙黄陶，纹饰有绳纹、较为凌乱的曲折纹以及双线方格填十字纹等，可辨器型主要是高领鼓腹圆底或圆底加扁圈足的罐等。

生产工具类的石器数量和种类都很多，大中型石器不少，制作加工也有一定的精细程度。这里面有斧、锛、凿等木作工具，有肩有段锛是其典型代表；狩猎工具或武器类有矛、戈、箭镞等；还有一些网坠，但数量不多，不知是不是捕捞的方式有所不同了。这个时期生产工具方面的一大进步还表现在先民们大量地用动物肢骨、鹿角、蚌壳等来制造箭镞、镖、锥等射或远投工具。根据民族志的材料推测，当时的人们穿的主要是用树皮纤维加工成的衣服，遗址中出土的大量陶纺轮大概就是捻线工具了。

贝丘是古代人类居住遗址的一种，以包含大量古代人类食剩余而抛弃的贝壳为特征。鹿颈村的贝丘大都属于新石器时代，有的则延续到青铜时代或稍晚。环珠江口地区沙丘遗址和贝丘遗址文化层埋藏的特征是一般意义的灰层堆积，也是远古先民处理废弃物的常见手法，属短时间骤然形成的堆积，而且多呈层状、片状的不规则堆积。从出土的大量牡蛎壳中，考古学者也推断出了古时鹿颈村距离海岸更近些。因为牡蛎具有左右两个壳，一般左壳稍大，且左壳外侧附着在沿海或江河入海口的岩石等物上。不同种类的牡蛎壳形状不同，而相同种的牡蛎壳形状也会因附着物和附着环境的差异而不同。鹿颈村遗址出土了大量牡蛎壳，故可以推断这个遗址当时是在潮间带（低潮线和高潮线之间的地带）附近，离海洋的距离较现在更近。

对于来自北方海边的笔者来说，鹿颈村遗址出土的海产品自有一种特别的诱惑力：牡蛎、文蛤、泥蚶、剑状矛蚌、海月、大蚬；耳螺、锥螺、拟蟹守螺、脉红螺、香螺、蜒螺；蟹、鳉鱼、石斑鱼、尖吻鲈、鲻鱼、棘鲷、海鲶、鸡笼鲳、胡椒鲷……

如此丰富的水生物遗存！也由此可知鹿颈村遗址附近水域主要为咸淡水和近海咸水，是典型的三角洲河口环境，而沿岸和岛屿附近还有大片的岩礁、沙砾和珊瑚礁。先民们便是这样逐水而居，就近取食。

鹿颈村遗址出土的动物和鱼鳖类的骨头很多，甚至有一条长达1.3米的鳄鱼脊骨，而各种贝壳更是不计其数。看来当时的生态环境相当不错，鹿颈村的先民吃的东西也许不比现在差。有一处类似坩埚底形状的钙结土，不知先人是否有意，其上边恰好放有一只大贝壳。

根据动物考古学家的研究结果，鹿颈村出土文物中哺乳纲动物有水鹿、水牛、麂、猪、豪猪、猕猴、狗，共7种，而尤以水鹿的鹿角数量最多，而且很多出土状态保存得相当完整。考古人员挖出大量用鹿骨制作工具的废料，古代先民是将它们改造成狩猎用的箭镞等工具。

新石器时代至商时期，珠江三角洲的先民主要从事采集、狩猎、捕捞等生产活动，他们磨制石器、烧制陶器、驯养动物、搭建干栏式建筑，山岗和台地遗址的先民们逐渐开始种植水稻等农作物，经济模式也由攫取型转向生产型。鹿颈村遗址还发现有骨镯和蚌环等物品，这无疑是古人的装饰品。除了装饰作用，还有护身符、宗教及礼仪上的意义。

水鹿角的发现令村民们奔走相告，他们仿佛由此窥见了先人日常生活的场景："鹿颈村，原来真是有鹿呀！"

人骨

2001年3月初的一个清晨，鹿颈村遗址考古工地的发掘工作正按田野操作规程有序进行。在第三挖掘区，探方T1708约20厘米厚的耕土层已被揭去，挖掘开始进入下一层——商代文化层。考古人员和雇来的村民正在默默地清理土层，这个清理步骤照例是刮干净遗址的平面，分析土质土色的变化，观察遗迹现象。忽然，进行探方发掘的一位村民大叫一声："哎呀！人头骨啊！"

随着她的惊叫声，工地上的工人们呼啦啦都围上去看，都不相信会发现人头骨，更不相信这块祖辈耕作了几百年的土地下面会埋有人骨。有人为了证实这种想法，用手铲去敲刚刚露出的额骨。作为发掘者，考古队员最初也难以置信，如此低洼的地势，怎么可能分布有墓葬？这会不会是近代墓葬？控制好场面，恢复正常的发掘秩序之后，考古队对墓葬的堆积状态和叠压打破关系进行了仔细分析，认定它是开口于耕土层下，打破商代文化层的遗迹单位。由于随葬器物尚未出露，年代尚难以判断，但确认是墓葬无疑。

知道是埋有人骨的墓葬，当地村民不干了。村民们迷信，感觉亲手挖出人骨不吉利，而考古队又期待着进一步的重要发现，让谜底早日揭开。身为番禺博物馆副馆长的老考古队员齐晓光便亲自清理这具骨架。

这是一个长方形竖穴土坑墓，长2米，宽0.55米，残深0.17米。墓底平整，墓穴原应有一定的深度，后期被破坏。墓穴填土为灰黄色沙土，包含有碎烧土块、蚌壳及曲折纹陶等。骨架头向东南，保存基本完整，但骨质腐朽较甚，加上后期破坏，下额骨、盆骨、肢骨等均有缺损。骨架仰身直肢，双臂并拢，右手置于腹部，左手压在臀下，右腿斜依左腿，以留出空间放置随葬陶器。

根据出土文化遗存，可以判定人骨所属时代。这随葬的四件陶器是：两件釜夹砂灰胎釜，一件夹砂圈足罐，一件夹砂杯形罐。夹砂陶器是人类制作的最早的陶器制品，陶胎含沙，能提高陶器耐热急变的性能，主要用作炊器。人们通过混合大小、质地不一的掺和物来制作不同性能的夹砂陶器，以满足生活中的各种需求。夹砂陶釜类似现代人使用的砂锅，釜是炊煮器兼盛食器，一般安置在炉灶之上或是以其他物体支撑烹煮食品，可以节省时间和燃料，可视为现代"锅"的前身。而鹿颈村遗址出土的这个橙红色杯形罐也很特别：红胎较坚实，圆唇，微敞口，折沿不显，弧腹近直，而其表面竟有当初手工制作的明显痕迹，那是多处手指印！

这是距今约有3500年的四件陶器。陶器使用周期短、变化频率快，是考古学家研究早期文化发展的最佳样品。根据这些出土文化遗存，考古专家将这具人骨骼判定为远古的商代晚期。而在第四区，成片成堆的纹饰陶片与石块相杂的沙丘堆积显示，这些文物足有4000年历史！

这具人骨架的考古墓葬编号是M1。仅用一天时间，考古人员便将这位沉睡已久的M1完整地展现了出来。在它的旁边还发现一截保存基本完好的上肢骨，应是有另一座墓葬，可惜该墓穴因埋藏深度距地表较浅已被破坏，其上部已被耕地削去，墓底已表露无遗。这也说明该区域的墓葬不止一两座，应为一处墓地。再看地势，这个位置大体就处于地层堆积的最高处，只是被历年不断的平整土地活动削平了。在其他发掘区普遍存在的唐至明清的地层堆积，而在这一带堆积很薄或几乎不见。

当地村民说，早年在这里耕作时曾发现有完整的古陶罐。这就更证实了考古学者的推断：鹿颈村的先民们在这里生活繁衍了几百年，可能是人口的逐渐增多，环境的变迁，生态资源的日渐匮乏或者是居住条件的改善等等原因，导致人们不再把这里作为生活居住的场所，而作为墓地来使用。然而他们生产居住的地方在哪里？想必离这里也不会太远，先民们信奉灵魂不灭，他们一般不会把死者安置得很远。

在二区小河涌的东堤岸，考古人员也采集到大量的陶器、石器和烧土、石块等，多属于商代的文化遗物。当地群众说是早年平整土地时倾倒于此。

这具人骨架弥足珍贵。广州市文物考古研究所特别邀请了中国社会科学院考古研究所的左崇新先生做了加固和复原，并请中国社会科学院考古研究所和中国科学院古脊椎动物与人类研究所的体质人类学专家进行观察和测量，并出具鉴定报告："M1这具人骨整体保存相当完好。骨骼在墓中埋藏姿态及各部分骨块相互连接皆符合自然的解剖位置而未见有异动或错位。但由于长期埋藏在可能是酸性的土壤中，因而骨质比较脆弱，有的小型骨块也因此残失。头骨曾碎成多块，经加固后大致完整。残缺部分主要是左侧眶部内下角和同侧附连的上颌部分、眶腔内的四边骨板部分、右额弓、鼻骨下段、蝶骨的大半及鼻中隔、左右翼区等，有不同程度残失。下颌骨保存完整。……"

经鉴定，这具人骨架属亚美人种，男性，45～50岁，身高1.70米。

"由于埋藏条件等不利于人骨的长期保存因素，在我国华南地区的考古发掘中很难收集到保存良好的古代人骨进行人类学的研究，而南沙遗址出土的人骨保存相当完好，实在少见而更显珍贵。"中国社会科学院考古研究所专家韩康信说："这一难得的发现，同时为我们更加明确而深刻地认识广州地区古代人类体质提供了有意义的材料。"

这是目前广州地区保存最为完整、年代最早的人体骨骼标本。2006年，这个成年男子人体骨骼被命名为"南沙人"。一个显然的疑问是：在这样低洼潮湿的环境中，很多山上的祖坟才一百来年，先人的骨头就腐烂了，为何时隔几千年的"南沙人"骨架还能保存得如此完好？考古专家们解释说，这个墓葬地曾经是先民们居住的生活点，可能是人口的日益增加、环境的不断变迁、生态资源的逐渐改变或者是居住环境的改善等原因，先民们的居住点在遗址范围内曾多次迁移，现场发现不计其数的动物骨头和贝壳就是证明。正是这大量食用后留下的贝壳废弃物堆积，在先民们迁居把生活点改成墓葬地后，阴差阳错地在如此低洼潮湿的环境下有效地防止水分渗入墓坑，因此加速了先民遗体骨骼的钙化，使其变硬变结实，从而完整地保存了下来，因此出土的骨架也就成了化石。

鹿颈村遗址是广州地区首次发掘的沙丘遗址，是广州地区目前发现的发掘面积最大的先秦遗址，也是堆积最厚、包含物及文化内涵最为丰富的先秦遗址，对其发掘、整理和深入研究，有助于建立广州环珠江口地区新石器时代晚期至商时期考古学文化的年代序列，了解当时人们生产、生活的基本面貌。对采集的动植物标本、土样标本、人骨DNA标本等的鉴定和综合分析，对于研究距今4000—3000年珠江三角洲地区的生态环境、动植物分布和物种构成，以及当时人们的饮食习惯等都有重要意义。

根据"南沙人"体质人类学测量的数据，结合当地现有人种的体质特征，考古学家成功复原了"南沙人"的头像。复原的头像被安置在广场或博物馆供市民观赏，而沉睡多年的"南沙人"骨架则被整体搬进了文物仓库。

文明

一轮明月自海上升起，那是伶仃洋的海面，文天祥就义前写过的伶仃洋。因有这样的联想，这片美景便难以令人有春江月夜的婉转柔美之感了。若说这个海天一色的大背景中有某种旋律升起，那一定是冼星海《黄河大合唱》的澎湃激越。冼星海也是南沙人。在这苍茫暮色中，这些高楼大厦默然而立，仿佛是有某种悲壮之感，仿佛在以这种姿势向世人宣示：这里早已不再是"南蛮之地"。

这无疑是一种现代城市文明的宣示。那些抱持成见的历史学家是该深自反省了，那种固守中原文明的文化优越感早已显得不合时宜了。与中原农耕文明传统迥然不同，珠三角呈现给人们的是面向世界、面向海洋的商业文明。广东是近代中国社会新潮的引领者，而早在四百多年前，明代戏剧家汤显祖便写下了这样的诗句："临江喧万井，立地涌千艘。气脉雄如此，由来是广州。"彼时上海也就只是一个小渔村，而广州四百多年来气脉一贯，而今更是气象蔚然。于是南沙也成了一个正在崛起的大湾区的几何中心。

"对我们自身的从前、现在和未来的好奇，支撑起探究本源和规划未来的勇气。广州，岭南明珠，在空间而言，从大陆看广州、立足中原看广州，她是南方的南方，但是，倘若我们换一个更大的视野，把大陆、海洋以及其间星罗棋布的岛屿看成一个整体，广州的地理位置就变了一个模样。"当年的鹿颈村遗址主要考古人员之一，如今身为广州市文物考古研究院副院长的张强禄说，"'区域''地域'这些概念，作为一个范畴，在中国研究中常常是从一个陆地上的点或者空间单位去理解的。从这个角度看，广州是一个边缘的地方，不过如果我们从海洋的角度、从海洋与陆地连接的角度去看，广州就是一个中心。这是从'边缘'到'中心'的转移。"

这也是陆地向海洋的转移。这场大转移将南沙推向了历史的舞台。南沙早期活动的人群原本就是以水上居民为主，此即史籍所载的"疍家人"，他们是搏击风浪、驾船行走的水上人。在这片海湾大部分尚未积沙成陆之前，南沙完全是"疍民"的家园。在漫长的历史岁月中，这些南沙先民曾为陆地人所歧视，他们是身处社会底层的"贱民"，他们在恶劣的生活环境中为生存空间而拼搏，也由此锻造出低调、务实、包容的性格和不屈不挠的奋斗精神。"疍民"以水路接通一个更大的世界，从某种意义上说，他们也是海洋文明的创造者。从汉代起，南沙地区曾有数次外来人口大规模迁入。当年从梅关古道一路向南的外来移民，他们也是南沙人的主要来源之一。南沙是广州的南沙。尽管关于广州地区先秦历史的文献记载几近阙如，所幸考古遗存为我们部分再现了那个时期的人类社会面貌。考古发现的新石器时代至青铜时代的文化遗存，将广州地区的人类历史追溯到距今五六千年前。鹿颈村出土的商代石璋于近年被评为"广州考古文物精品"，这或许是南沙先民所用的信物，或许是他们祭祀所用的礼器。

我们珍视如此确证的历史记忆，我们更在意面向未来的发展。2019年初，中共中央、国务院印发《粤港澳大湾区发展规划纲要》，明确提出"打造广州南沙粤港澳全面合作示范区"的重要规划。2022年6月，国务院印发《广州南沙深化面向世界的粤港澳全面合作总体方案》，南沙的战略定位和发展目标更为明确。从规划到实施，作为国家级新区和自由贸易区，南沙正在经历着一场巨变。这是建设中的承载门户枢纽功能的广州城市副中心，这个创造奇迹的新南沙也吸引着世界各地的优秀人才纷至沓来。

　　来到这个波涛浩渺的大海湾，来到这片古老而新兴的海上热土，他们是"新南沙人"。

世界为南沙
描金画彩

王厚基

世界为南沙描金画彩

南沙之梦是金黄色的，也是蔚蓝色的。金色代表财富，蓝色，是因为南沙临海，而海洋是蔚蓝蔚蓝的。

新千年的第一个金色的秋天，中国南方一座正向国际化挺进的城市的首脑们面对中外传媒勾画出他们心中瑰丽的梦想：广州人将在太平洋中国南部的入海口、在珠江三角洲的几何中心缔造一片新的热土，它不仅将成为广州新的经济引擎，城市还因它而张开双臂拥抱海洋，从此成为真正意义上的滨海之城。这方热土叫南沙……

世界因南沙而动

伴随着广州人放飞梦想而来的，是响彻全球规划业界的隆隆足音。

2002年4月16日，中国招标网和规划在线赫然出现一条通告：广州南沙地区整体城市设计国际邀请赛即日开锣。这是一个正在阔步迈向国际化的大都市的决策层向全球规划界发出的真诚呼唤。

世界是敏感的。当地球上不同种族不同肤色的城市设计师们在屏幕前用鼠标点击着中国广州南沙，并为它优越的地理位置而惊讶并赞叹不止时，又一次敏锐地觉察到：中国人正不失时机地抓住一切机遇谋求发展，力促经济，同时注重生态环境、旅游休闲，讲究生活质量。中国人已经强烈地感受到了世界对于城市滨水区的再认识，滨水区的再生、改造给人类的启示以及全球化对城市滨水区开发建设所产生的影响。中国沿海城市建设正朝着一种全新的格局发展，东方这条巨龙真的在翻腾舞动！

这次比赛的通告规范严谨，"考题"命题准确、科学，极具专业性，大赛全程将严格按照国际惯例进行。

业界一呼百应，世界闻风而动。从4月16日至25日不足230个小时内，竞赛组委会就收到来自美国、英国、法国、德国、意大利、日本、澳大利亚、荷兰、丹麦、新加坡以及中国香港、台湾、北京、上海、广州等44个国家、地区和城市的世界顶级或知名设计机构、设计联合体的报名申请。

这是一次世界城市设计师的群英会。轻轻翻开记录着参赛机构伟绩的材料，眼前恍如掠过无数缤纷光影，你会有一种步入殿堂般的感觉，感觉自己仿佛正站在世界城市规划设计圣殿的阅兵台上，那些世界顶级设计师们正携着自己的得意之作在你面前昂扬走过，接受你的检阅，而他们正是为你而来，为你所热爱着的这座城市而来，他们将要用人类智慧的结晶装点你生于斯居于斯的土地，作为一个中国人，作为这座城市的一分子，难道你不会感到一种崇高与自豪吗？

正如参与南沙开发建设的所有中国人一样，他们正是看中了南沙这方热土可以又一次给自己提供施展拳脚的机会。

世界正注视着南沙，世界将要为南沙描金画彩。

南沙如此多娇

滨水地区，从古至今都是人类生息繁衍以至谋求发展之所在，中国古代关于水的著作中不乏水是万物之源的学说。名篇《管子》认为："水者何也？万物之本原也，诸生之宗室也，美恶贤不肖愚俊之所产也。"古人认为，水，不仅是生命根本、万物之源，而且是治理国家和教化人类的关键。无怪乎尼罗河流域、两河流域、黄河流域、亚马逊河流域这世界四大流域流淌出了人类几千年的璀璨与文明。翻开世界地图，那一条条奇妙的水体以及人类沿水而建而居的城市，印证着人类对水的崇敬和热爱，这种生命对自然的原始崇拜，充分体现出人类亲水的天性。

人类天性喜水，爱在江河湖海之滨或海陆交汇之处沿水而居，便捷的港埠交通，兴旺的海河商贸，多元的文化在这里碰撞融合延伸，给这些城市带来了鲜活繁荣和独特魅力。这或许是人类社会的自然发展规律，也是上天给辛劳的人类的回报。从古至今，从小村镇变成大城市再发展到世界级港口城市，人口从几万到几十万再到几百万上千万，恒久漫长的日月磨合洗礼，不但没有洗去城市临水和人类亲水的分布特色，反而被不断发扬光大。如美国大西洋沿岸的波士顿、纽约、菲拉德菲亚、巴尔的摩与华盛顿形成的大城市带；美国与加拿大五大湖区之一的多伦多、芝加哥、底特律等组成的环湖城市圈；太平洋沿岸的温哥华、西雅图、旧金山、洛杉矶、圣地亚哥等串成的城市链以及充满温馨浪漫色彩的坐落在欧洲各国的河畔城市群。而纽约、悉尼、里约热内卢、威尼斯、东京和中国的香港、苏州、青岛地区都因滨水特征鲜明而在世界享负盛名。20世纪80年代改革开放后的中国，北起大连，经天津、青岛、上海、厦门至深圳、香港，业已迅速发展成为人口密集、经济发达的弧线形沿海大城市链。

而南沙引领广州南拓到海，让她成为真正意义上的海滨城市，从而成为中国这一沿海大城市链条中的又一颗闪亮的明珠。

站在广州城市规划局南沙分局大楼宽阔明亮的落地玻璃窗前，举目远眺，眼前的狮子洋静静地流淌着，丽日蓝天下，青山绿水，一桥飞架，雄伟的虎门大桥将南沙与东莞市紧紧相连。啊，南沙，这块地处珠江出海口的绿色滨水之地，不正是人类求之不得的风水宝地吗？

国际邀请赛技术审查委员会的专家们和我说起南沙地形地貌和所处的战略位置，说起南沙"大工业、大物流、大交通"的滨海城市全新发展思路，和世界著名滨水地区的改造，说起各参赛机构的代表作品以及各个方案的设计风格特色，如数家珍，在我脑海里勾勒出一幅色彩斑斓的新南沙立体图，我被感染着。娓娓而谈之间，我分明强烈地感受到一股股热辣的气息扑面而来，那是发自开垦者心底的热切期盼与呼唤，就像狮子洋上盛夏的热风，予人鼓舞、震撼和力量。

南沙的建设者们肩负的是开发创造的时代重任，而南沙肩负的是开创一个现代化滨海城市未来的历史使命。

站在巨大的俯瞰图前看南沙，南沙宛如一片舒展在大海边上美丽悠然的芭蕉叶。区内河网密布，湖塘众多，北部多是绿色的农田，南部则是自然生态保持良好的围垦湿地良田。而难得的是，南沙有连绵的山丘，在国内，既有青山也有绿水的滨海城市并不多见，而南沙却山水兼容了。如果以它为中心60公里半径范围划个圈，便囊括了佛山、江门、中山、深圳、珠海、东莞等湾区城市，若再以半径100公里划个圈，则整个珠三角湾区城市群都网罗其中。南沙背靠着珠三角近5000万（2004年）人口的广阔市场腹地，而又通过穗、深、珠、港、澳五大国际机场将触角伸向海内外，市场潜力和辐射力非比寻常，战略重镇地位显而易见。

广州人为什么会看好南沙？因为南沙山、水、城交融，位于珠三角地理几何中心，有着一个城市可持续发展的得天独厚的自然地理条件。为什么在这个时间节点选中南沙？因为古老的广州需要拓展山、城、田、海和"南拓、北优、东进、西联"的跨越式城市空间，因为广州正向国际化大都市迈步，须积极应对国内外新的机遇、挑战而进行前所未有的城市发展战略调整，广州必须面对21世纪新的世界经济格局这盘棋，而南沙将是广州在这盘棋中走出的关键一步。

眼下的南沙向前迈进的步伐是坚定而豪迈的，建设者们力求高水平、高标准，为南沙实现以造船、汽车、电子、高新技术、临港、钢铁、化工等大工业、以依托港口为核心的大物流、大交通的产业发展思路，向着适于创业发展和生活居住的山水型生态城市目标，正一步一个脚印地砥砺前行。

这便是如此多娇的南沙，这便是将要崛起的南沙。这也便是南沙地区整体城市设计举行国际邀请赛的理由。

南沙将会告诉你

西方国家规划设计开发利用城市滨水区的历史，最早可追溯到两千多年前古希腊的雅典和意大利的罗马城，那一排排沿水而建的不规则的独具韵味的低矮楼房，那一条条纵横透迤、蜿蜒曲折的步行水滨小道，就已饱含着丰富的古代设计思想。到了20世纪中叶以后，滨水区的规划开发成为一个世界性热门话题，英国的伦敦、利物浦，美国的西雅图、奥克兰和旧金山，澳大利亚的悉尼等就在那时开始了滨水区的规划改造，闻名于世的悉尼歌剧院就是那时期的杰作。而之后一直延续影响至整个太平洋圈以至整个欧洲。这是由于滨水区在世界范围内迅速成为城市中极具活力的经济社会载体和独具吸引力的环境载体的结果。20世纪90年代开始，中国的青岛、上海、武汉、厦门、深圳、北海等城市滨水区的规划改造也陆续起步。

放眼世界，半个世纪以来，外国的城市设计师们孜孜不倦、勇于探索，用辛劳的汗水浇灌出不少划时代的伟大作品，可谓星光熠熠。如曾因其巨大的成功引起全世界的规划师、发展商和学者关注的位于美国马特兰州的巴尔的摩内港滨水系统规划；如花费40亿美元，历时8年，现已变成新的城市中心的日本神户大阪湾港口；如堪称当代经典之作、为韩国滨水城市的发展描绘了一幅令人振奋图景的韩国釜山港；如素以设计水准高和公共活动空间丰富而著称的西班牙的巴塞罗那，在地中海之滨建起的奥林匹克中心，让原来只有工业的地方筑起了一道亮丽的城市风景线；又如大胆地把一条交通大动脉置于地下，出于设计大师尼克劳斯弗理茨教授等人之手的德国杜塞尔多夫莱茵河堤岸隧道……

这样的滨水惊世佳作在美、欧、亚、大洋洲比比皆是，不胜枚举。在世界城市规划设计的艺术长廊里，伟大的城市设计师们雕刻出了一座座值得人类引以为傲的光芒四射的不朽丰碑。

而南沙，明天的南沙又将会如何？它会交出一份让世人眼前一亮的答卷吗？

昨天，南沙是勤劳但封闭落后的。今天，南沙是勇敢、智慧而务实的。明天，南沙将会告诉世人一切。

其实，在城市设计国际竞赛中涌现出具有超凡价值和创意的设计方案，从而筑起一座新城或一片建筑群，以此带动了一个国家的城市发展，这在世界城市建设史上有着无数成功的经验。近年来，北京、上海、武汉、广州等国内大城市都有过令人称道的尝试。如广州会展中心、广州白云国际机场、广州体育馆、广东科学中心和广州大剧院等多个大型建筑，又如上海的人民广场、上海大剧院、浦江两岸雄伟别致的建筑群等等，都是各种城市规划国际咨询、竞赛结出的丰硕成果。广州，作为由滨河向滨海转变中的城市，在汲取世界先进规划设计理念、借鉴国内外城市成功经验方面，一直表现出极大热忱和渴求的姿态。在举办这次城市设计国际邀请赛的一年多前，广州市城市规划局就组织了为期四个月的"广州珠江口地区城市设计国际咨询"和"新千年城市滨水地区国际研讨会"。可以说，这是本次国际邀请赛的前奏，传递出广州规划界紧跟世界潮流的铮铮足音。

南沙在默默前行

2002年6月18日，对于这次国际竞赛的入选机构来说，是一个值得庆贺的日子。竞赛委员会从44家设计机构中正式邀请5家设计单位或设计联合体参加"广州南沙地区整体城市设计与重要节点城市设计国际竞赛技术文件发布会"。

这5家入选单位或联合体分别是：高柏伙伴规划园林和建筑事务所（荷兰）；香港泛亚易道公司（EDAW）&KPF（美国）；新科建筑与工程顾问私人有限公司（新加坡）&NBBJ（美国）联合组；Sasaki Associates（美国）&华南理工大学建筑学院（中国）；巴内翰建筑、城市规划与景观设计联合建筑师事务所（法国）&广州市城市规划勘测设计研究院（中国）。

以联合体的方式参加国际性的城市设计竞赛，在国内尚属首次。他们为什么要结盟？道理是显而易见的，因为国外权威规划机构对南沙处于"大珠三角经济圈"核心地带抱着一种高度重视和审慎态度，而城市设计必须充分了解该地区乃至整个国家的发展特征和态势。不同地域巨头的珠联璧合，不仅有助于优势互补，中西方文化的碰撞更能激起绚丽的火花。

这几家被选定参赛的国外设计机构在世界规划界的地位举足轻重，他们以其先进的理念、巧妙的创意、高明的手法创作的杰出作品，为人类文明添加辉煌，从而在世界规划界确立了各自无可替代的地位，并因此屹立业界潮头。

如高柏伙伴规划园林和建筑事务所被誉为荷兰最大的从事空间规划、城市建筑、建筑艺术及园林景观建筑的事务所，完成了大量有口皆碑且获得最高荣誉的城市建筑与建筑艺术作品，由此赢得了大量国内外公开竞标项目。代表作品有沙特阿拉伯沙特国王大学阿布哈校园的总体规划与设计、迪拜的一项"五广场"计划、荷兰多处海滨规划设计、科威特国际机场的总体设计等等。

又如尤其擅长高层建筑设计、以设计及细部的执着著称而赢得杰出名声的美国KPF，著名的从事整体规划、城市设计、建筑设计的美国NBBJ，被誉为全球最大的景观设计和规划公司的香港泛亚易道，他们的代表作可谓星光灿烂，上海环球金融中心、芝加哥大学总体规划、台中某医院总体规划、西雅图中心区城市设计研究、香港迪士尼乐园、欧洲迪士尼乐园、亚特兰大奥林匹克百周年纪念公园、香港阳明山庄等都是他们享负盛名的杰作。

而最值得关注的是，近年中国城市规划设计中熠熠生辉的作品大多也是出自这些世界顶级设计师之手。如高柏事务所的北京商务中心区规划、上海高桥镇规划方案设计和详规设计、武汉市南岸嘴景观规划等；美国KPF的上海环球金融中心；新加坡新科建筑与工程顾问私人有限公司的中国无锡工业园、中国逸仙科技园、广州至尊高尔夫球场等；美国NBBJ的北京常营大型居住区规划设计概念咨询；美国Sasaki Associates的广州汇景新城、科学城中心、珠江口地区城市设计等。珠江口地区城市设计方案还被授予波士顿建筑协会奖和联合国最佳实践奖的提名。

南沙是幸运的，幸运在她活在今天中国向世界敞开大门的伟大时代里，幸运在她一身轻装一身胆识，幸运在她视野开阔海纳百川。

五个精彩的南沙

对一个城市滨水区进行规划设计和重新改造，要设定的目标和所面临的体系是多元的，包括海岸线功能分配、空间形态塑造、生态环境、陆海交通、经济社会发展、历史文化的保护与传承、旅游休闲、适宜居住、可持续发展等，牵涉到经济、文化、自然、历史、人文以及观念更新各个层面。由于参赛机构多来自国外，其经济和文化背景存在差异，对南沙的理解不尽相同实属必然。因而工作艰巨繁重在所难免。在默默工作的日子里，包括专家学者在内的所有人员与这片土地结下了深厚的情谊，像大地之子那样爱上了这里的山山水水。在他们心中，南沙的明天是美好的，美好需要智慧和双手去开创，而自己正是千百个自豪的开创者中的一员。

在召开技术文件发布会的4个月后，5家参赛单位分别将他们沥尽心血的设计成果按时提交给竞赛委员会。

5个方案浓墨重彩、玲珑浮凸，向世界雕塑出5个精彩的南沙。

一号方案由美国Sasaki Associates和华南理工大学建筑学院共同完成。作品向人们描绘出一幅山水结合、被称为适合中高收入阶层的

"新城市主义"大南沙图景，将南沙的城市功能定位为：服务中国南部地区的交通枢纽和物流中心，区域性休闲娱乐中心和度假胜地，以居住功能为主体的花园城市组团。南沙城市中心区置于蕉门河内陆，东端沿虎门大桥为区域性度假胜地，而灵山镇和横沥镇为低密度住宅区、豪华社区，飘溢出独具特色的南国水乡风貌。在城市中形成运河加湖面的特殊景观，创造了一个延绵3千米长的东西向水体轴线……

二号方案是法国巴内翰建筑、城市规划与景观设计联合建筑师事务所和广州市城市规划勘测设计研究院的力作。作品把南沙的整体城市空间结构分为五大区域，提出以"水连山海，城聚南沙"为向心性的"大南沙中心城"概念。虎门大桥的南北两段则是高尚风情区和游艇俱乐部建筑群。方案突出之处是在灵山镇及横沥镇端部滨水区设立了一座耸入云端的锥形观景塔，成为整个南沙地区的视线焦点和地标，显示这一带是远期文化中心，而几座球形建筑勾勒出整个城市的中心轮廓……

三号方案由香港泛亚易道公司与美国KPF联合出品。作品在全球和区域背景下展开，锐意把南沙创造成新的核心城市、科技的生态港、健康的生态环境、高品质的生活场所、稳定的行政中心。运用多种城市设计元素突出南沙的滨水性。富有雕塑风格的滨海步行道和从龙穴岛到大虎岛的灯柱——海洋之柱和圆弧码头尤为醒目。作品以"高层、集中高密度发展，留出更多绿地"为口号。许多造型大胆新颖的摩天大厦分外抢眼，与远处整齐恬静的游轮港口交相辉映，又极富创意地将横沥镇端部人为挖开，另外堆出一个岛屿，形成三个"金三角"顶着一颗"明珠"的开阔境界……

四号方案是荷兰高柏伙伴规划园林和建筑事务所的独立之作。作品展现出一派南沙现代化大都市与自然完美结合的海市蜃楼美景，

"水上城市"是南沙未来的发展方向，虎门大桥与南沙岛东南角之间的南沙水滨、进港大道与蕉门河交汇的碧水珠岛、南沙港景观中心区的世界花园等都显示出作品思维的活跃和对未来的畅想。作品的特色在于以"生态与经济的交响"为主题，创造出极富浪漫色彩的游轮港口和各种城市景观。太极式螺旋形港口、塔形旅馆、沙滩，人与大自然在这里得到完美的结合融汇……

五号方案由新加坡新科建筑与工程顾问私人有限公司和美国NBBJ联合提供。作品将南沙描绘成一个集居住、工作、休闲功能为一体、能与各需求相互联系且充满动感魄力的环境，设定南沙的城市设计主题为：强化南沙自然的地形地貌、水道，协调配合城市发展规划，确保山水交织的南沙在城市结构中对人居和自然生态系统的连贯。作品的特色在于对南沙现状分析透彻，被誉为是一部"体贴入微"之作……

2002年11月末，在广州市公证处的严格公证监督下，评审委员会对5个设计成果以无记名投票方式进行投票。终于，三号方案脱颖而出，荣幸地摘下了本次国际邀请赛桂冠，二号方案则荣获第二名。

2002年12月1日，5个精彩的南沙规划方案与广州大剧院设计方案一起亮相于广州城市规划展览馆，正式向世人公示。

南沙，梦在飞翔

珠江，一路踏歌而来，在入海的那一刻，把一颗明珠留下……这颗明珠就是南沙。

未来的南沙是雄伟刚健而又风姿绰约的，它宛如一个强劲男儿与一个柔美女子的结合体，不是吗？在它的南端，是世界级的生态深水港，东南亚大型航运物流中心，那是伸向世界、拥抱世界的东方男性强有力的双臂；由虎门大桥一直延伸到龙穴岛，富有强烈冲击力的、连成一道南北纵向垂直线的如闪亮珍珠串般的"海洋之柱"，散发出一派充满男性魅力的阳刚之美。而中西部的灵山、横沥一带，这个南沙中远期的都市中心，将建成如女性般温婉柔美的内港绿色城市；蕉门水道上的三个"金三角"以至虎门大桥西端充满创意、人工堆积起来的岛屿和两个圆弧状的海洋游轮码头、休闲游艇码头，又像一个有着美丽丰满曲线的少女，婀娜多姿地迎来送往珠江东岸的来客⋯⋯

广州，正舒展她的胸怀畅快地呼吸着来自世界的新鲜气息。

南沙，正把一个世纪的伟大梦想演变成现实。

南沙，梦在飞翔⋯⋯

路桥飞架的神话

我曾在施工人员引领下攀爬上在建的高耸雄伟的桥墩，在滚烫的桥面上体味工人们高强度劳动的艰辛，俯瞰脚下那一派繁忙的南沙大地的同时，经受火一般酷暑的煎熬；我曾走进那一排排简陋的工棚，体验石棉瓦下的闷热、蚊叮虫咬的痛苦和那午间小憩的片刻宁静；我曾与工人们一起走进那热烘烘的工地饭堂，在熙攘声浪和汗酸里狼吞虎咽，美美地咀嚼粗菜淡饭，和工人们一起分享劳动后的畅快、欢乐……

走在500多平方公里的南沙土地上，走在开发区在建的抑或已竣工的路上桥上，我的心时刻都被一种莫名的东西触动着，在原是一片荒芜滩涂的土地上筑起有如蛛网般纵横交错的路和桥，一座绿色滨海新城将由此而兴旺繁荣，一颗嵌在珠三角出海口上的明珠将由此而生辉，除了归功于决策者的高瞻远瞩和智慧胆识，还归功于出大力流大汗战斗在一线的工人们立下的汗马功劳！

横跨蕉门水道的新龙特大桥是南沙开发建设的重点桥梁，全长近2.5千米。我在采访时第一个遇见的便是华南路桥公司工程师贾纪文，他十年前毕业于西安公路学院路桥施工专业，现是大桥项目副经理，也是技术攻关带头人。当我在大桥尘土飞扬的工地上见到他时，他爽朗地向我伸出大手。这是我们第二次握手了，我们俨然成了老朋友。记得上次握手也在这儿，那是我第一次踏上南沙的土地，他向我们介绍大桥在建情况，领我们到工地参观后将要离开的时候，我和他握手道别，问他："你是学路桥专业的吗？"他有点腼腆地笑笑，算是回答。他的外表、衣着和谈吐比一般的工地建筑工人还要自然朴实，与一个3亿多元工程项目经理的头衔怎么也对不上号。

此刻，他刚从主桥墩上下来，风尘仆仆的样子，黝黑的脸膛上满是汗。一坐下，便三句不离本行，一口浓重的陕西口音，说起大桥最初碰到的一系列技术攻关，鏖战犹酣的他仿佛还沉浸在当时的激动里。

那是一个滂沱大雨的上午，万事俱备，只等一声号令，连接万顷沙与龙穴岛世界级深水港的特大桥梁主桥墩的第一根桩就要打下去。然而，在千钧一发之际，却出了问题，混凝土离析，严重阻塞管道，根桩灌不下去！这是经历过不少大桥技术攻关战的贾纪文甚少碰到的现象，出师不利啊！大桥上下所有人为此伤透了脑筋。他们请来各路精英，不分昼夜十次百次地反复做实验和模拟施工操作。那是一段寝食难安的日子……半个月后，他们终于迎来了一道曙光——调配出一种适合珠江口咸淡水配合比的水泥。而刚攻下主桥墩灌桩难关，大桥东引桥又告急，平台施工受潮水涨落影响，造成严重施工压力！贾纪文等一班工程人员为此提出一个大胆方案：筑岛围堰，变水上施工为陆地施工。但汛期就要来临，时间紧任务重，大桥建设者们没有气馁，专门成立了直属综合施工队，随时调遣突击重点部位施工，24小时轮班作业，日夜奋战。工地上昼夜机声隆隆，夜里灯火通明如同白昼，那场面真有如千军万马排山倒海……

那阵子，新龙特大桥真可谓成也围堰，败也围堰。工地上上下下大有不成功便成仁的悲壮意味。在珠江口汛期来临前的一个月，建设者们终于以不挠的姿态赢得了围堰战役的胜利。

我问贾纪文干路桥苦不苦？他呵呵一笑，说："苦，工地实在太苦了，我曾萌生过当逃兵的想法呢……后来，挺了挺过去了，也不知怎的就想通了，我是学这专业的呀！"

贾纪文是没有星期天概念的。他把两岁儿子送回陕西老家，为的是夫妻俩能安下心来在新龙特大桥干下去，工人轮着三班倒，他是天天三班倒。夜里，为了不吵醒妻子，他把对讲机音量调到最低，一响就立即爬起来跑出门外去。他平时的生活圈子就是四点连一线——工地、办公室、饭堂、宿舍。而"老婆跟着老公走，老公跟着工地走"这顺口溜成了他跟随工地转战南北的真实生活写照。

我问贾纪文："干了十年路桥，有最令你感触的事吗？"

"当然有。"贾纪文感慨道，"每一次凝注着汗水的路桥建好了，我喜欢独自徘徊在光亮的路面上，看着脚下的路桥蜿蜒伸向远方，一种成功感油然而生，但马上就要离开了，留下路桥，又走向一片新的荒芜，我们的生活就是这样循环往复……"

想不到贾纪文说得那么动情，在场的人都沉默着，沉浸在各自的辛酸里。

末了，贾纪文认真地说，在新龙特大桥上碰到的技术难题提醒我，我们的专业知识远远不够，需要更新吸纳知识，现最希望能提高英语水平，因为要更直接及时地接收世界路桥建筑的新技术新信息，而自己苦于无时间。

踏上河堤的黄土路，建设中的大桥雄伟的主桥墩就在眼前。阳光下，蕉门水道明亮如镜，波光粼粼。而我正意犹未尽时，贾纪文手上的对讲机响了起来，他匆匆地奔向工地。临别对我说："其实我没什么值得谈的，工地上有个'老黄牛'叫高福全，他是生产部部长，不过，工地太大啦，他正忙着呢。"

建设指挥部向我介绍，眼下的南沙，单是规划建设中的高速、快速公路便有5条。而区内河网密布，在各条高速、快速路上起连接作用的桥梁立交众多。单是北起环城高速公路的仑头立交桥、南至龙穴岛深水港的南部快线，全长67千米上便有官洲河特大桥、珠江特大桥、沙湾特大桥、下横沥大桥、新龙特大桥以及6座立交桥和5座高架桥。这些路桥已陆续投入建设。一路所见，工地尘土飞扬，一片热火朝天。

那天，带我攀上在建的新龙特大桥西引桥的是作业队经理林祝明。我从他黑红黑红的方脸上一下猜出，他应是个在工地上摸爬滚打二三十年的"老建筑"了。

工地上的风很大，林经理边扯着嗓门给我介绍工地的作业情况，边领我从岸边向西引桥的0号桥墩走去。差不多一千米的路程，一路热风，一路泥泞，一路坎坷不平，他大步流星地走着，如履平地。

在西引桥最高处的桥墩下，林经理停了下来。在我面前是一条窄窄的旋转向上的简易扶梯，尽头处便是30多米高的桥面，工人们每天都是攀爬这条令我心颤的工作梯上下的。林经理说声："上！"已一步跨了上去。他在上，步履轻盈，我在下，战战兢兢，紧抓扶手，他不断嘱咐我不要往下看，只管上。当我终于如释重负攀上桥面时，惊魂甫定，却已被眼前的豁然开朗和机械的雄壮吸引住了。工人们正紧张施工，巨型龙门吊在烈日下隆隆启动，一件件巨型混凝土预制梁被吊起，铺设到两个桥墩之间，系在一起。

7月的太阳特别毒。桥面是滚烫的，烫得能烤熟鸡蛋，珠江口阵阵清凉的海风此刻变成滚滚热浪，我已全身湿透。工人们却在烈日底下干得正欢，他们都穿着长袖工衣、工裤、胶鞋、手套，以此抵挡猛烈的紫外线。

装吊队队长龙耀文，也许是常在龙门吊底下大声说话的缘故，他的嗓门特别响。他说他是武汉人，是西引桥龙门吊的指挥，他们在桥上一天干10小时，碰上加班就得干15小时，却不觉得特别累，胜在年轻，年轻是可以力去力回的。他不无得意地告诉我，头顶上这个庞然大物是他们武汉出品的，队里的年轻人多半也是来自武汉，在异乡操纵着家乡制造的机器，会倍感亲切。

大桥装吊工是极其辛苦的工种，除了高空露天作业的艰巨和特殊性外，要懂得重型机械的各种性能和使用方法，还要顾及巨力底下自身和他人的安全，天天面对运行中的巨型吊臂、吊机和几十上百吨的钢梁、水泥砼，无时不与危险打着交道，在冷酷的钢架水泥钢筋预制件中摸爬滚打，在烈日严寒中高强度的劳作，工人们练就了一身耐劳顽强，和水泥砼一样朴实无华的本色！

我看着龙队长和他身后那群黑黑实实、精精干干的小伙子，油然生出一种敬意。我记录下了他们的名字：胡进、余忠美、张秋文、袁德建、殷和平、黄建徐、许俊建、林经伟、吕秀强、袁明地、黄国林……

也许，大桥落成时，没有人会记起他们的名字。

他们埋头苦干，无怨无求，他们内心淳挚，情感质朴，他们用双手默默为南沙铺设通往富裕和幸福的路和桥，将一生中最美好的时光交给了南沙。

午间的饭堂是热闹的，人声鼎沸，黑压压一片。热辣辣的饭菜，热烘烘的笑靥，热乎乎的人群，说话声、欢笑声、锅碗瓢盆的碰击声，分明在欢快地弹奏着一支支劳动后的欢乐和鸣曲。人们围坐一起，无拘无束，边笑谈着某日某件趣事，边大口饭大口菜地往嘴里送，头顶的大吊扇在呼呼转，欢快地搅动着人们的愉悦。

这时候，人们已经忘记了劳动的艰辛，或者，压根儿就没有在意这辛劳，汗水早已被劳动后的欢愉覆盖。苦中作乐苦亦甜是他们特有的品质，他们的感人之处也许就在于此！

我狼吞虎咽地咀嚼着，林经理不断客气地往我碗里夹肉，这顿饭特别香，特别有味道。

饭后，我独自在一排排整齐而宁静的工棚间穿行，在工棚尽头处，我又碰见了龙队长。他远远就认出了我，热情地邀我到他宿舍去。我爽快地答应了。

宿舍里没有人，石棉瓦下弥漫着闷热，蚊蝇四处追逐，一丝风也没有，四张高低床八个铺位全空着。龙队长说，为了赶工期，饭后他们都开工去了，如果不用加班，此刻会在这儿午休。说着把风扇拧开，热风呼呼地吹起来，苍蝇蚊子被驱散开去。

龙队长告诉我，他干了8年路桥，全是在广东，在京珠高速路上就建过两座桥，还在顺德、中山、珠海等地修过路，广州白云机场高速公路环形立交竣工通车后，华南路桥公司就派他们来到这里。他说这里的生活条件还算是不错的。

说起老婆孩子，他满脸欣慰，又忽而话锋一转，说，来广东打工妻子很支持，他觉得现在这工作很适合自己，虽然辛苦，但不能丢了责任心，特别是指挥龙门吊。他说只想做好本职工作，好好养家糊口。我问他将来会有什么打算。他眉毛一扬，似乎有点诧异，说："将来？干路桥呗，国家到处在搞建设，不愁没活干的。"

龙队长要上工地了。从宿舍出来，头顶就是高大壮阔的新龙特大桥西引桥，阳光下，它宛如一柄银灰色的剑，有力地向东面的龙穴岛伸展而去。工地上机声隆隆，而我的身后，宿舍区一片宁静。

我见到高福全时，已是我第四次来到南沙。那天，他正在工地办公室一边指着墙上硕大的施工图，一边对着对讲机大声说话，不时拿笔在本子上记着什么，俨然一个将军在指挥一场硬仗。见我进来，他伸手示意我坐下。

我注视着眼前这位中等身材、皮肤黝黑、一口浓重四川腔、岁月的沧桑写满一脸的长者，我没有称他"高部长"，而是叫他"老高"，也许这称呼拉近了我们的距离，他的话匣子一下被打开了。

老高几十年在工地上南征北战，毫不夸张地说，他一生修过的路桥比工地上许多年轻人走过的路还要多，虽然没有算过究竟建过多少路桥，但每条路桥的所在地以至桥名，他都印象犹深。而最让他记忆深刻的莫过于乌江洪桥。因为，那是他生命中的第一座桥，他是从这座桥出发，然后开始了人生的漫漫长路。

那一年老高刚结婚，为响应国家号召，他二话没说，告别父母和新婚妻子，背起铺盖就上了大桥工地，加入"备战备荒为人民"的行列。在乌江边，小夫妻依依惜别，老高紧握妻子双手，动情地说："等着俺，等俺把大桥修好，马上就回！"妻子默然，却已满眼泪光。眼前滔滔白浪，滚滚东流，那一刻，颇有当年项羽虞姬乌江泪别、此去绵绵无绝期的悲壮味道。那年，老高才21岁。

此一去，老高便踏上了38年风餐露宿、栉风沐雨的路桥生涯路。

我曾不止一次地问工地上的人，为什么叫老高做"老黄牛"？人们说，因为老高特能吃苦。我说，工地上谁不能吃苦？人们说，老高不同，他特别任劳任怨，工作特别认真细致，对人特别和蔼，做了分外的好事从来不张扬，而且，几十年如一日。

在新龙特大桥筑岛围堰的战役里，老高的职责特别重。诸如组织突击队、调度突击作业、衔接各作业队之间的工作、协调作业队和专业公司之间的事务等等。工地上六百多号人，作业队、专业公司十几个，大小事情多如牛毛，老高都要管，都要过问，都要安排。他不分昼夜地泡在工地上。那阵子，人们都管他叫"铁牛"，总是劝他注意身体，多点休息。老高却说："大桥工程正在紧要关口，我是生产部部长，我不上，谁上！？"

一个寒冬的凌晨，老高才躺下，忽然接到报告：拌和船进水，快要沉没了。老高一骨碌从床上爬起，顾不上穿棉袄便奔向作业队住宿区。调动人力，安排机械抢险，向经理部报告情况，亲临现场指挥作战。由于他及时得力的调动指挥，拌和船上百多吨水泥和泵车等设备得以逃脱厄运。红日初升时，一晚没合眼的老高脸带宽慰，又投入第二天的战斗。台风季节，南沙隔三岔五受风暴侵袭。抗风抢险，保护人员、设备安全，又成了老高的首要任务。他又是突击队队长，带领一班人马，抢在风暴前组织疏散，人员、船只、设备、浮箱，一样不能少，新龙特大桥工地因此总是安然无恙。

在大桥工地上，无论大事小事，人们都习惯找老高，生产的，生活的，调配吊车，安排码头装卸，用交通船转移钻机，送汤送饭，谁有个头晕发烧……大家第一时间想到的就是老高，一想起就对着对讲机喊他，他也总是爽快地应答，雷厉风行地去办，于是工人们就吃上饭了，坐上船了，用上吊机了，困难就能迎刃而解。然而，老高并不是铁人，也会有累的时候，有时中午加着班，就趴在桌上睡着了，他真想舒舒服服地睡上一会啊，但只要对讲机一响，他马上又振作起来了。

人们爱用对讲机找老高，除了因为分内外的事他都办得妥帖外，还因为喜欢他那长者般的和蔼和宽厚，不管遇到什么困难和问题，到了老高那儿，总会迎刃而解。对着对讲机，他不时来一句浓浓的四川腔：行！小伙子，没得问题，没有过不去的河！人们都说，在对讲机里和老高对答，简直就是一种乐趣。

我问老高："你一把年纪一年到晚在工地上风吹日晒爬高摸低，就不怕有个病？"

老高说："嗨，惯了，就是因为风吹日晒爬高摸低，才有我这棒棒的身子骨。"他笑着拍了拍胸脯："你让我闲下来，说不定还会搞出个什么病痛来呢！"老高有点幽默。

"家里人也能放心得下你吗？"

"当然放心！老婆在四川老家，几个孩子也全在路桥工地上，在上海那边，建东海大桥，那工地比这大呢。"老高微笑着，话里透出一种豪气。

几年前，老高和妻子又一起把几个孩子陆续送上了路桥工地，又重温了乌江一幕。二女儿还是个学路桥专业的大学生呢，现在孩子们都在工地上成了家，一个媳妇、两个女婿，三个家庭都在东海大桥工地上，他们都把自己的一生交给了祖国的路桥事业。

老高没有过多地渲染他送子女上工地的情景，但我从他淡淡的话语里，从他坚毅的眼神中窥见一种维系了他一生的路桥之情，那是凝聚在一个普通农民家庭两代人心中的赤诚的路桥情结！

我问老高："你们夫妻分居几十年，甚少享受到天伦之乐，你为什么能够干得下来呢？"

老高回答得实在而又简单，他说："工人做工，农民种田，路桥工人干路桥，干路桥总不能在家门口干，走南闯北顶风冒雨烈日烤，这是必然的，天经地义的，哪有得说？！"顿了顿，他又补充道："从我入党那天起，就决定把一生都交付给路桥事业了，我不能像一般工人那样要求自己。"

老高的话说得那么不经意，那么平淡无奇。

在新龙特大桥工地，我曾问一位在主桥墩上施工的作业队长；在南沙，你觉得你们最苦和最乐的是什么？这位年轻文雅的作业队长扶了扶眼镜，略一思索，用一口四川腔的普通话对我说："干路桥是苦，没得说的，但要说最苦，那就是每次台风来临的时候。"他补充道："我说的是心情，我们要赶在台风前把正在施工的机械拉回避风港，人也得马上离开，本来好端端地干着，说撤就撤，那种心情呀，别说了！"顿了顿，忽然用一种特别的口吻说："就好像战场上正向前冲的将士，突然接到命令往回撤，你说那心情是不是最痛苦的，最难受的？"

"那最乐呢？"我说。

"呵呵，"他笑了，"最乐，那当然是能有活干呀！"

在南沙采访的那些日子里，我常常问自己，人们对于苦与乐的理解为何有如此天壤之别？是一种什么样的力量在支撑着他们呢？

哦，我忽然明白了，在贾纪文那里，在高福全那里，在林祝明、龙耀文那里，从那些无怨无悔的普通劳动者那里，他们默默地用双手开创生活的朴实无华的品格里，不是已经有了很好的答案吗？他们不应该是南沙劳动勋章的获得者吗？他们不也是一群最可爱的人吗？

南沙一位负责招商引资的领导对我说，从广州城区直通珠江出海口龙穴岛的南部快线是一条通往世界的路。因为，龙穴岛上将建设东南亚最大的深水港、中国第二大造船基地和物流航运中心，庞大的仓储物流系统将连同香港现有的物流基地一起，将泛珠三角乃至内地市场推向世界，世界货物也在这里源源流入中国，广州的物流业将在这里与世界接轨，广州南沙将在这里垒起一个新的经济高地……

路在脚下节节延伸，桥在眼前巍巍飞架。南沙的路桥建设者们，他们是让广州走向世界的功臣！

龙穴变迁记

　　龙穴岛，一个沙洲形成的千年岛屿，一颗糅合美丽传说、现代与传统的璀璨明珠，在珠江口湾顶处，以其婀娜的身姿将广州一路向南延伸到海。

　　珠江水阔，碧波荡漾，一座新龙特大桥飞架西东。桥的那边，连接多条高速路的南沙港快线，蜿蜒于珠三角中轴密布的河汊水网，穿越南沙大地的万顷桑基鱼塘和沙田，而桥的这边，相传的龙腾之地便一头拥入了南沙热土的怀抱。

　　行走在龙穴岛上，湿润的海风裹挟着炽热的紫外线扑面而来，有一种奇妙的热辣。岛上有龙穴、铜鼓、较杯三座小山。相传铜鼓山面海的山下有洞穴，为南海龙王所居。南宋地理总志《舆地纪胜》中记载："龙穴洲在东莞县南大海中，有龙出没其间，故名。春波澄霁，蜃气结为楼观、城堞、人物、车马之状，耆旧见之。"明清时多部地理志、县志、诗文也记有龙穴地名的由来，且描述龙穴海市蜃楼奇景。其时，岛外海天苍茫，岛内三山石穴流泉，行经海上丝绸之路的外商船舶必于此汲水生息。而千年后的今天，纵有三山石穴流泉、奇榕奇井、龙宫龙洞在，龙之踪迹却再也难觅。星移斗转，沧海早已变桑田。许是龙的传人得到真传，他们围海造地，在当年龙出没的地方架起一座又一座巨型龙门吊，书写一页页钢龙出海的动人篇章。我绕山而行，满眼皆绿，层林尽染。而山的那一面，农舍鳞次，炊烟袅袅，瓜果成行，郁郁葱葱，桑基鱼塘纵横规整，生意盎然，一派安乐祥和……

龙穴岛本是一个荒芜之岛，千百年来，孤寂地沉睡在大海的怀抱里，做着她那古老而神秘的梦。至20世纪20年代末，几户东莞贫民来此定居，岛上才开启住民的记录。中华人民共和国成立之初，岛上人口只有百余人，几十个劳动力，除山地外，河海冲积平原不过0.5平方公里，芦苇根和咸水草是岛上唯一的经济作物，岛民靠吃国家统销粮。50年代中期，眼看芦根水草不足以维持生计，纯朴的岛民再寻生路，筹钱买了两条船，请行家引领，到珠江口周边的狮子洋一带，干起了风餐露宿的捕鱼营生。

1959年，广东省政府将龙穴岛纳入珠江华侨农场管理，龙穴岛成为农场的一个作业区。农场组织人力在滩涂上围垦造田，农田从原来的两百亩变成千亩，水草销路畅顺，仍以种植咸水草为主，辅以蕉、蔗，农场又帮扶买来几条渔船。种植与渔业双管齐下，与农场共进退，岛民们像在茫茫大海中搭上救生舟。农场给岛民们带来了生机，他们享受农场职工待遇，尝到了甜头。

那时，岛上设立了生产队和渔业队，生产队在围垦地里种水草，种蕉种蔗种莲藕，渔业队已积累了捕鱼经验，可以远赴北部湾、汕头、北海等海域打鱼了。生产队的工资制由最初的定级到计件，渔业队则按内河航运工种套级，岛民的生活开始有了转机。然而，20世纪六七十年代岛上的生活条件极为艰苦，岛上没有电，没有路，住茅屋，没有自来水，只有一个卫生站，与外界交流只能靠小船小艇，每遇台风，龙穴岛就成了孤岛甚至死岛，连急病都无法送医，只有听天由命。那些年月，这颗沧海上的遗珠，这个几乎与外界隔绝的海岛，民风却极之淳朴，岛上路不拾遗夜不闭户，一人有难众人帮，一家有事百家忧，就连孩子在路上拾到鸡蛋，也会懂事地拿回学校交给老师。

作为珠江华侨农场的一个作业区，龙穴岛被注入了源源生机，职工生活有了显著变化。然而，与那个年代许多国营企业的情形一样，计划经济以及农场的工资制度渐渐暴露出弊端，人们拿着工资干多干少一个样，不说定级工资，连计件工资也刺激不了职工的积极性。特别是出海捕鱼的渔业队，那时队里大小渔船已有8艘，出海成本增加，产量却不高，经营收入亏损，职工拿着工资却提不起精神，"大锅饭"弊端暴露无遗。令耕种的生产队更头痛的是，20世纪70年代中期珠江糖厂扩产后，岛上职工辛辛苦苦种出来的蔗却榨不出糖来——在咸淡水滩涂围垦地上种的甘蔗竟是咸的！蔗，看来在龙穴岛是无利可图了！那咸田里的咸水草长势倒是兴旺，可惜时代在进步，水草逐渐被尼龙绳所取代，销量日减，市场萎缩，而蕉和莲藕的产量并不高。这是一个吃国家"大锅饭"的年代，这是一个可以不理会市场规律的年代。反正龙穴作业区又不是一个独立核算经营单位，农场工资每月照发。其实，龙穴岛多年来一直是珠江华侨农场一个亏损的区，只是这个亏损的锅由农场背了，岛上的职工们才可以安然度日。

龙穴岛种养业的发展方向在哪里？生产积极性如何提高？如何生存？这是一道摆在珠江华侨农场以及龙穴岛作业区管理者面前的严峻课题。

是改革开放的春风，也是一场几十年不遇的强台风，改变了龙穴岛的命运。1983年9月9日，一个被命名为"爱伦"的九号强台风长途跋涉掠过香港，登陆珠海，风暴狂潮千军万马排山倒海般突袭珠三角。龙穴岛首当其冲被洗劫，台风过处，一片狼藉，岛上种植的所有农作物被全数推倒，淹没在一片汪洋之中，1000余亩围垦的农田重归大海！岛民们欲哭无泪。然而，面对灾后惨不忍睹的大片农田上漂浮着的死鱼活鱼，聪慧的岛民们却忽然醒悟了，何不将计就计将种植改养殖？养鱼，在原来的蕉、蔗地里挖塘养鱼！或许，这就是天降台风的旨意？好一个让龙穴岛转变思路求生存的天赐良机！

其实，在当年台风到来前的七八天，这个契机就被农场的管理者们逮住了。那时，改革开放已在中国农村铺开，而家庭联产承包责任制是农村改革的铁杆标志。广东省农场系统开始把省内试点积累的经验向全省农场推广。农场组织了下属各区有关人员到湛江的红岗和湖岗农场取经学习。龙穴岛的会计陈庆南参加了，踌躇满志地回来了。翌年开春，当他二次取经重去湛江时，他已是龙穴岛的书记兼主任。岛民们都管这个在岛上生活了30年的书记叫"岛主"。两次取经，结合岛上的经验教训和现状，陈岛主心里便有了底，回去与班子一研究，方案很快就出来了。方案明确分田到户，取消工资制度，实行家庭联产承包责任制，实行"三自"，即种养自由、销售自主、工资自理，责任制合同一定三年，而人还是农场的人，农场保留职工原有的劳保、医疗、粮油差价等福利及退休待遇。这个方案很快在区内推开并取得成效。头一年，职工就尝到了甜头。他们不拿工资，收入却增加了，作业区开始减亏。职工们心里都乐意，都愿意继续签合同，头回是一签三年，次回一签便是十年。这是那么多年来龙穴岛首次减亏，也是珠江华侨农场改革开放的第一个联产承包责任制方案实施成功的范例。

这个分田到户政策在岛内一直延续着，令作业区积累了资金，有了家底。20世纪90年代中后期，很多国有企业纷纷关停并转职工下岗，农场的一些企业也坚持不下去了，被迫辞退工人。场部劝陈庆南趁势卸掉部分包袱，买断老职工工龄，陈岛主却坚持不肯辞退职工。他说老职工在岛上辛辛苦苦干了几十年，现在作业区还可维持，有利润，职工只要每年交给区里300多元，我们就可保留他们的职工待遇，负责他们的生老病死，负责他们的基本社会保险，直至他们退休。"岛主"坚定地为职工们谋取了利益，赢得了区内一片赞誉之声，受到农场的表彰。

如果说，分田到户是改革开放的春雨给龙穴岛这颗沧海遗珠注入的生机，那么旅游资源开发就是春雨使这颗珍珠千年文化焕发出亮丽的光彩。1982年秋，农场一名当年赴香港定居的知青，带领一群香港游客，坐船来到龙穴岛，兴奋地登上了那一弯月牙般美丽的天然海滩。这是自发组团到龙穴岛来旅游的第一拨境外游客。由此，便掀开了龙穴岛旅游业的篇章……

最初，游客到岛上只是在沙滩上玩玩水，探一探那苍翠的三山环抱下的泉穴，看看那几穴有着千百年历史传说的古洞，然而景点没经多少修葺，道路残破，那古洞奇井被海洋的暴风疾雨剥蚀得七零八落，岛上的民俗图腾等文化元素缺乏整合，因此没有多少文化的韵味。而龙穴岛本是一个文化积淀厚实，有独特的人文地理资源，有"二龙争珠""海市蜃楼"等诸多神话传说，旅游资源十分丰富的海岛啊！农场管理层看中的正是岛上千年积累沉淀的文化基因，于是决心在岛上发展旅游经济，将龙穴岛的牌子打出去，让"龙文化"旅游业和养殖业成为龙穴岛经济发展的两翼。于是找来专家挖掘梳理龙穴和海市蜃楼的传说，修缮龙宫、三圣宫、虾洞蟹洞和张保仔藏宝洞，动工兴建沙滩游泳场、龙宫门楼、观日亭、风浴亭、铁索桥、穿山洞、花洞和度假别墅、海鲜餐厅，古老的龙穴岛由此焕发新颜。农场又特地派来一名领导到岛上坐镇专管旅游，成立了珠江龙穴旅行社，与珠江航运公司和广州客轮公司合作，把旅游团从各地送到岛上来。这一招很灵，银滩龙宫藏宝洞，三山环抱二龙争珠，经旅游者口口相传，成为了热门的旅游胜地。

20世纪八九十年代，在省政府的协调下，珠江农场与龙穴岛人一道，再次在龙穴岛四周围垦造田，面积过万亩，耕地面积扩大数倍，仍以鱼塘水产养殖为主，辅以山林果蔬。区内人口也已增至600多人。在那些沧桑而又恬淡的岁月里，龙穴岛人勤勉安静地劳作和生活着，岛上的种养业兴旺繁荣，水美鱼肥瓜果香。在波光粼粼的鱼塘边，在一排排刚竣工的砖屋瓦檐下，人们每天迎送着到岛上来览胜饮泉赏山玩水的游人。而游人们从弥漫着原生态气息的纯净和古朴里，在葱茏寂静的丛林山水间，仿佛悠然走进一个奇妙的童话世界，开始一场忘情的神秘旅程……

新时代的龙穴岛，那曾让人流连忘返的金色海滩，如今已悄然让位于造船、港口、物流三大擎天撑海的海洋工业。在乡村振兴的号角声中，龙穴人在原有岭南水乡特色的种养基础上，打出海洋名片，大力发展以海为主题的经济，大兴近海养殖业，常举办各种鱼、虾、蟹等系列节庆活动，吸引各方来客。在这个美丽的海岛乡村，游人真切地感受到了水乡文化和海洋工业文明的独特魅力。

登上那座苍翠欲滴的铜鼓山的山顶，面朝东南，举目远眺，广船国际、南沙港区、物流基地……延绵数里，匍匐在弯弯的海岸上，像一个个撸起袖子加油干的汉子……那高耸的龙门吊，那巨型的船坞，那正在建造的百万吨级巨轮，那密密匝匝列着方阵色彩鲜艳的集装箱群，那工业园纵横交错的道路、楼房，仿若镶嵌在蓝天远山绿水间的

彩虹、楼观、城堞、人物、车马，好一幅现代版的"海不扬波三十年，蜃龙吐气幻云烟"海市蜃楼美景！

而海岛却又是静谧的。原先的小龙穴，早已左揽鸡抱沙右拥小孖沙，将陆地连成一片，在这个近50平方公里海岛上，鱼塘桑基河涌密布，莲藕香蕉瓜果繁茂，参差的农舍掩映其间。龙穴人一如既往安静地恪守于传统种养业。龙穴岛，仿佛正将一支优美古朴的乡村乐曲融入到现代海洋工业浑厚的旋律中，乐曲时而温馨时而豪迈，时而柔美时而热烈，穿透人的心灵……

东涌·艇

　　徜徉在南沙水乡东涌的沙田河网上，你会被眼前的一切所陶醉而流连忘返，那连片的蕉林蔗地、桑基鱼塘，那溢满幽幽瓜果香的乡间绿道，那夕阳下的渔舟唱晚，那飞椽翘角、富有岭南风格的建筑群落，那珠三角特有的乡土情调，那原生态，原民俗……而我，更钟情于这里的河网水道上那或静静停靠或悠然荡漾着的艇。

　　你看那艇，停靠在水岸边大榕树下那青石埠头时，她便仿若经风沐雨的长者优哉游哉地颐养生息，在默默倾听那听过千百回的风和水的歌谣；在弯弯的河汊水网间迂回穿行，她又仿佛开始向人们讲述关于南沙，关于东涌，关于艇昨天的沧桑和今天的甜蜜故事了。

　　艇，在东涌平静如镜的水上绿道潺潺而行，人字形的涟漪散漫地在艇后向两边荡漾开去，像一只只无拘无束、自由自在的鸭儿在水中畅游，那划动的双桨，又像那调皮的鸭儿跃动双翅欢快歌唱、奋勇争前。让游人坐在艇上欣赏水上绿道的美，是东涌人款待游客的一大特色。艇在水上慢慢穿行，两岸原来近在咫尺，却又似乎让人看不着边，满眼的水生植物，满眼的木瓜、石榴、芒果树、甘蔗和水草，两旁的房舍和村道掩映其中，若隐若现，水生美人蕉硕大的花蕾时不时在水杉的缝隙中探出头来微笑。岸的绿和水的绿在你眼前弥漫着，艇头那一座座石拱桥晃荡之间就到了艇尾，又无声地渐行渐远。咿咿呀呀的桨声与水和鸣，同鱼虾们一起欢唱，草丛中有家禽嘤嘤呢喃，在人们的耳畔歌吟……此时，艇，就在不知不觉中，笑意盈盈地将你送入了一个如诗如画、如梦如幻的童话世界了。而此刻的你却忽然疑惑起来：自己是置身于东涌水乡吗？

在广东广大的珠三角水乡，人们都习惯将浮游在河涌水道上的船叫艇，将小船叫艇仔，将摇橹叫撑艇，船家也就叫艇家。记得孩提时代，在广州老城，我常跟祖母到珠江边，去看艇，或去吃一碗美味的艇仔粥。每当夜幕降临，堤岸边就成了热闹的去处，很多艇你牵我、我倚你，一字儿排着，都点了煤油灯，鹅黄的火光在微风中闪烁，远远望去，影影绰绰，人声与艇影、波光与星月相辉映，煞是好看。等长大了我才知道，艇像漂浮在江河上的鸡蛋壳般脆弱，所以艇家就被叫作疍家，而艇就叫疍家艇。在他们眼里，艇也许不同于船，形状大小固然有别，行驶在大洋大海上经风抵浪的是舰船，而浮游于湿地水道上的是艇。纵横交织的河网虽没有太多的惊涛骇浪，但艇却承载着水上人家常年的生活之重和命运之无常。在珠江三角洲水乡，水上人"艇"和"撑艇"的称谓，语境中饱含一种质朴的生活况味，浓浓的岭南水乡情愫就在"撑艇"二字中轻轻流泻。而艇家的咸水歌"虾仔你快点长大啰，撑艇撒网就更在行"，更传递出疍家人生命的纯真、期盼和生活的咸苦。这与文人墨客笔下的"轻舟""泛舟""孤舟蓑笠翁，独钓寒江雪"之类的娴雅唯美，显然有着巨大的不同。

艇，是水上人家的根，是他们生息存身的唯一归处，是护身的壳，容身的家。所谓靠山吃山，靠水吃水，吃水靠艇。艇就像生命甚至像河神海神一样备受呵护、尊崇甚至敬畏，这对于旧时东涌只在水上谋生，极少上陆地的疍家人来说更是如此。

过去的南沙，在东涌、鱼窝头那一带水乡，人们将水上人家连同他们的艇称作"水流柴"。就像那充满忧伤的沙田咸水歌里唱的："沙田疍家水流柴，赤脚唔准行上街，苦水咸潮浮烂艇，茫茫大海葬尸骸。""水流柴"三字隐含了疍家人多少辛酸和悲苦啊！艇，既是他们沉重的家，又是他们苦苦求生之所。那时，东涌的疍民年年月月靠撑"白泥艇"帮人装运泥土拍墩围田，靠艇出卖苦力艰难为生；他们撑"虾春艇""浸虾艇"捞取河里的"虾春"、鱼虾小蟹，换取微薄的生活费。艇和人就如江海中漂流的枯枝朽木，终年在旋涡里打转，在浪上颠簸，身不由己，任流水漂泊。为摆脱贫瘠，他们撑啊撑，为撑出生天，为撑圆一个梦，一年又一年，一代又一代，艇随水漂，人靠艇活，艇满载着生命的全部承托，人的命运与艇一起交付流水。那一条条承载着疍家人一家老小身家性命的艇，就是一个个小小的水上浮城，艇在，人在，艇毁，家亡！

是的，水是伟大的慈母，艇和人就是慈母怀中的儿女。自古以来，艇和人就有一种天然注定的关系，结下一种深深的不解之缘，就像人和水神圣不可分离一样。人、艇、水的缘分是上天给的，是永远缠绕在一起的啊！

是啊，既然滨水之地是人类生息繁衍以至谋求生存之所在，既然水是一切生命的根本，那么漂浮在水上的艇，不就是人类亲水、让生命生生不息的载体吗？艇不就与人的命运共进退吗？艇，也就寄寓着人们瑰丽的生活梦想。于是，在广大的珠江三角洲水乡，在如今那些或安闲或劳作或大或小或新或旧的艇上，我仿佛看到了过去水上人家谱里的喜怒哀乐，那些《诗经》一般的疍家咸水歌，宛如在诉说一部部沉重的疍民咸甜史，和他们那些并没有被遗忘的梦。

　　我爱在东涌河岸的榕树下看艇,爱艇在水中荡漾时那种微微晃动的感觉,爱听头戴"虾姑帽"的艇姑一边撑艇一边引颈高歌。虽然疍家人的凄酸早已成过去,吉祥围的水上人几十年前就已告别浪上颠簸随水漂泊的岁月,人们怀抱的梦想已如愿以偿。然而,他们那婉转清新的歌声依然蕴含质朴且充满泥土芳香——"天上有星千万颗咧,海底有鱼千万条啰……你是钓鱼仔定是钓鱼郎啰嘀,我问你手执鱼丝有几多十壬长?……"而具有创造性的南沙人在每年一度的咸水歌大赛中,又创作出富有时代气息的歌:"东涌沙田好风光呢,村容涌貌换新装咧;不见茅寮见洋楼喽,河涌仙境蓬莱乡啰。"极富感染力的歌声在摇曳着的艇里飘溢而出,宛若天籁之音荡入人的心湖,而这时弯弯水道漾起一圈圈美丽的涟漪,仿佛是对艇和歌的一种深深敬礼。

　　我曾在江南古镇的水巷随乌篷船巡游荡漾,那时我沉迷于韦庄"春水碧于天,画船听雨眠"的顿悟中,而那雅致的船舱雨篷,两岸古朴的石阶屋宇,袅袅炊烟,那柔柔的吴侬软语,桨声灯影,那用棍子"咯吱"一声撑起木窗的声响,天、水、艇在氤氲中如梦如幻,一幅美妙的江南民俗乡土图让我忘情。而如今,眼前的村口埠头,遮天蔽日的墨色古榕,挺拔高耸的木棉,一路飘香的蔗林蕉丛桑基瓜果,郁郁葱葱的各种水生植物,斑驳湿润的拱桥石岸,天、水、艇竟也如此交融,恍惚之间,我忽然醒觉,这是岭南水乡,这是南沙东涌啊!

　　对啊,艇是有生命的,在这令人心旷神怡的绿色河网上,我听到了水鸭和燕雀的私语、石榴树和美人蕉的沉吟,还分明看到了艇像美人鱼一般欢快地撩逗着水,在与水朗朗和唱,水问候艇,艇笑了,又重复了那千百遍的笑语,说时移世易,捕鱼捞虾早已卸下了沉重与哀伤,只收获丰裕和欢笑,说时代不同了,我们要唱响时代的歌……艇和水的欢声笑语在涟漪间回荡,又甜又脆。

蓝图绘就，
奋楫笃行

黄曜华

沧海变桑田

南宋末年，文天祥过伶仃洋，"零丁洋里叹零丁"遂成千古绝唱。

蜿蜒的珠江一路南下，行至伶仃洋北端，冲出一个喇叭形入海口。"喇叭"的哨嘴，就是南沙。

当时南沙一片荒芜，人烟稀少，连一棵树都没有。当地有一首歌谣："南沙柴，黄阁米，出门靠渡仔，无事莫进来。"

30多年前，广州最南端的南沙只是沧海边的一个小渔村。1985年我第一次到南沙时只能坐船，而且要花一上午时间。盛夏，又是台风季，如果是在小渔村时代，南沙成片成片的沙田就会被淹没。

2002年，我第二次到南沙，没有地图，甚至没几条好走的路，那时大南沙和"南拓"的提出还没多久。接下来的几年里，我也多次去南沙，从广州出发，几乎都是搭朋友的顺风车。到2007年，广州开通了到南沙的地铁，于是便和几个朋友一起辗转搭乘地铁，手里拎着折叠自行车，到了南沙便骑车到处走。现在，骑着自行车周游南沙俨然成了周边人们的旅游新风尚。若从地铁蕉门站出站，道路旁边随处可见自动驾驶出租车停靠路旁。毕竟，这里有无敌的海岸线、无敌的蕉园和葵园、无敌的沼泽地和芦苇荡，还有无敌的新鲜空气。

现在更多是自驾游了，车从高速公路下到黄阁镇，再路过一处牌坊，开始南沙之旅。以前人们总是会认为见到南沙牌坊才是进了南沙，但如今为了开发南沙，它的行政区划发生了变化，地界也比以前扩大。而现在南沙的气候，一阵风一阵雨的，一整天都是这样，雨猛地来了猛地又停了，只是把南沙的空气洗刷得清爽干净。

物换星移，昔日的苍凉已悄然风逝。如今，通达便捷的交通、高耸的大厦让它脱下树木丛生、山岛竦峙的荒凉外衣。这里展现给世人的，是湿地公园的惬意、科技园的生机、南沙港的繁忙……

对于前来旅行的广州人来说，南沙提供了新鲜的空气、最佳的自行车线路、美景以及美味的海鲜。天高云淡、绿荫成行、千池鱼跃、万顷碧波、湿地环抱、鸥鹭翱翔，在不少人眼里，每一次南沙大开发都是对环境和生态的严峻考验，但是南沙在城市规划建设中却落实"生态优先"战略，坚持开发与保护并举、发展与生态同行，绿色南沙悄然成型：人均公共绿地约50平方米，居全市之首；区内主干道两侧50米的绿化带"与国际先进水平接轨"；美丽的蕉门河两岸是几十种植物构成的绿色长廊；在面积达万亩的湿地，可以和鸟类朋友相约，倾听大自然的心声……

2016年我到南沙参观，给我印象最深刻的是，过去的南沙是"一片破碎的山河"，到处"白白的"。曾经的采石场，现在一个也没有留下，全部关闭。那些光秃秃的石山，都种上了植被。此外，过去的沼泽地和滩涂，大部分被填成坚实的泥地，建起了厂区和楼盘，有些正在等待被碾平铺成公路。过去曾是荒野蕉林的地方，现在大半留出地来给企业和工厂，河边的几棵芭蕉还枝叶繁茂地招展着，与桥下的河水相映，成为极入画的一景。而大片的蕉林和葵园则在不远处的三民岛上，仍是当地居民经济生活的重要支柱，同时也是不食人间烟火的来客感怀抒情的绝佳布景。凫洲大桥和虎门大桥在海面上遥遥相望，竟有几分深远悠然的意境。沼泽地上的芦苇摆过人的肩头，海鸟和鹤掠过浅浅的湿地，飞向明镜一般的蓝色的天，使对面陡然出现的现代化高楼显得不那么真实。

和几十年前相似的是，见不到很多的人。蒲洲花园的附近，河边的高地上蹲着大小五六个人，举着钓竿钓鱼，一上午只钓到了一条，他们宣称只是为了好玩，隔着十来米的距离张望河面，一点没觉得惧怕。沿着河畔行走，映入眼帘的是鱼翔浅底、白鹭成群。水清岸绿的生态底色和蓬勃发展的城市建设在这里完美结合。在南沙，不仅能看到山水田园，更能领略到年轻活力、时尚动感、国际化现代化的城市气质。

这也许是最寻常的南沙，有着过去时光的依稀影子。但南沙又不仅仅是摆荡在过去与现在之间，甚至也不是"海滨花园城市"能概括得了的。

时间是最忠实的记录者，历史总在标志性的节点上镌刻永恒。

胸怀千秋伟业，恰是百年风华。岁月长河奔腾不息，回首南沙的奋斗征程，波澜壮阔、激荡人心。从吹沙填土到高楼林立，从荒滩蕉林到现代新城，江海交融，征途漫漫。

千年前，古丝绸之路上胡马嘶鸣、驼铃悠悠，商贾与使节络绎不绝。千年后，新丝绸之路上车轮滚滚、汽笛长鸣，一趟趟班列如钢铁巨龙般呼啸而过。汽笛声如同一首昂扬振奋的开放进行曲，在越来越多的城市与国家间奏响，"一带一路"倡议与和谐共建的声音传播得越来越广，随着粤港澳大湾区的快速发展，广州南沙作为核心承载区也迎来了新的发展契机。

矗立百年的南沙舢舨洲航运灯塔持续点亮着珠江口这条国际航运通道，见证着"千年商都"的经久不衰。在对历史的回溯与探寻中，南沙为踏上新征程时将要开创的浩瀚事业凝聚磅礴力量。

广州南沙，衔珠江而临大洋、通内地而向海外，叠加岭南山水人文的风韵，融汇滇、黔、桂、湘、赣的风情，流淌出珠江的人文历史。

半晴半雨的岭南仲夏时节，洗练出南沙的蓝天、碧水、湿地、海岛、绿道、沙滩，以及蛙鸣、鸟啼、人欢的水墨丹青。万顷沙盛放的千亩荷花，清香四溢，惹来蜂飞蝶舞；百万葵园姹紫嫣红的缤纷花海，吸引着万千游客流连忘返。

日夜流淌的珠江水，孕育出南沙湿地的鲫鱼、黄鱼、鲍鱼等诸多原生态生命，它们享受大自然赐予的安逸生活。栖息在湿地的鸟儿，时而在云天蓝海上翱翔，时而在红树林中鸣唱，时而在滩涂里嬉戏。待到秋来霜降，远道飞来越冬的候鸟，又于海天湿地中盘旋起落。

那时，我随友人或划船进芦苇荡、莲花池，或踏共享单车穿梭于榕荫绿道、海景长廊、原野水巷，用镜头追录它们的仙迹，拾得鸟语花香的惊喜。

十里绿道蜿蜒环堤、特色廊亭舒适雅致、蕉蔗林绿意盎然……我漫步在广州市南沙区榄核镇子沙村依涌而建的绿道东堤，一幅如诗如画的乡村图景映入眼帘。

在子沙村，一条美丽的绿道蜿蜒环绕村居，如同精美腰带串联起多个景观节点。沿线民居以墙面为布，绘出一幅幅春有花、夏有荫、秋有果、冬有绿的秀美田园画卷，一墙一主题，一面一特色，鲜艳的画笔把村落街巷变成了网红打卡点。

原来这些房子外墙比较旧，现在沿线旧房子加装瓦顶、喷涂墙身和部分做墙绘，融入二十四节气、榄核特色农产品、香云纱等元素，成了榄核镇星海云纱新乡村示范带进行农房风貌打造的示范点。如今，绿道徒步行、绿色骑行、绿道彩跑……活力满满的活动在子沙村的绿道轮番上演。

南沙，大湾区一颗璀璨的明珠。我追忆南沙的旧模样，品赏当代南沙城、电商港、港务大厦等时尚商厦精品文化、世界名店品牌文化、中西合璧美食文化；我徜徉在水岸广场的吧台，品尝松粉香浓的"新垦莲藕"绝味，留恋甘醇独特的"姜撞奶"乡愁；我流连于智能价值创新园、智能网联汽车产业园、南沙资讯科技园……感悟着创新灵魂对智造世界的执着，体验着共塑人类命运共同体的智能价值追求。

凯风自南，于斯为盛。逐浪潮流，踏步时代交响的节拍，探秘南沙爱心港湾的真善美……

潮涌珠江两岸阔，敢问人先再出发。珠江水一路奔腾向海，见证了时代风云的激荡，也见证着曾经烟波浩渺的南沙，向海而生、不断开拓。风华百年，广州一路向海，将城市建成区推向珠江入海口，实现了从滨江城市到滨海之都的历史性跨越。在时代大潮中，南沙走到了发展前沿。

湾区潮涌　遇见未来

1978年，在没有路、没有桥的情况下，霍英东先生靠租借来的海军炮艇，登陆南沙。这是南沙新命运的一次伏笔。1985年，霍英东带着长子霍震霆，再次从香港抵达南沙。航程花费了三天时间，而两地间的直线距离不过38海里。霍英东当时的设想是，要将香港与南沙的航程缩短到75分钟。

2005年，新的南沙客运港投入运营，将这一时间刷新为72分钟。未来航程还将缩短至1小时，而到达香港机场将只需40分钟。

早年曾是广州的"西伯利亚"，到如今成为重金打造之下的工业经济基地，三十年间，南沙历经了历史性的蜕变。

2005年，南沙成为广州市一个独立的行政区，开发力度空前。从霍英东的民间投资，到政府的强力介入，南沙在中国的城市开发史上，显得意涵颇丰：小渔村翻身传奇、超大手笔工程建设、体制的磨合与碰撞、项目成长的烦恼与得意、城市构想气势磅礴。如果说，南沙已经完成了基础设施建设和工业科技园区的建立，那么现在，它正处在工程的第三期。工程的图纸上，展开的是一幅海滨城市社区的图景。站立在被海水包围的南沙"工地"上，一切已初现端倪，并且还在延伸着难以量度的可能性。而成为宜居的花园城市，才是整个南沙开发的终极理想。

珠江口外的伶仃洋面，船舶和集装箱轮高高挺立，出了海就是世界。海岸线以内的广袤土地上，厂房林立。从天后宫的南岭塔上俯视，蒲洲花园、蒲洲高新技术开发园、南沙大酒店、中华总商会大厦、世贸中心大厦、东发码头、南沙客运港、虎门轮渡码头，尽在眼前。

1988年，洛溪大桥通车，1995年，东发码头和南伟码头投入使用，1997年，虎门大桥通车，让南沙为珠三角地带划出了更长远的延长线。而在近几年内，南沙又建成了4个5万吨级、6个10万吨级泊位的深水码头，开通了国际国内航线30条，实现了港口年吞吐量达7703万吨，集装箱年吞吐量达455万标箱。这时，南沙正式从沿江城市升级为海滨城市，开始具备了国际影响力。

如今，南沙已被建设成一个没有污染、商务高端、宜业宜居的现代化海滨新城。

敢让南沙沧海变桑田，是霍氏家族的一个梦，更是一场传承三代，长达三十多年的圆梦征途。然而，织梦容易圆梦难，现实远比想象艰辛，为了使计划能高质量地按期完成，家族成员开始频繁奔走于

香港、南沙两地,倾注无尽心血,播种建设幼苗,终让南沙以崭新面貌展现在世人面前。

广州南沙,衔珠江而临大洋、联内地而向海外,扬波逐浪是必由之路。而今,南沙勇立潮头,踏歌而行,迎接着更大的发展格局。

珠江口,大风泱泱、大潮滂滂。十年前,南沙的开发建设上升为国家战略,成为我国第六个国家级新区,也是广东省唯一的国家级新区。十年间的披星戴月、日夜兼程,南沙只为奔向星辰大海。如今,南沙再一次被赋予新使命,将被打造成为立足湾区、协同港澳、面向世界的重大战略性平台。

星辰无声。面朝星辰大海,是一场浪漫又高科技的奔赴。十年间,一个个重大项目扎根成长,成为点亮夜空最亮的星,也是南沙在服务大湾区的使命与担当中,引领一批批产业奔向晨曦,向着星辰大海不断前行。

繁忙有序的产业园区、争分夺秒的施工现场……南沙智造,逐梦启航,实体经济高质量发展的强劲脉搏在南沙大地上律动。南沙的发展始终把"人民对美好生活的向往"作为奋斗目标,心怀"国之大者",办好"为民小事",不断增强人民群众的幸福感,蕴含着城市治理与经济社会发展的思想方法——以大兼小和以小带大。

南沙"链"上全球

星辰,镌刻着人类最浪漫的想象;大海,承载着人类最执着的向往。星辰无声,大海无尽,在南沙的探索也永无止境。

地理大发现以来,人类再也没有停止对海洋的探索。通过远洋贸易发展起来的海上丝绸之路,一点一滴开拓中国海洋文明的进程;在南方，珠江出海口崛起的世界级都市圈正在重塑世界湾区版图。

出海口，是走向世界的战略通道。伶仃洋畔的广州南沙，是广州的唯一出海口。曾经万顷沙田，在大湾区建设的浪潮下，南沙阔步迈向立足湾区、协同港澳、面向世界、面向未来的国际合作战略平台，全力打造湾区之心、开放门户、未来之城。

如果说香港是中国内地与世界的"超级联系人"；南沙，则是广东与港澳的超级联系人。通往世界，链接全球，南沙正成为重要的一环。

发挥国家级新区、自贸试验区、粤港澳全面合作示范区等国家级政策优势，这是南沙"链"上全球的硬通道；瞄准最高标准、最高水平的市场发展环境、人才成长环境，这是南沙"链"上全球的软实力；强筋健骨提升城市产业竞争力，这是南沙"链"上全球的"芯"动能。

千年商都对话千年大港，正在南沙续写新的传奇。

南沙港铁路作为珠三角重要的货运通道，打通了海铁公联运"最后一公里"，也让南沙的大港优势充分释放。打造国际合作战略平台，南沙需更多通道直达世界。利用交通优势做好湾区交通枢纽，利用区位优势联动港澳共建湾区，利用重大项目、重大平台与世界对话，南沙离世界更近。"链上"全球，产业有动力，人才有活力，担当更有魄力。

南沙距香港38海里、距澳门41海里，方圆100公里内汇聚了粤港澳大湾区全部11座城市以及广州白云国际机场、深圳宝安国际机场、香港国际机场等繁忙的国际空港。粤港澳大湾区地理几何中心代表了南沙的先天禀赋。

远山如黛，近海似烟。

岭南的世界，没有冬天。波澜壮阔的珠江入海口，从不乏关于开拓创新的故事。

走在南沙的大街小巷，我们不仅看到，林间钻出的新绿星星点点，还能听到，无数春笋破土拔节的声音。这"春笋"是八方辐辏，一张以南沙为中心的大湾区交通网，跃然眼前：南沙聚力推动实现大湾区"半小时交通圈"的目标，人们乘坐时速高达160公里的广州地铁18号线，半小时内抵达广州中心城区。南沙大桥、明珠湾大桥建成通车，广深港高铁南沙庆盛站35分钟直达香港西九龙。随着将来深中通道南沙支线、狮子洋通道、广中珠澳高铁等建设通车，南沙加快建设服务大湾区区域交通中心。建成总长5000多公里，核心区密度达每百平方公里8.9公里的高速公路；一年超两亿人次的旅客吞吐量和超8000万标箱的集装箱吞吐量，形成全球极繁忙的空域和港口群之一。

占地面积约5万平方米、全国首个国际金融岛——国际金融论坛（IFF）全球年会的永久会址正式落户南沙，占据政策密集宠爱之地，汇聚湾区金融发力之心，南沙国际金融岛以绝对的发展优势，领航城市腾飞。南沙承建打造"南沙CBD"的历史使命，以国家金融业改革创新及对外开放的示范区和新高地发展定位，向世界推出一张全新的金融名片。无论是对广州，还是对大湾区而言，广州南沙国际金融岛将是大湾区发展新风口、全国"金融岛时代"的开端，更是大湾区面向世界竞争的窗口！它具有划时代的意义，背后蕴藏的也是划时代的机遇。

建设立足湾区、协同港澳、面向世界、面向未来的国际合作战略平台，南沙正在营造一个开放和弹性的体系，更加强调市场与人才的自由流动、创新知识的分享。

站在国际赛道上，优秀的企业拥有前瞻性的眼光，构成有韧性的产业链，是抢占未来、竞逐全球，并能在竞争日趋激烈的国际舞台站稳脚跟的关键。

作为要素转化枢纽节点以及制度型开放新高地，南沙正加快行动，携手港澳加快建设高水平对外开放门户。向海开新局的南沙，协同港澳、面向世界的底气更足。

南沙盛开，海风自来。

科技创新新篇章

从滨江到滨海，跳出云山珠水，迈向海阔天空。南沙衔珠江而临大洋、通内地而向海外，坐拥得天独厚的"湾区之心"。

从古代海上丝绸之路的起点之一，到21世纪海上丝绸之路上的重要枢纽，广州始终站在中国对外开放的前沿，开放包容的基因早已融入城市血脉。依水而建、依水而兴，珠江孕育了广州两千余年开放包容的悠久文明。自此，广州跳出了以云山珠水为基础的狭小地域，一个沿珠江水系发展的多中心组团式网络型城市结构逐渐形成，这座城市也跃升为具有"山水城田海"特色的大山大海自然格局。毫无疑问，将城市建成区推向珠江出海口，广州实现了从滨江城市到滨海之都的历史性跨越。

高水平的地标不可能是孤立的存在，它需要依赖强大的产业经济、人口集聚，依赖有所沉淀的城市精神与文明。

珠江畔，一幅幅创新的画卷映入眼帘。南沙科学城汇聚国家战略科技力量，加快打造广州科技创新轴南部极点；下海探冷泉、高空造风洞、极地做科考，世界一流重大科技基础设施集群正在崛起；自动驾驶、芯片电路、创新药物等技术产品引来全球目光……

于南沙而言，自动驾驶不仅是一次技术革新，更是一场产业革命。智能网联与新能源汽车产业是广州重点新兴支柱产业之一，合创汽车所在的南沙板块，正是广州汽车产业"十四五"规划中，三大产值超千亿元的汽车产业集群之一。

出租车没有驾驶员，但乘客通过语音就能变更目的地、控制开关车窗和调节空调温度。这一幕并非出现在某部科幻电影之中，而是在广州南沙的街头。

2022年4月，自动驾驶企业小马智行获准在广州南沙投入100辆自动驾驶车辆，提供出租车服务。这是国内首个颁发给自动驾驶企业的出租车经营许可，也折射着南沙这座"未来之城"的科创底色。

从汽车之城迈向智车之城，南沙正加速推动以车城网等场景应用为重点关联产业集聚，发展数字经济是把握新一轮科技革命和产业变革新机遇的战略选择。

经过四十多年的改革开放，粤港澳大湾区已经具备完整的产业链，各级政府逐年加大对创新创业的扶持力度，区域内更形成了先行先试、锐意进取、开放包容的创新氛围，因此吸引了全世界的人才、资金及其他要素。在"创新驱动发展"的大趋势下，"香港科技大学2.0"建设的不仅仅是一所大学，它将成为面向未来的世界一流创新人才的摇篮，未来科技、企业和产业的创新基地，为人类社会面临的重大挑战提供创新解决方案的智慧源泉。

在当下城市竞合的时代情境中，南沙区通过构建全周期全链条科技创新发展生态，汇聚人才、资本等各类要素的"光华雨露"，哺育出郁郁苍苍的"创新雨林"。

继2022年3月中科空天飞行科技产业化基地正式动工之后，9月26日，中科宇航（广州）装备工业有限公司在南沙区正式运营，主要负责中科空天飞行科技产业化基地的具体运作，开展系列化运载火箭的生产制造，快速形成中科宇航运载火箭的量产能力。

随着中科宇航项目落地，一个从卫星和火箭制造到发射服务、测控运营、卫星应用的产业闭环正在广州形成，并将带动运载火箭研制、宇航动力、卫星研制等高端装备制造资源，测控运维、发射服务、关键部件等上下游相关的宇航企业落地，助推广州南沙建设中国"南方航天城"。

南沙不仅是国家新区、自贸试验区、粤港澳全面合作示范区，还先后获批国家进口贸易促进创新示范区、综合保税区、国际化人才特区等，多重国家战略叠加，南沙发展尤其是科技创新面临前所未有的大好时机，一系列深刻改变正在发生。从南沙科学城到香港科技大学（广州），从大湾区科学论坛永久会址落户到创新主体快速增长，从南方海洋科学与工程广东省实验室（广州）到冷泉生态系统大科学装置，从"人才特区"到大湾区创新灯塔，南沙从无到有构建起全新的科技创新格局，迎来了"科学的春天"。

南沙充分发挥高校作为创新发源地的作用，把握香港科技大学（广州）落户机遇，在香港科技大学（广州）校园周边布局建设粤港澳双创产业园等项目，推动政、产、学、研综合开发。而这，只是南沙"科学的春天"的一个缩影。

目前，南沙以2021年大湾区科学论坛成功召开为契机，加快推进明珠科学园已落户项目，以及南方海洋科学与工程广东省实验室核心园区主体工程建设，积极引进人才团队，争创海洋国家实验室。南沙区聚焦重点发展的新一代信息技术、航空航天、生物医药等产业，围绕产业链的关键环节、关键领域、关键产品，布局补短板和建长板并重的创新链，积极引入量子科技、生物医药等高端创新平台。

当前粤港澳大湾区正以广深港、广珠澳科技创新走廊为依托,加快建设国际科创中心。南沙处于广深港、广珠澳科技创新"人字形"走廊交汇点,协同中新广州知识城,串联广州人工智能与数字经济试验区、大学城等关键节点,合力打造广州科技创新轴;联动深圳光明科学城、东莞中子科学城,共建大湾区综合性国家科学中心;推动南沙科学城与粤港深度合作园、内地与港澳规则相互衔接示范基地等重大平台协调联动,深化粤港澳联合科技创新,为推动港澳融入国家发展大局做出贡献。

南沙不仅成为港澳青年求学、就业和创业的热土,也成为港澳青年深入认识祖国、融入国家发展大局的舞台。

云程发轫,万里可期。迈步新征程,南沙牢牢把握创新第一动力,力争在服务大局、引领示范中迈向高质量发展。

打造华南"大物流"新格局

南沙是珠三角的地理几何中心,立足于广州,不仅能够直接对接港澳、辐射珠三角,还在建设联系国际、国内的区域综合交通核心枢纽方面具有得天独厚的优势。

南沙枢纽将成为大湾区交通任意门——半小时通达湾区各大城市,从"广州的南沙"跃升成为"世界的南沙"。

时速达160公里的广州地铁18号线和22号线首通段轨行区和全部车站已移交运营调试。南沙与广州市中心的往来时间将大幅缩短至30分钟。

在湾区时代,城市之间的连接不是城与城的连接,而是功能区之间的连接。22号线串联起南沙科学城、东莞滨海湾新区和深圳光明科学城，和广深港澳科技创新走廊的走向一致，实现人才的流通和产业的协作互补，通过轨道交通西联东拓，实现湾区珠江口东西两岸城市快速连接。

南沙区位条件优越，发展空间广阔，产业基础坚实，具有推动粤港澳全面合作的独特优势。南沙区位于广州市最南端、珠江虎门水道西岸，是西江、北江、东江三江汇集之处，被誉为"湾区之心"。国务院印发《广州南沙深化面向世界的粤港澳全面合作总体方案》，支持广州南沙打造成为立足湾区、协同港澳、面向世界的重大战略性平台，将使其焕发出全新的时代魅力。

一座城市的枢纽能级，往往看重的是人流、物流、信息流、资金流等要素的集聚，港口是国际产业链、物流链的核心节点，是打造国际航运枢纽，发展枢纽经济的核心资源和重要引擎，港口的发展质量直接影响社会经济的服务水平。

港口的持续开放、生生不息，伴随着广州这座城市走过千年的繁荣与昌盛。千年之后，因港而起、向海而兴的广州着眼未来，以建设港口型国家物流枢纽为支点，深化区域港航物流合作，畅通国内国际双循环、保障区域产业供应链稳定运行，再次激活广东经贸蓬勃发展的一池春水。

近年，广州港集团有限公司加快推动区域港口联动协同发展，建设运营项目已实现珠三角和粤东、粤西、粤北地区全覆盖。正加快推动广州市属、区属国有港口资源整合，加快形成以南沙港区为核心，粤西、粤东沿海经济带港口为两翼，珠江水系港口为纽带的区域港口联动协同发展新格局。

作为华南地区最大的综合性主枢纽港、中国内贸集装箱第一大港、国际集装箱干线港、非洲航线核心枢纽港，广州港货物吞吐量、集装箱吞吐量稳居全球十大港口行列。2021年，广州港集团完成货物吞吐量5.51亿吨、集装箱吞吐量2303万标箱，同比增长3.6%和6.0%，有力支撑了广州港货物吞吐量和航运发展指数排名保持稳定，国际知名度和影响力持续提升。

随着区域合作的大画卷徐徐展开，广州港发挥港口在经济产业发展和枢纽城市建设中的战略性、基础性、先导性作用，连接江海，织链成网，携手广东港口推动构建产业支撑有力、运营经济高效的现代综合立体交通网络，助力广州建设成为国内大循环中心节点城市和国内国际双循环战略链接城市，形成华南大物流格局，进一步提升广州在粤港澳大湾区以及全省区域发展的核心引擎作用。

广州港集团谋划高标准建成畅通全市、贯通全省、联通全国、融通全球的现代化交通网络，加快整合完善广东港口综合物流网络，深化内引外联、串珠成链、互联互通，加速形成陆海内外联动、东西双向互济的对外开放格局，以枢纽港口建设支撑完善地方工业、产业链体系，并以强大的"磁场效应"为区域经济引货流、聚人气、添动能。

未来，广州港将找准发力点，抓住、用好"一带一路""粤港澳大湾区""交通强国"建设发展机遇，发挥区位优势，借力产业优势，努力推动区域港航物流更高层次、更广领域、更深内涵的协同发展，持续建设"通道+枢纽+网络"现代流通体系，做好"物流"这篇大文章，努力在双循环新发展格局中展现更大作为。

通江达海向世界

奔向出海口，离世界更"近"了。

昂首向洋闯世界，沿珠江而下，融莞深而联香港，接中山而通珠澳，依托南沙通江达海，构筑世界级科技创新和产业走廊，这是广州发展的历史选择和对海洋价值的坚守。

千百年来，虽然海岸线逐渐外拓，但作为千年商都的广州从未停止逐梦海洋的步伐。从汉朝时期的海上贸易到唐宋对外贸易大港，从清代一口通商十三行到"中国第一展"广交会，从海上丝绸之路枢纽城市到向南拓展实现通江达海的滨海梦想……广州始终勇立潮头、向海而兴。

珠江口伶仃洋交汇处，一片浅礁石滩如大海中的一叶舢板，一座五层方形灯塔矗立其上，这就是被誉为"珠江口上夜明珠"的南沙舢舨洲航运灯塔，持续点亮着珠江口这条国际航运通道，见证着千年商都的经久不衰。

行走广州南部，沙湾、南沙、万顷沙等众多带有"沙"的地名，述说着这一部沙田开发的历史，也是人类向大海谋生的历史。

海洋，既是开放的代名词，也代表着创新与合作。当前，南沙正在优化调整万顷沙南部区域规划，积极承接广深优质资源和功能辐射，加强与周边区域合作，推动环内湾地区一体化进程，建设广深"双城"联动先行示范区。

从一片滩涂上起步，"执拗"的南沙向海而兴。从不缺乏干劲的南沙，在国家、省、市战略大局中的地位不断提升。地位提升的背后，源于南沙探寻不断高质量发展的灵动节奏。

港珠澳大桥、南沙大桥相继建成通车，深中通道、黄茅海跨海通道正在建设，莲花山通道、狮子洋通道等重大项目加快推进……

如今，珠江口上，越来越多跨海跨江通道横空出世，串联起世界级的机场群、港口群、高铁群，让珠江口东西两岸互联互通、融合发展迈上新台阶。

作为环珠江口的地理几何中心，广州是一座因商而兴的城市——两千多年来中国唯一从未关闭、历久不衰的对外通商口岸，创造了千年商都的丰厚积淀和辉煌历史：数百年前，广州十三行就已洋船聚集，欧美客商不远万里、漂洋过海进行贸易；新中国成立以后，以旧城区为核心，随着沿江工业和铁路发展，实现建成区东拓；20世纪以来，实施战略外拓，由江入海，城市也从传统"云山珠水"跃升为"山水城田海"特色的大山大海，多中心、组团式发展格局。

在南沙科学城的枢纽衔接下，广深港、广珠澳科技创新走廊更为凸显，湾区城市群共同奏响迈向国际科技创新中心的号角。

开放高地，向海而兴。港湾联动，南沙还主动对接港澳地区和海南自由贸易港，打造连接大湾区和海南自由贸易港的产业合作中心。

通江达海的南沙，可以通过枢纽海港支撑其对全球资源要素的配置能力，广州将以南沙为主阵地打造高质量发展新引擎，推进南沙高水平开发开放，建设立足湾区、协同港澳、面向世界、面向未来的国际合作战略平台。

向海而兴，更大的产业蓝图正在绘就。

北部新能源汽车、航空航天、节能环保、人工智能、自动驾驶等先进制造业和战略性新兴产业带日趋成型，南部海洋科技、数字经济、生物医药与健康、港航物流等海洋经济和未来产业带加快建设。南沙正推进科技创新与产业发展协同。

南沙还提出，要打造广深全球海洋中心城市核心区，到2025年，全区海洋产业产值力争达630亿元。

通江达海的南沙，是连接珠江口两岸城市群和港澳地区的重要枢纽性节点。面向全球的交通网络是广州培育建设国际消费中心城市的重要组成部分，港口是增强综合交通枢纽功能的重要支撑。

向海而兴，更大的空间格局正在打开。

在南沙四期码头，无人驾驶智能导引车（简称IGV）通过智能算法，自动规划路径，将集装箱运往堆场。生产作业的过程行云流水，标志着大湾区首个全自动化码头——广州港南沙四期工程实船联合调试成功。

南沙四期项目建成后，南沙港区每年集装箱吞吐量预计可超过2400万标准箱，位居全球单一港区前列。在大湾区的壮阔蓝图中，广州港将与大湾区港口形成优势互补、互惠共赢的港口、航运、物流和配套服务体系，充分发挥国内大循环的中心节点和国内国际双循环的链接作用，加快推动粤港澳大湾区世界级港口群建设。

南沙正积极实施枢纽聚合策略，巩固提升国际航运、贸易和金融服务等枢纽服务能级，促进高端资源要素加快集聚、高效配置，提升门户枢纽集聚力、辐射力、影响力，推动实现更高水平、更高层次对外开放。如今，广州航交所交易额稳居全国第二。经国务院批准落地实施国际航运保险业务税收优惠、启运港退税等重大政策。跨境电商打响品牌，航运金融、跨境金融、融资租赁等特色金融蔚然成势，累计完成158架飞机和80艘船舶租赁业务，融资租赁规模居全国前列，外贸新业态蓬勃发展。

在国家加快完善社会主义市场经济体制和推进高水平对外开放，加速构建要素市场化配置体制机制时，广州南沙深入推进自贸区制度创新、与港澳规则衔接、要素市场化配置等重大改革开放举措，打造链接双循环的重要枢纽平台。南沙提出，要推动自贸试验区扩容提质，积极推动南沙自贸试验片区拓展范围。

江海交汇处，南沙港区货如轮转。集装箱吞吐量已位居全球前列，130多条集装箱国际班轮航线连通世界，近200条驳船支线通达珠江水域，南沙港铁路贯穿泛珠三角与广大内陆地区。随着南沙港区向国际航运网、向内陆辐射网越织越密，涵盖集装箱、粮食、商品车等多个货类的综合物流通道，正从南沙向大湾区、向内陆、向世界延伸，南沙服务国内国际双循环相互促进的新发展格局的能力将越来越强。

南沙是广州老城市焕发新活力的新平台、新空间、新引擎。立足大湾区地理几何中心独特区位，南沙正以半小时通达大湾区主要城市的湾区交通中心，做强以航运枢纽、现代金融、科创产业为特色的湾区功能中心，做优宜居宜业宜游的湾区服务中心，这将加速体现南沙开发开放的位与势。

协同港澳，面向世界，更大的格局正在南沙打开，南沙还发布了全国首个对接《区域全面经济伙伴关系协定》（RCEP）、《全面与进步跨太平洋伙伴关系协定》（CPTPP）双协定"17条"，接下来要做的是加快细化落地实施方案，比如制定与RCEP成员国的衔接体制机制，降低贸易壁垒；推进港口数字化建设和落地，提升国际航运贸易枢纽能级；完善跨境政务服务数字化，建设一流的国际营商环境；加快广州期货交易所开业运营，推进跨境金融试点建设；建设人才服务中心，引进高精尖缺人才和强化国际化人才培养等。

广州南沙，通江达海，走向世界。

可见，无论是从区域发展、科创产业，还是宜居宜业发展趋势来看，未来5年乃至15年，5.0时代的南沙将会焕然一新，发展宏景不可限量，全力撑起湾区大未来！

奋斗百年路，奋进正当时。百舸争流千帆竞，潮头踏浪奋者先。大时代有大机遇，大时代呼唤大担当。

看得见海天一色，听得见春潮澎湃，触摸得到满天星辰——今日之南沙，不只着眼当下，更将目光投向浩瀚星空。

位于湾区之心、开放前沿，南沙区牢牢把握营商环境这条"生命线"，以制度创新为引领，聚焦建立系统长远动态机制统领全局。迈入新发展阶段，南沙持续优化营商环境，大胆试、大胆闯、自主改，奋力在全球化浪潮中御风向前、行稳致远。

南沙，正向全世界投资者敞开怀抱，吸引全球企业家纷至沓来。

作为广州市唯一的城市副中心，南沙肩负着国家级新区、自贸试验区、粤港澳全面合作示范区等多重国家战略使命，正以党建引领，向建设湾区创新灯塔、改革开放标杆、综合服务枢纽、未来城市典范的发展愿景大踏步迈进，争取成为贯彻落实新发展理念的引领区示范区，在全面建设社会主义现代化国家新征程中走在最前列。

珠江潮涌
赤子情

王厚基

面前坐着的这位老人，精神矍铄，脸上的皱纹纵横交织，如一道道生命的河流，激扬着岁月沧桑的波浪。老人不但健硕而且健谈，从异国抗日抗英的烽烟岁月，到回归故土参加祖国建设的人生历练，听来令人肃然起敬。窗外徐徐吹来江岸湿润的风，弥漫着阵阵香蕉甘蔗的清甜，老人一口地道的粤语述说着他不一般的经历，是那么淡然。他眼里闪烁着炯炯的光芒，如烟往事历历在目，仿佛从历史深处从容地向我走来。

老人的名字叫邝常。

斗争岁月

邝常1929年农历九月出生在马来亚吡叻州（今马来西亚霹雳州），他是在父母从广州番禺漂洋过海6年后降生到这片土地的。12岁那年，辍学的他就和姐姐一起参加了抗日儿童团，积极响应陈嘉庚在南洋举办支援祖国抗日的筹赈会号召，上街卖花筹款支援祖国抗日。马来亚陷入日军铁蹄蹂躏后，尚在童年的他又在马共的领导下参与抗日救亡。

1944年，不到15岁的邝常已是掌管4条自然村儿童团工作的团干，他的家也成了红色交通站。为传递情报，邝常经常受地下党组织派遣单独深入虎穴打探敌情，参加抗日武装除奸锄恶的秘密行动，任务完成得神不知鬼不觉，他在对日伪斗智斗勇的斗争中得到一次又一次磨炼。那段日子，区内有多个隐秘的抗日据点遭到鬼子搜捕，有的同志被杀害，区委经调查发现内部出了奸细，邝常带领儿童团员配合部队，巧妙地引蛇出洞，一举铲除了日本特务和三个奸细。对此，鬼子变本加厉地对吡叻州进行反复的疯狂扫荡，常常突然闯进村里搜捕杀人。邝常家是地下交通站，他和姐姐玉莲是儿童团骨干，常到邻村东躲西藏。为了他俩和家庭的安全，党组织建议姐弟俩暂别家庭到部队去。

那天，邝常两姐弟告别父母，区委书记握着邝常妈的手说："大娘，我们走了，你千万要保重啊！"邝常妈眼圈一红，一下将邝常和玉莲搂在怀里，泪水像决堤的水一样奔泻而出，姐弟俩紧紧搂着母亲，大声叫着妈妈，母子三人抱头痛哭。良久，邝常妈慢慢将他俩脸上的泪水擦干，抚摸着孩子的头，哽咽着却坚决地说："你俩离开家后，一定要听领导的话，好好努力学习打鬼子！"

喜结良缘

在部队，姐姐玉莲成为一名女战士，与日寇展开山地游击战。邝常则负责分管几个埠的抗日儿童团，动员乡亲们捐钱粮、衣服和药物，送往前方支援部队抗日。后来，邝常当了地委交通员，终日冒着风雨酷暑踏遍崇山峻岭传递情报。1945年8月，世界反法西斯战争胜利结束，日军在马来亚宣布投降。在欢庆胜利大会上，邝常代表儿童团上台讲话，愤怒控诉日本鬼子对当地妇女儿童犯下的滔天罪行，欢天喜地地和群众一起庆祝胜利。

然而，当姐弟俩兴高采烈地回家探望久别的父母时，母亲却因与孩子长期骨肉分离忧伤过度，终日缠绵于榻。姐弟双双含泪跪在母亲病榻前，母子重逢，一家团聚，抱头痛哭，喜泪与苦泪交融在一起……一个月后，尚在中年的母亲因病情恶化，撒手尘寰，邝常姐弟和父亲久久搂抱着亡母，哭声凄厉，震天动地……

1946年7月1日，邝常如愿加入了马来亚共产党。这一年，邝常刚满17岁。

抗战胜利几个月后，马来大地风云突变，英殖民当局卷土重来，他们培植势力，疯狂镇压共产党前抗日人员和其他进步人士。马共的党、政、工、团、妇组织遭到空前大洗劫，大批进步人士被捕入狱，马共由此再次转入地下开展对英斗争。

邝常和几位同志按照党的指示旋即转入橡胶园，进行隐蔽的地下战线活动。在橡胶园，他们表面上是起早摸黑的割胶工，暗中则为民族解放保卫团筹集物资，利用山林的掩护为部队采购粮食、药品、草席、衣服等物资。在儿童团时筹物抗日，如今筹物抗英，长期的地下斗争生活历练了邝常的胆色、毅力，使他遇事更沉稳淡定。在橡胶园生活的这段日子里，他认识了一位叫张亚凤的女工，两人情意相投，渐渐建立起了真挚的感情，不久，经组织批准，他们喜结良缘。在胶林深处一间简陋的木屋里，婚礼举行得极其简朴，没有喜庆鞭炮，没有婚宴，没有玫瑰和婚纱，但他们有的是真诚的爱，有同志们衷心的祝福和共同信仰的支持……

情牵故乡

有了家庭作掩护，邝常为部队输送物资的隐蔽工作做得更加有声有色，常受到上级的表彰。四年后，他已是三个孩子的父亲。然而，就在邝常23岁那年，厄运无端降临。橡胶园附近地区流行白喉病，邝常的三个孩子不幸染疾，数日内相继病逝。在橡胶园那间小木屋里，夫妻俩抱头痛哭，悲痛欲绝。真是福无双至祸不单行，夫妻悲哀的泪水还未擦干，邝常竟被叛徒出卖，银铛入狱！

那是1952年7月1日，早晨5点，叛徒黄志带着几十名英国军警，开着三辆装甲车包围了橡胶园，工人们被赶到一块空地上，叛徒躲在车内暗中指认邝常和几位马共党员。被捕后，邝常被关押在玲珑警局，遭到严刑拷打，伤势十分严重，而坚贞不屈的他始终没有向敌人透露党组织的秘密。在狱中，最让邝常感到痛苦和忧心的不是身体的疼痛，而是妻子亚凤。亚凤嫁给他后就没过上几天好日子，三个孩子夭折，丈夫入狱，接连重大的打击，这对一个才二十出头的女子来说是何其悲痛，人生的大苦大悲莫过于此！她那柔弱的身躯能承受得起这凄惨命运的打击吗？这对她的身心将会带来怎样的摧残啊！他深深感到自己对不起她，那些日子里，邝常忍受的心灵痛苦比身上的伤痛更甚！而亚凤常来探监，设法送来一些食物和跌打药，更使他心里感到阵阵怜爱、酸楚和感动。草药慢慢治愈了他身上的伤口，却抚不平他心灵的伤痛和愧疚……

一个月后，邝常从玲珑警局被转押至马来亚最大的集中营——怡保集中营。在那里，邝常被选为营长，营里有秘密组织理事会管理全营的思想政治和生活。那时中华人民共和国刚刚成立，百废待兴。朝鲜战争的战火烧到了鸭绿江边，国家安全受到威胁，中国人民奋起支援。身处险境的邝常仍心系祖国情牵故乡，时常组织发动营里的同志捐赠亲友送来的钱物。同志们被感动了，纷纷伸出援手，一批批钱物秘密地交由遣返出境的同志带回祖国，用赤诚的心支持祖国抗美援朝。

回归祖国

1952年11月11日，邝常与怡保集中营的"政治犯"们一起被马来亚英殖民当局押送到巴生港。

巴生港，这个连接远东至欧洲贸易航线的马来亚最大港口，在马六甲海峡冬季阴冷的雨雾笼罩下显得分外阴沉。一声长长的汽笛划破港口的宁静，一艘搭载着600名身份特殊的中国侨民的海轮离港启航。他们将被英殖民当局以各种莫须有的罪名遣返中国。

轮船慢慢驶离码头，难友们纷纷走上甲板，情不自禁地唱起《告别马来亚》："今夜别离你，奔向艰苦搏斗的中原，我们深深地怀念，美丽的马来亚，我们的第二故乡，你胶园广阔，锡山众多，你是赤道上的温泉，大自然的娇儿，我们如今已失去，在这半岛高飞的自由……"十年前、侨胞们唱着这首歌英勇奔赴祖国抗日，而十年后唱这首歌，却是被英殖民统治者逼迫离开第二故乡！悲壮而婉转的歌声和着细雨在海上飘荡，和浪涛一起拍打着海岸，也拍打着他们难舍的心。邝常和亚凤夹杂在一群难友中，这对患难夫妻眺望着茫茫的远方，心绪如涛。他俩知道，过了海峡，就到了中国的南海，就快回到广州的珠江了，他们祖祖辈辈就是喝着这珠江水长大的。如愿回归祖国，回到故乡，他俩有一种重获新生般的亢奋，而祖国既熟悉又陌生，等待他们的又将会是什么呢？阵阵别离的愁绪涌上心头，啊！别了，美丽的马来亚，我的第二故乡，我们还会回来吗？

扎根家乡

在海上度过七天八夜，1952年11月18日下午，轮船终于抵达广州黄埔港。其时已经入冬，大家穿上政府送来的棉衣，喝着热茶，吃着蛋糕，第一次感受到祖国的温暖。在广州天字码头，侨胞们受到彩旗鲜花、锣鼓鞭炮、舞狮舞龙的夹道欢迎。广州百子路第四招待所早早就为他们准备好了床铺棉被等生活用品，让他们体验到家的温暖。

几天后，管理科一名女科长找邝常谈话，问他回国后有什么想法，邝常说，最好在广州附近能找到一份工作或到有橡胶割的地方去。科长建议邝常去读书："小邝，广州刚解放，大批工人下放农村，海南的橡胶树才刚种下，你还年轻，有点文化，如果你愿意，我们送你到福建去读书？"邝常听后兴奋地说："好啊！"转而一想这事还得回去跟妻子商量，就对科长说过两天再答复。

邝常踌躇着，陷入两难。读书当然好，但妻子已怀孕，又没文化，不能和他一起上大学，如果自己去读书，她只能到农村去种地，她为自己受了这么多苦，这一次不能再让她吃苦了！邝常没将读书的事告诉妻子，两天后就直接回绝了读书的机会，科长很诧异："国家保送你去读书，毕业后还包分配工作，这么好的机会你为啥放弃啊？"邝常说："我考虑过了，我还是到农场去吧！"语气很坚定。

就这样，几天后，邝常背上了行李，和妻子一起到了广东陆丰农场，几个月后调去东莞万顷沙集体华侨农场支援春耕，不久，农场合并，更名为珠江华侨农场。从此，邝常就在故乡广州之郊——后来叫作南沙的珠江华侨农场扎下了根。

走出迷茫

在东莞万顷沙集体农场时，邝常负责养鸭，几个人天天赶着2000多只鸭子在河里游，追着鸭子满田基跑，脚板上常常踩出血泡，他从没这么辛苦过。到珠江华侨农场后，他被调去基建队当组长，基建队的主要任务是负责修建农场的草屋泥房，但农忙时也有打理蔗田的任务，台风来临前抢收甘蔗的任务更重，要限时完成砍、捆和运输，每人每天1200斤的任务，夫妻两人就是2400斤。邝常索性在蔗田吃住，用几根甘蔗架起铁锅做饭，渴了就喝田里的水，困了就躺在蔗地上睡。

20世纪60年代初，邝常当上基建队副队长，那时正值国家经济困难时期，"共产风"、浮夸风毫不例外地也刮到了农场，邝常目睹"人有多大胆，地有多高产"的怪现象，目睹眼前缺衣少食的拮据生活，他想不通，为什么自己所爱戴的祖国会是这样？难道这就是人们追求的生活？就是社会主义吗？那些日子里，人们怪话连篇，他也曾迷惘动摇，甚至想到香港去谋生。但他又想，自己走了，亚凤怎么办？孩子怎么办？这个家还是家吗？他反复问自己，这一走不就等于当了逃兵？这与当年那个出卖自己的叛徒又有什么区别？这么多年来自己的信仰和追求不就都化为烟云了吗？困难也许只是暂时的，一定可以熬过去的！几个平时能交心的老友也常聚在一起，支持邝常的这种看法，相互勉励。于是他们千方百计搞些副业改善生活，用信仰支撑着自己。

1966年1月"文化大革命"前夕，邝常被省委组织部安排上京学习。按照当时中央的安排，对邝常这样出身海外并在南洋参加过对敌斗争的共产党人另有任用。

在北京，邝常学习党的建设、武装斗争、统一战线及泰语，后又转往南京军事学院，学习各种军用卡车和摩托车驾驶，训练使用各种枪支及六零炮、火箭炮等的射击。近两年的训练学习结束后，邝常本应被派往国外开展工作，再度投身隐蔽战线，然而计划赶不上变化。

"文化大革命"正开展得如火如荼，同时世界形势发生转变，中央对外政策有所调整。他的命运之船只好掉转航向。1967年冬，邝常回到原单位，任基建队队长。

1969年7月1日，邝常在党旗下庄严宣誓，光荣加入中国共产党。而他深深记得，23年前的同一天，他也是这样举起手宣誓加入马共。这一年，他刚满40岁，是他投身祖国建设的第17个年头。

为民申冤

人的一生中，40岁是多么美好的年华啊！邝常从12岁参加儿童团，17岁加入马共，在马共的领导下义无反顾地为马来亚的民族解放而战，从当初的马共到中共，为人民服务的宗旨没有变，邝常的信仰追求也丝毫没有变，他多么想在这个风华正茂的壮年为故乡为人民多做点实事，让生命发光，报效国家啊！可是，1969年的祖国大地正处于暴风雨中。不过，他深信，阳光总在风雨后，自己的理想抱负总会实现的。

"文化大革命"结束后，邝常出任农场落实政策办公室副主任，他决心要在这个岗位上为在内乱中含冤的群众办点实事。他首先主持召回一批在风暴中被错划成分清理回原籍的职工，将他们迁回农场，千方百计为他们安顿工作，安排住房，补发十几年的工资。龙穴岛的一名教师因"文化大革命"派系斗争，被诬蔑强奸妇女，判刑7年，邝常向法院上书为其喊冤，终使这名教师得以昭雪，补发了工资，恢复了公职。农工队有一名职工被错判为特务而获刑，邝常实事求是为他求证，最终得以平反，恢复名誉。无论是在落实政策办公室，还是在后来的纪委副书记任上，邝常都切切实实地以共产党人实事求是、光明磊落的作风为农场的干部职工办事。

潇洒一回

1985年，在改革开放的号角声中，人们仿佛在一夜之间觉醒，纷纷开展多种经营，开公司办企业。地处南沙的珠江华侨农场除经营传统的农作物外，还调动人力物力，利用所有资源发展多元经济。邝常调任农场建筑水电安装工程公司总经理，兼糖厂综密度工程副总指挥。

对于搞经济，邝常并不算是行家里手，虽然在马来亚时他在橡胶园干过，回到祖国后在农场搞基建，将农场基建搞得有声有色，改革开放前大大小小的工程项目也要算成本，但都不是以盈利为目的。那时农场是计划经济，职工的一切工资福利都由上级划拨，而如今经济市场化，公司自负盈亏，得自己养活自己，公司300多号人的吃喝拉撒，全靠自己找米下锅，在市场竞争中，公司与当年那个小小基建队再不可同日而语，必须不断拓展业务承接工程才能生存。那段日子，公司承接过周边地区的不少项目，干得有模有样，然而，邝常就是不明白，为什么自己资质过硬，但有些工程项目最后还是被资质比他们差的公司拿走？有人告诉他对手暗中给了回扣，他对建筑行业这种腐败风气深恶痛绝，跑去场部向书记反映情况，他斩钉截铁地对书记说："我绝不搞这一套，我凭我的实力实干，靠过硬的工程质量，我就不信我会饿死！"

于是他和市农场局主管领导取得联系，局里让他兼任局属华建三分公司经理，主管公司已有的业务。这个公司在业内有口碑、资质好，却由于公司内部经营不善，亏损已近百万元。这可是一块硬骨头！啃不啃？邝常回去和班子一起研究，为了迈开更大的步伐向市场进军，为了有更过硬的实力承接更多工程，他决定杀出一条血路，将华建三分公司的业务全盘承接下来。

接下来的两三年间，邝常干得红红火火，他主持的华建三分公司在广州陆续兴建了仲恺农校宿舍，十二甫西宿舍及珠江海鲜酒家，长堤大马路一家大型海鲜酒楼，农林下路81号大院及战士歌舞团的两栋18层大楼，均被省建委评为优质工程。邝常与公司一班人马再商议，利用原有的一个旧仓库搞房地产开发，建商品房出售，闯出一条新路。以前是承接工程，现在是开发土地，邝常带领全公司人马摸着石头过河。在当年的广州，作为南沙一个转营的房地产开发公司，进军房地产市场，他们是房地产开发最早的企业之一。这一仗打得相当漂亮，使公司彻底翻了身，还清了所有债务，还盈利200多万元，也为珠江农场赢得声誉。

1989年10月，邝常退任离休，从公司总经理位置下来时，他在职工大会上自我调侃：想不到我临老学吹打，年过半百还跑到市场上玩了一把，好在没辜负党的期望，总算是潇洒走一回，做了一回改革开放市场经济大潮的弄潮儿！

……

邝常深深懂得，自投身祖国怀抱回到广州南沙后，生命之根就注定深扎在脚下这片热土上了，祖国大地的眷顾，故乡甘霖沛雨的滋润，让他的生命之树勃发新枝，生命之火重放异彩。他为回归祖国故乡感到自豪，将党和人民的深情铭记于心。离休后，邝常多次带着妻子儿女回到他的第二故乡"大马"，回到吡叻州端洛埠，他热情洋溢地向亲友们传颂华夏大地翻天覆地的变化，叙说结下不解之缘的广州南沙和珠江华侨农场，讲述自己幸福的一家和美满的晚年生活……

2015年9月，抗日战争胜利七十周年之际，广州新马侨友会庄重地给邝常颁发了一枚金质徽章，上刻：纪念中国人民抗日战争暨世界反法西斯战争胜利70周年——民族英雄——1945—2015。

是的，邝常是配得上英雄称号的，他一生追求信仰，一生革命奋斗，一生爱国奉献，用生命的喜怒哀乐写就一部爱国篇章，字里行间充满一个赤子的悠悠情怀，闪烁着党的忠诚战士一身正气的光辉，他把热血挥洒在异国土地上，把豪情播撒在祖国故乡——广州南沙的山水间，无怨无悔……

从南沙走向世界的
人民音乐家

李怀宇

顶硬上

"人民音乐家"冼星海（1905—1945年），祖籍广州市南沙区榄核镇（原属番禺），出生于澳门。

冼星海的父亲冼喜泰，母亲黄苏英。冼家以捕鱼为生，生活贫寒，冼星海为遗腹子。南沙原住民多为疍民，可以说，冼星海是疍民之子。

黄苏英经常哼唱的小曲《顶硬上》："顶硬上，鬼叫你穷，铁打心肝铜打肺，立实心肠去捱世，捱得好，发达早，老来叹番好。"这是黄苏英的励志歌，教育冼星海从小要坚韧不屈，一旦树立了奋斗目标，就要克服一切困难，坚持到底。日后冼星海的求学过程相当艰辛，但他总能咬紧牙关，克服困难坚持下去。许多年后，冼星海为《顶硬上》重新谱了曲，成为他众多作品中唯一写给母亲的歌。

"顶硬上"可谓是岭南精神的特点之一。梁启超在《袁崇焕传》中表彰东莞人袁崇焕："吾粤崎岖岭表，数千年间，与中原之关系甚浅薄。若夫以一身之言动进退，关系国家之安危，民族之隆替者，自古未始有之。有之，则袁崇焕其人也。"据陈序经教授与耶鲁大学萧凤霞教授等学者的研究，袁崇焕出生疍民之家，占籍广西藤县得中进士，后来从故乡招募的子弟兵，大半也是疍民，"顶硬上"这句始自疍民的粤谚，也成为他所率部队的"冲锋号"。

同是出自珠三角地区疍民之家的晚辈冼星海，不仅从不以出身为讳，还将疍民最著名的民歌《顶硬上》谱曲演唱，自豪之情，沛然可见。此后，无论何时何处，冼星海演唱此曲，第一遍必用广州话，寄情之深，溢于言表。可以说，袁崇焕与冼星海，不仅是疍民精神的一种象征，也堪为岭南精神的一种象征。

近代广东人素有从乡间出外打拼闯天下的精神。上京沪，下南洋，远赴欧美，在外闯荡出一番事业，何尝不是"顶硬上"？

1912年，冼星海7岁，外祖父不幸去世。黄苏英变卖家中薄产，凑了些旅费，带着冼星海坐船前往新加坡，乃"下南洋"。在新加坡的六年，冼星海虽然没有接受正规的音乐教育，但南洋东西合璧的文化氛围影响了他。铿锵的钢琴、缠绵的小提琴、嘹亮的铜号，乃至教堂唱诗班的音乐，使冼星海入迷。这些断断续续的乐声，为冼星海打开了一扇通往音乐殿堂的大门，也为冼星海种下东西合璧的音乐种子。

岭南师友

1919年，冼星海母子回到广州。黄苏英一边做帮佣，一边托人帮冼星海找学校。她帮佣的这家主人恰好是岭南大学的职员，对他们母子非常同情，建议黄苏英入教受洗，这样冼星海可以进入岭南大学基督教青年会所办的义学。在义学读了一年后，冼星海升入岭南大学附属中学。

岭南才女冼玉清当年在岭南大学附中教国文和历史课，冼星海曾在冼玉清班上受教两年，课余也常到冼玉清宿舍叙话。冼玉清晚年，曾作两文：《冼星海中学时二三事》《冼星海练字的故事》，为冼星海中学时代翔实的记录。

冼玉清自谓"原籍南海西樵，因洪杨之役，祖父母逃往澳门"，1895年出生于澳门一个殷实的经商家庭。她对出身贫寒而同样生于澳门的冼星海十分关心。

据冼玉清回忆:冼星海家贫,便一边做学生,一边担任附中的乐队指挥,半工半读,而且奉母住在校园。他是"惺社"的同学,本应1924年中学毕业,1928年大学毕业的。但中学还未读完,1925年便往岭南附设华侨学校兼任庶务;1927年任音乐教员。

冼星海做中学生时,喜欢参加社会活动。岭南大学有一个青年会,是各种活动的中心,其中分经济、庶务、交际、美术、图书、音乐、视疾、童工、会所、祈祷、查经各部。冼星海就是1921年至1923年的童工委办,负责几间村童和工人的义学。在岭南附小的交际会,冼星海也屡去表演洋箫独奏。

冼星海固然是音乐天才,美术也颇有才华。1923年,他当《惺社社刊》的美术主任,刊物的封面,是他设计的。他又研究书法,在1923年7月出版的《惺社社刊》上,他发表过一篇《中国书学略谈》,凡七千字,是参考包世臣的《书法津梁》《艺舟双楫》和康有为的《广艺舟双楫》而写成的。

冼星海又喜欢文学,课余译过英国诗人玛利·哥尔利治(Mary Coleridge)的《皇帝死了,皇帝万岁》,在《南大青年》二十卷第五期发表。他又用白话散文写过一篇《纪念曲的片断》,描写岭南大学校园的饭堂、格兰堂、怀士堂、南闸竹林、笛声、琴声、喇叭声等。

冼星海还学填词,曾以"春思"为题写过一首《如梦令》云:"试问春归何处?勿指柳梢残雨。往事那堪题,尽在游丝飞絮。无语!无语!乳燕双双休去。"

冼玉清说:"冼星海是一个刚毅木讷的人。"

而在冼星海逝世十七周年前夕(1962年),冼玉清在医院养病,恰好中国音乐家协会主席吕骥到访,谈到冼星海的书法。据说还有人问："冼星海这手好字，是从什么地方学来的呢？"冼玉清便写了《冼星海练字的故事》：早在新加坡时，黄苏英在养正中学当洗衣工人，冼星海则在养正中学半工半读。那时他不但已显露音乐天才，并且爱好书法，每晨磨墨一砚盂，有暇即临摹挥洒，至墨尽为止。字学邓石如，极肯下苦功。因此，养正中学每有筹款会或展览会，多请冼星海挥毫，写出四屏及对联不少。

冼星海在岭南大学附中读书时，下课后曾到冼玉清的书斋请教写字之法。冼玉清顺口把歌诀告诉他："字无百日功，勤学便工。笔执正，墨磨浓，画平企直贯当中，排匀撇捺分西东。"他把这歌诀抄在笔记本上。当时冼玉清还不知道他擅长书法，因为他所交的习作，都是用钢笔写的，虽然齐整平正，但未显出毛笔字的气势。冼玉清回忆："写字、作曲、吹直箫三样，都是星海的特长，可惜他的书法，后来为音乐所掩了。日月虽逝，对于这位四十多年前勤学苦练的好学生，我仍然难以忘怀。"①

冼星海的岭南大学附中同学中，有日后成为粤剧传奇人物的南海十三郎（江誉镠）。十岁时，南海十三郎在南武小学读书，约十二岁升读岭南大学附中，与名儒蔡乃煌后人蔡德荣同级共读，同宿舍者有冼星海和谢恩禄牧师之子谢志理。据南海十三郎回忆："友人蔡德荣君，为名儒蔡乃煌后人，世居河南（广州河南），幼年与余比邻而居，旧居经火灾，让售与先父（江孔殷），即今余家中之花园。民（国）十一年，余与蔡君同肄业于岭南大学附中，同级共读，且同宿舍，当年一房居四人，即谢恩禄牧师之子谢志理、苦学生冼星海、蔡

---

① 冼玉清：《更生记；广东女子艺文考；广东文献丛谈》，广西师范大学出版社2014年6月版，第168-174页。

君及余。"

当年的岭南大学附中富于艺术氛围，而且有教无类。因此，培养了像冼星海与南海十三郎之类的艺术人才。南海十三郎出身于江太史巨富之家，而所谓"苦学生冼星海"，是因为当时冼星海属于工读生。除了读书之外，冼星海还去格兰堂（今中大大钟楼）代学校出售书籍、文具，挣点钱，交膳费、学费。冼星海由于单簧管（"洋箫"）吹得好，被誉为"南国箫手"。

许多年后，冼星海回忆："大革命时，我年纪还小。我在广州岭南大学附中念书，当时我是半工半读的一个学生，但我是时常接近学校里面饭堂的伙夫、工人和学校外的疍民，我并且担任过村童的工作。工人夜校我也去教过，我非常接近他们的生活，而他们也很喜欢亲近我。可惜当时我缺乏浓厚的政治认识，但也从没有人来领导我做更深一步的工作，当时我只会指导他们怎样团结，怎样用功。"

巴黎穷学生

1929年，冼星海赴法国巴黎留学。

起初，冼星海在巴黎的小餐馆、咖啡店、理发屋，当过堂倌，做过杂役，跑过外卖。他自述："我失过十几次业，饿饭，找不到住处，一切困难问题都遇到过。有几次又冷又饿，实在坚持不住，在街上瘫软下来了。我那时想大概要饿死了，幸而总侥幸碰到救助的人。这些人是些外国的流浪者（有些是没落贵族，有些是白俄）。他们大概知道我能弹奏提琴，所以常在什么宴会里请我弹奏，每次给二百法郎，有时多的给一千法郎。我就是这样朝朝暮暮地过活，谈不上安定。有过好几天，饿得快死，没法，只得提了提琴到咖啡馆、大餐馆中去拉奏讨钱。忍着屈辱拉了整天得不到多少钱，回到寓所不觉痛苦起来，把钱扔到地下，但又不得不拾起来。"

冼星海在广东同乡马思聪的帮助下，拜巴黎歌剧院的首席小提琴手保罗·奥别多菲尔（Paul Oberdoerffer）为师。据马思聪回忆，1929年的某一个下午，一个穿着破烂大衣的东方人向他打招呼，听口音是广东人，这是他第一次见冼星海。冼星海见到他，便急切地倾诉自己来法国求学的艰辛，表达了自己的音乐志向，并恳请他介绍一位提琴老师。马思聪被冼星海的苦干、耐劳、坚毅的精神所打动，决定帮助这位将音乐作为毕生大志的同乡。而保罗·奥别多菲尔了解到冼星海不畏艰苦，矢志学习小提琴和作曲的经历与决心时，便说："在你没有充足收入之前，我不收你的学费（每月二百法郎）。"

巴黎那年冬天特别冷，冼星海租住的"蜜蜂窝"四面全是玻璃，而且大多破损。晚上，寒风从小屋的四面八方蜂拥进来，让人无处躲藏。他蜷缩在小床上，没有棉被，彻夜难眠。此时，人生、祖国的辛酸与苦难随着呼啸的寒风涌上心头。他摊开总谱纸，借着风中飘摇的点点灯火，乐思奔涌，难以自制，笔下飞泻出一串串音符，凝成了一首悲愤的旋律——《风》。这是冼星海在巴黎时期最满意也是最成功的作品。正是这首《风》，打动了巴黎音乐院高级作曲班的杜卡教授（Paul Dukas），决定收冼星海为徒。

从1929年开始在巴黎半工半读，到1935年回国，冼星海没有得到过一分钱的助学金。六年求学之路，只凭他断断续续地做苦力杂役，以及师友、学校的有限帮助。他遭受了常人难以想象的磨难。

1935年春，冼星海从高级作曲班毕业，而导师杜卡教授在他毕业前夕逝世了。冼星海写了一篇纪念杜卡的文章，寄给时任北平《大公报·艺术周刊》的同乡司徒乔编辑。文章中说："他一生的作品不是很多，但每作一小曲，他都得几经推敲，毫厘不苟，艺术匠心之精微，实法兰西乐坛之典范。他从不肯让他的作品完成了便发表，马上排印，更不愿马上博得荣誉，必经许多时日的考虑才肯让他的作品供诸乐坛。他不轻易用一音，即把一音写下，他必几番思索然后放心，怎怪他的作品不多而伟大！虽则他还是那么对他的学生们说，他的作品是怎样还没有完整！他怎样还在希望写到更完备！他的为人最爱深思缄默，家里很朴实，不喜接客，除了他的学生可以随时被接见，他是不给人电话的号码和接见的机会的。这不是架子，这只是他爱孤独的一种表现。他更恶张扬，临死时他亲自对家人说，请朋友们不要送鲜花，别演述他的生平来表示敬羡，他喜欢沉默的敬礼。……这导师的最大贡献，除了雄厚的，富于伟大想象的作风，准确的表情，平衡而紧凑结实的曲体之外，他是被称为'近代音乐的'力'（Force）'；我现在写这信来纪念他，正不知我国的音乐界，几时才把一点这个'力'移植到我们祖国奄奄的乐魂里。"

黄河大合唱

1935年夏，冼星海回到祖国。民族的灾难接踵而来，也为冼星海的音乐创作打开了通往更广阔世界的大门。

在冼星海的作品中，数量最多的是救亡歌曲。当别人问他为什么要写救亡歌曲时，冼星海回答："当时有一班顽固的音乐家常常讥笑我、轻视我，但我是一个有良心的音乐工作者，我第一要写出祖国的危难，把我的歌曲传播给全中国和全人类，提醒他们去反封建、反侵略、反帝国主义，尤其是日本帝国主义。我相信这些工作不会是没有意义的。"

抗战烽烟中，冼星海写了《救亡歌咏在洛阳》《救亡音乐在抗战中的任务》等文章，说明音乐在宣传抗日救亡中的作用："救亡歌曲的效果或许比文字和喜剧更重要也未可知，因为这种歌声能使我们全部的官能被感动，而且可以强烈地激发每个听众最高的情感。""中国近年来的救亡歌咏运动随着时代迫切的需要开展了。它具有伟大雄厚的力量，这力量不特可以慰藉前方英勇的战士，同时也可以巩固后方民众的团结。"

钱韵玲是上海新华艺专的学生，后来加入了冼星海指导的歌咏队。冼星海的日记中记录了感情世界："八时半到'六小'找韵玲，我们约好在江边谈话，我们站在江边谈很久，慢慢地跑，讨论我们俩的将来和事业的发展。江水虽然没有动荡，天上的星也没有一颗，可是我们的呼吸声，我们的两双眼睛都像江湖的奔腾和明星的闪耀一般！"（1938年6月24日）"她带着微笑，她带着温柔和可爱。她可以使我更加向上的努力，可以使我了解真正的爱，了解做人，明了自己弱点！……我在想，她是对我忠实的，我对她也忠实。我不会由爱她而使她失望，而使我公事怠慢！"（1938年7月5日）冼星海和钱韵玲于1938年7月20日订婚。

1938年11月抵达延安后，冼星海曾分到了鲁艺后山的一个双套窑洞，算是有了一个小小的创作空间。冬天，小窑洞里生着火，他伏在书桌上创作，很多朋友围坐在火炉旁边，一边烤火，一边看书。当时不是每个窑洞都能生火，大家聚在冼星海这儿，有一点"揩油"的味道，但冼星海喜欢朋友，喜欢这些广东人坐在他的火炉周围。他多次说，大家来烤火不会打断他的思路，反而会增加他的"热气"。有时候，朋友来烤火，还带些好吃的东西来煮，小窑洞里香气四溢，其乐融融。

冼星海的普通话说得不大好，很多同事觉得他比较内向木讷，不善言辞。也许，这是他老乡观念重的一个原因，他认为"广东人都是好友"。他常对广东老友说："我们回广东去，办个音乐院，大家在一起研究，真正创造我们中国的新东西。"

在延安，冼星海创作灵感泉涌。传世之作《黄河大合唱》诞生后，冼星海在《我怎样写〈黄河〉》中说：

《黄河》的创作，虽然是在一个物质条件很缺乏的延安产生，但它已经创立了现阶段新型的救亡歌曲了。

过去的救亡歌曲虽然发生很大效果和得到广大群众的爱护，但不久又为群众所唾弃。因此"量"与"质"的不平衡，就使很多歌曲在短期间消灭或全失效用。

《黄河》的歌词虽带文雅一点，但不会伤害它的作风。它有伟大的气魄，有技巧，有热情和真实，尤其是有光明的前途。而且它直接配合现阶段的环境，指出"保卫黄河"的重要意义。它还充满美，充满写实、愤恨、悲壮的情绪，使一般没有渡过黄河的人和到过黄河的人都有一种同感。在歌词本身已尽量描写出数千年来的伟大黄河的历史了。

冼星海离开延安后，《黄河大合唱》仍然是盛大的欢迎会或者纪念会的保留曲目。茅盾在延安听到的《黄河大合唱》就是冼星海离开后由他的高足指挥的。在《忆冼星海》中，茅盾写道："对于音乐，我是十足的门外汉，我不能有条有理告诉你：《黄河大合唱》好在哪里。可是它那伟大的气魄自然而然使人鄙吝全消，发生崇高的情感，光是这一点也就叫你听过一次就像灵魂洗过澡似的。"

1945年10月2日，冼星海在信中写下未竟之志："我不知疲倦地创作，但是至今没有听到自己作品的音响，真是非常遗憾。"1945年10月30日，冼星海在莫斯科病逝。

冼星海魂归故里。1985年，故乡建起了冼星海纪念馆。始建于1932年的广州音乐院，1985年正式更名为星海音乐学院。

"天地有正气，杂然赋流形。下则为河岳，上则为日星。"冼星海的音乐之声，流传在悠悠天地间。

南沙，
以及世界的岭南

李德南

一

　　此刻，我在南沙，为的是来看虎门炮台。

　　想来看虎门炮台，和我对广州与岭南近现代史的关注有关。广州是中国历史上非常重要的沿海城市，是中国通往世界的海上丝绸之路主要的出发地，南沙则是其离境点，被称为广州的南大门。虎门炮台是中国近现代史重要的见证之一。在南沙，我们所看到的就不只是南沙，思绪总会扩散开来，近现代以来岭南的相关事物也随之涌现。

　　自2011年回广州读书，继而留在广州工作，至今已有十年。这十年里，我在广州成了家，当了父亲。广州，也包括广州的周边地区，或者说岭南，与我的生活、经验和记忆关联渐深，以至于成为我生命不可分割的一部分。经过这十年，对于岭南的了解，无疑比以前更多了。不过，最近我又有一种非常强烈的感觉，觉得对于岭南的世界，我了解得还远远不够。也许，对于岭南的当下世界我有很多切近的经验，然而，对于岭南的历史世界我所知有限。此外，对于岭南的历史世界，我以往主要是在中国近现代史的框架去理解它，把它视为中国的一部分，视为中国的一个地方。这样的视界，局限了我对岭南的认识。岭南的世界太丰富了，我需要更深入地理解它，也需要从以往所忽略的角度去理解它。比如，从全球史的角度去理解它，去认识世界的岭南。

　　这种感觉的生成和涌现，主要有两个契机。

　　其中一个契机是虽然我主要的工作领域是文学批评与研究，但是这两年我对全球史很感兴趣，有阅读的兴致。康拉德的《全球史导论》和《全球史是什么》给我带来了很多思想的火花和启示，其中提出的很多观念也深得我心。比如他谈道："全球史为人类的历史提供了一套宏阔的记述。而今，人们接收到的新闻不再局限于自身社会；游客漫步于整个星球；移民将世界各地的劳务市场联系起来；我们吃着远方种植的作物，买到别处生产的商品。换言之，在这个全球化的当下，全球史有助于我们理解身处其中的世界。"是的，我希望借助这个视角来解释世界和认识世界。除了康拉德这两本导论性质的、同时具有鲜明的理论建构色彩的著作，我还读了不少关于全球史的专题著作。颇为巧合的是，也可能是在潜意识的驱使下，我所读的书有不少都与广州、与岭南有关。比如，程美宝的《遇见黄东：18—19世纪珠江口的小人物和大世界》。它先是以略显感性的语调讲述作为历史学者的她如何"遇见"黄东这个曾在广州商馆区打工的小人物，继而追问黄东是因为怎样的机缘而进入当时华人足迹罕至的欧洲社会，又何以成为沟通中西文化的中间人，甚至是双方的代言人。程美宝还由个体而及群体，由特殊而及普遍，对如黄东这样的小人物的跨国、跨文化交流活动进行研究。这是一本带有随笔意味的历史著作，不厚，很好读，议题又极其重要。范发迪的《知识帝国：清代在华的英国博物学家》则把18、19世纪的中国科学史放置在全球政治、经济、文化和社会的脉络中，以博物学这一19世纪在华欧洲人最为广泛的科学活动为中心，检视中国与西方世界的交流与碰撞，揭示近代中国在知识领域所经历的冲突、挫折与转型。该书的第一部分"口岸"，兼及全球史学的宏观视野以及在地文化遭遇的微观视点，以广州作为背景和视野展现博物学研究中的日常科学实作过程。近年来中国有博物学研究复兴的趋势，而且在文学创作领域也有"以博物学作为方法"的期

南沙，以及世界的岭南

151

许、号召和尝试。在这个语境中，《知识帝国：清代在华的英国博物学家》无疑是沟通历史与当下的重要著作。史蒂芬·普拉特的《帝国暮色：鸦片战争与中国最后盛世的终结》则尝试厘清鸦片战争的前因后果与起承转合。其"引言"部分题为"广州"，对广州在鸦片战争前夕的商贸活动、语言实践等许多方面都有所介绍；主体部分虽然主要讲述英国与清朝这两个新旧国家的撞击，但是全球商埠广州在其中始终占据着重要的位置。吴义雄的《在宗教与世俗之间：新教传教士在华沿海的早期活动（1807—1851）》则以19世纪前期新教传教士在华南沿海的活动作为研究对象，主要关注新教在中国传播开端阶段的历史。新教传教士的宗教活动，他们在中外交流中的作用，他们所从事的医疗与教育活动，传教活动与西学知识的传播，传教士与近代西方的中国学等诸多问题，都在这部著作的探讨范围内。范岱克的《广州贸易：中国沿海的生活与事业（1700—1845）》则围绕曾一度处于中外关系核心位置的广州贸易体制进行研究，论述18、19世纪在广州的东南亚人、西方人和中国人如何进行互动，兼及种种互动带来的工作方式与生活方式的变迁。孔佩特的《广州十三行：中国外销画中的外商（1700—1900）》则尝试以外销画为载体而回顾历史，再现十三行时期的景象……

全球史是20世纪上半叶兴起的。按照康拉德的观点，全球史研究在亚洲的兴起，和中国在地缘政治中的地位越来越重要是有关系的。而在全球史的视野中理解中国，那么广州，也包括岭南，又往往成为不可忽视的存在。从明代以来，广州就是重要的贸易港口。尤其是在1757年，清政府更改对西方的贸易政策，指定广州为对外贸易港口，从那时起一直到鸦片战争爆发，广州都是中国对外贸易的唯一合法港口，几乎所有的商贸活动都必须通过清政府特许的行商进行。从事贸易期间，外国人可在广州十三行居住，其余时间则需要住在澳门。这一独特的历史背景和贸易体制，使得广州、澳门成为中国与西方进行贸易、政治互动、文化交流的重要区域，成为一个独特的接触地带。而随着全球史、区域史研究的兴盛，广州、澳门等在早期全球化时期具有重要意义的区域，当时的种种实践与事物，还有人物，就这样开始频频进入研究者的视野，成为思考和言说的重点。这也是上述著作得以出现的重要背景。它们也多是在全球史的视野中认识岭南。J.B.杰克逊曾经讨论过景观的"可视性"问题。在他看来，"可视性"是相对的——同一个对象，对甲而言也许毫无意义，在乙眼中却饱含信息，对象是否"可见"、"可见"到何种程度，和观看者的经验、意图、知识结构、知觉能力等方面是息息相关的。全球史的视界无疑为认识岭南提供了一个不同于民族国家历史意义上的视界。要认识岭南，就意味着要认识世界的岭南，要认识全球史视野内的岭南。

这种感觉的生成和涌现，还有一个契机，那就是我读了林棹的长篇小说《潮汐图》。这部小说，在近年的岭南文学创作中，是一个异数，也是一部现象级的作品。它是小说，又涉及岭南的近现代史。其中关于岭南的纪实与虚构的互动，同样可以为我们认识岭南的历史世界提供有趣的视角。

二

《潮汐图》主要讲述在19世纪20年代，身世成谜的苏格兰博物学家H热衷于游历世界，抵达广州后在当地芦竹林中遇见一只同样身世成谜的巨蛙，成功将其诱捕，豢养在澳门好景花园。寰宇新知，奇珍异兽，芸芸众生，悲喜交集地进入蛙的生命世界。鸦片战争前夕，

H因破产自杀，好景花园在一场大火中如大梦般消失，巨蛙则漂洋过海，从东方而至欧洲，经历生、死的重重体验与考验，又如谜一般消失。

除了题材与故事的冲击力，《潮汐图》主要从巨蛙的视角展开叙述，亦让人拍案惊奇。巨蛙有蛙类的天性，有类人的个性，又有独特的灵性。巨蛙兼具"好奇、善变、怕死三种质地"，会说话，能思考。小说从巨蛙与水上人家子女的相遇开始写起，对疍家人的生活有所表现。随后，小说的场景转向十三行，写到十三行时期的贸易、传教、博物学实作等活动。18、19世纪的广州构成一个独特的接触地带，十三行及其周边则是这一接触地带最为核心的所在。这一接触地带意味着新的生活方式的出现，也意味着新职业——通事、引水人、事仔等——的诞生，甚至还意味着新人的诞生。

在《南京条约》及相关的《五口通商章程》生效之前，按规定，外国女性不能进入商馆，外国商人的家人只能住在澳门，住在广州的外国商人是清一色的男性。外国商人的一切家庭事务都需要聘请本地仆役来打理，贸易活动的开展也离不开本地人的介入。在这样的背景下，一群在广州、澳门靠为外国人提供日常生活服务而生的中国人出现了。其中，通事主要是清政府和外国商人的中间人。所谓事仔，是当时的省城土话，相当于英语里的"boy"。引水人则为领航员，其职务兼及事务沟通。他们因实践、因现实需要开始学习外语，并逐渐熟悉外国人的饮食和礼仪习惯。《潮汐图》和《遇见黄东：18—19世纪珠江口的小人物和大世界》中的不少人物便是如此。《潮汐图》中写到的番禺人细春能讲"混杂英语"（Pidin English）、官话和省城话，昌福旺茶楼的伙计则"使得五国番话"。《潮汐图》中堪称新人的，是画师冯喜。冯喜原本家贫，曾是外国人的仆役，后来成为学徒，擅长博物画，曾参与跨文化的交流与实践。冯喜有敏感的、如植物般柔软的心性，也有浪漫气质，渴望到世界去，渴望看到更广阔的世界，渴望看见更多的事物。最终，冯喜把"到世界去"付诸行动。

冯喜属于他那个时代较早地开眼看世界的人，也是当时较早尝试从世界看中国的人，令人想起黄东这个在历史上曾真实存在却很少见于历史叙述的人。在《潮汐图》中，冯喜是人们眼中的画师喜呱、喜官仔，在钱纳利与关家兄弟失和时，曾接了一些原本属于关家兄弟的生意；但冯喜的人物原型，也可能是当时的外销画家的典型。正如博物画不是具体某一株植物而是某种植物的典型一样，冯喜很可能是林楺以史贝霖、关作霖、齐呱（谭齐呱）、"关家兄弟"关乔昌（林呱）和关联昌（庭呱）这样的外销画家的形象与经历为基础，用虚构、融合和赋魅等方式创造的典型人物。关于这些人物，孔佩特在《广州十三行：中国外销画中的外商（1700—1900）》和龚之允的《图像与范式：早期中西绘画交流史（1514—1885）》中都有所涉及，尤其是后者，对当时的外销画家的创作有较为全面的研究与展现。

《潮汐图》的书写涉及当时中西艺术、观念、知识相遇时的种种情景。其中有艺术的融合，写得最具神采处，是关于绘画的。《潮汐图》这样写博物学家詹士画画："笔又向棉纸走。水吃棉纸。水自由地吃过去、吃开去……詹士画完一张又一张，画我正面、背脊、左侧、右侧、眼耳口鼻、手脚头尾，沾染色彩的棉纸在蓝屋里飘啊！卷啊！H快活，跑跑跳跳，一张一张捉，一捧一捧接。我也昂头看那些纸上蛙，那些我、我的片断、从四面八方捉住的我。我平生第一次这样看我。过往的我只在水面：一头悲伤、扭曲、不断变形的污水色怪物。现在我感觉惊奇。色水与棉纸捉住另一个我，陌生的，七彩、新净、烟气朦胧。"这是巨蛙最初与绘画艺术相遇时的震惊，也是对艺术创造之魅力、意义的表述。《潮汐图》中还写到冯喜看到西方人画水彩画的震撼："眼见那个番鬼，跷脚，歪身，凭一支番鬼毛笔请来浓云飓风、惊涛骇浪，灌得那页番纸迷蒙蒙发湿、雷霆万钧轰轰响。等到湿笔尖四两拨千斤，从色水里洗擦出船艇、人声、连绵无尽波影，冯喜脸上就开花，忍不住开口问：'借问声，这是哪路神技？'番鬼不识省城话，旁边剃头佬插嘴：'乞儿仔，你行运哩，这是番鬼水彩。'冯喜快活，说：'有声有色，有纹有路，大开眼界。'"冯喜后来成为善于绘制植物的画师，与这样的"大开眼界"不无关系。那个时期的外销画，那个时期的博物画，融合西方艺术和中国艺术的元素，从而在美术史上成为难以绕过的一环。

　　不同类型、不同地域的文化因接触、交流而带来新的意义，甚至产生新的风格，是跨文化实践的理想状态。而在那样一个时期，在那样一个接触地带，现实利益、文化观念、礼仪等形形色色的冲突，是跨文化实践中更为常见的状态。《潮汐图》对此亦有反映。比如，葆春记的大老昌肺叶出了毛病却不肯用西医的药方，"契家姐"（干姐）等人对"番鬼"——当时在广州、澳门的外国人——是敌视的，巨蛙曾因和"番鬼"来往而遭到"契家姐"痛骂和痛打。她称巨蛙为"番鬼"门下的走狗。像冯喜这样最早对来自远方世界的新知识与新观念有接触、有吸纳的人，这样的参与了跨文化实践的人，则被身边的陆地人视为头脑有病、面目可憎，被视为是"认鬼作父"的人。在那样的环境中，冯喜承受着巨大的认同压力。他最终决意出走，与他渴望"到世界去"有关，也与巨大的认同危机有关。

　　不管是冲突还是融合，或是混合，都发生在岭南这一接触地带。这也是那个时期中国特定文化遭遇的集中反映。《潮汐图》写出了在早期全球化时代，岭南与世界、中国与世界之间的复杂互动。虽然这部小说以一只牛一般大的巨蛙作为主人公和主要的叙述者，显得荒诞不经，但是书中和历史有关的部分则符合彼时的实际状况。它并非一部架空小说，相反，书中的很多细节都以真实的历史作为基础。在《潮汐图》中，对岭南的再造是在写实与写意的并行与交织中完成的，迷人的小说世界在历史之真和虚构之真的交融中诞生。

在历史的层面，《潮汐图》有着全球史的视野。康拉德主张，全球史是一种视角，是一个将特定层面和背景置于中心位置的概念，是一种历史分析的形式，现象、事件或进程被放置于全球语境中。世界的互联是全球史的切入口，将研究对象细致地放置于全球背景中是全球史的重要路径，全球史的中心问题则包括跨境进程、交互关系，以及在全球语境框架内的比较。当林棹回头看早期的全球化实践，看彼时的世界，看彼时的岭南，她也建立了一个全球史的视野。《潮汐图》中写道，H破产自杀后，巨蛙被送往欧洲帝国。跨区域的视野，让小说的叙事空间进一步被打开，使得这部小说的全球史视野得以凸显。即使是写广州、澳门的部分，林棹也试图勾勒当时的世界全景图，呈现世界各地的横向联系，展现不同文化的交流、传播与碰撞。《潮汐图》的叙事跨越了东方与西方、地方与世界、现实与幻象、本国与异国、过去与现在的边界。

全球史视野的建立与获得，离不开林棹围绕着珠江、十三行所进行的实地求索和想象，也得益于包括全球史研究在内的"前辈学人和艺术工作者的心血成果"，得益于他们的知识考古业绩。在《潮汐图》的"后记"中，林棹谈道，她在写作过程中阅读了范岱克的《广州贸易》、孔佩特的《广州十三行》、普塔克的《普塔克澳门史与海洋史论集》等著作，"仰赖这些求真、求实的耕耘，虚构之蛙获得了

南沙，以及世界的岭南

水源和大地"。虚构之蛙及其言说的踪迹，又为人们回返那一历史时空发挥了重要作用。我们可从历史之真与虚构之真、历史之真与艺术之真的辩证入手，围绕《潮汐图》《广州十三行》《遇见黄东》《帝国暮色》进行对读，并对普塔克的话产生共鸣："文学与考古的诸多元素常常合二为一，构成一种令人耳目一新的共生关系。"而在今天，当我们置身于南沙，置身于岭南大地，我们能感受到过往的历史并没有完全消逝。历史塑造了当下，也将继续建构我们的未来。

三

岭南之为岭南，还有很多独特的地方，比如方言。如高本汉在《汉语的本质和历史》中所谈到的，"汉语有许多方言，彼此之间分歧很大，比不列颠诸岛所讲的几种英语方言的分歧大得多。在中国的南部沿海有一系列方言，它们不同于北京话，正如意大利语不同于西班牙语一样，有的甚至差得更远。另外，许多方言彼此之间也有差异，这差异几乎与它们同北京话的差异一样大"。

方言也能成为文艺的创造与源泉。仍旧可以以《潮汐图》作为例子。《潮汐图》中的不少人物，比如"契家姐"、水哥等人物，都说粤语，他们的对白有很多粤语的成分。林棹还把不少粤语词汇、句式、歌谣、谚语等融入小说的叙述语言中。

在写作中引入方言是值得尝试的——它能实现对经验的照亮。语言不只是一种沟通的工具或表意符号，还是人与世界照面的方式。人只有掌握语言，才能理解世界，拥有世界；人在掌握语言的同时，也为语言所掌握。海德格尔就特别重视原初意义上的语言——诗性语言和方言土话。诗性语言主要是以暗示和隐喻为中心的语言。它是原初的语言；方言也是。正如海德格尔所言："常常有人认为，方言是对普通话和书写语言的糟蹋，让普通话和书写语言变得畸形丑陋。但事实恰恰相反：土话是任何一种语言生成的隐秘的源泉。任何蕴含在自身中的语言精神都从此一隐秘源泉中源源不断地流向我们。"在写作中适当地引入方言，有助于展现方言使用者那错综复杂的意识结构，达到传神的效果。这可以说是方言写作的重要共识。在推荐韩邦庆用吴语写作的《海上花列传》时，胡适就说过："方言的文学所以可贵，正因为方言最能表现人的神理。通俗的白话固然远胜于古文，但终不如方言的能表现说话的人的神情口气。古文里的人物是死人；通俗官话里的人物是做作不自然的活人；方言土话里的人物是自然流露的活人。"

除了方言，岭南近现代史上各种各样的跨语际实践也很值得注意。在《潮汐图》中，我们可以看到这样的场景：英国博物学家H的母语是英语，但他省城话、官话也说得相当好。他的事仔细春擅长说广州话，但英文、官话也说得不错。因此，他们日常中大致是这样说话：逢单日讲省城话，逢双日讲官话，逢礼拜日讲英文。这是H定的规矩。昌福旺茶楼的伙计则使得五国番话，当然可能只会简单的日常会话。

《潮汐图》对不同语言的运用，包括对人物说话方式的安排，蕴含着对时代的跨语际实践的回应。在19世纪的岭南，跨语际实践已然较为普遍，方式也较为多样——这一过程有着力求让不同语言变得透明的、可敬或可笑的努力，混杂着形形色色的误解和误读。当时已经有粤语、客家语、潮汕语译写的《圣经》及其他的传教小册子，还有学习各种方言的入门书、粤音字典等工具书籍。1828年，东印度公司在澳门出版了马礼逊编撰的《广东省土话字汇》，其中既有中英文对照的字词列举，也有中文谚语举例，有不少更是广东独有的说法。在商贸领域，当时也形成了有地域特色的"混杂英语"（Pidgin English）。史蒂芬·普拉特在《帝国暮色》中写道："它是由粤语和前来广州经商的洋人所讲的欧洲语混杂而成（Pidgin为英语'business'的讹音）。这种英语以英语语词为主体，有时夹杂些许印地语和葡萄牙语，语法和语音照汉语规则。它是多种语言交混而成，得花些时间才会习惯。其中有少许用语会反过来被纳入英语，例如having a 'look-see'（'看看'）或eating 'chow'（吃'东西'），asking someone to hurry up 'chop-chop'（要人'赶快'）或telling them 'Long time no see'（告诉他们'好久不见'）。这种语言完全成型时，从嘴巴讲出来就像在吟唱，很有特色。"而稍晚一些，梁启超创作的发表于1905年的《班定远平西域》中，一个匈奴使者的唱词则是用粤语、英语和日语混杂而成的。梁启超的这一写作尝试，现在看来仍十分激进，《潮汐图》亦不能与之相比。日后周星驰等人的电影中有后现代色彩、中英文夹杂的说话方式，董桥等港台作家中英文混用的书写方式，其实自有渊源。"等我Sing几句Song你听下呀"这样的表述，就出现在梁启超的这一"通俗精神教育新剧本"当中。

四

阅读了上述著作和文学作品后，也包括实地走访南沙等地方后，我深感岭南是一座文学的富矿。虽然林棹在《潮汐图》中挖到了宝藏——这部小说以后肯定会在岭南文学史上占有一席之地，但是，岭南仍旧有太多的宝藏有待进一步挖掘，仍有太多殊异的历史经验有待去书写，去表达。

不说很远的历史，就以18、19世纪这段历史为例吧，其中有很多的人物在岭南留下了独特的回响，他们的经历和遭遇是如此的重要，如此的引人入胜。这一点，我在读史蒂芬·普拉特的《帝国暮色》时感触甚深。史蒂芬·普拉特是讲故事的好手，被认为是史景迁的接班人。这是一部历史著作，但史蒂芬·普拉特很注重表现人物的经历，开掘人物内心的世界。也正因如此，这部历史著作有小说般的魅力。我在阅读这部著作时，不止一次地想到，那段历史，实在是能写出伟大文学作品的历史。

与此同时，大湾区建设和大湾区文学的提出，也为书写岭南提供了新的可能性。

谈到"大湾区文学"，我们可能首先会想到文学和地域的关系——这是理解中国文学的一个重要切入点，也是文学史写作、文学批评的重要认识路径。我们对大湾区文学的理解和期许，有这样的因素在内，但与此同时，大湾区和大湾区文学的提出，又有着很多新元素。大湾区是国家与地方进行规划、建设的结果，全球化进程的推进则是更为内在的驱动力。

"粤港澳大湾区"最早是在学术界引起讨论，继而作为地方政府的发展政策而得到进一步的认识，然后才是作为国家战略而展开层层递进的实践与想象。1994年，时任香港科技大学校长吴家玮提出，要对标旧金山而建设深港湾区。21世纪初，广州率先提出要依托南沙港，对标东京湾区。2009年，粤港澳三地政府有关部门联合发布《大珠江三角洲城镇群协调发展规划研究》，提出构建珠江口湾区，粤港澳共建世界级城镇群。2014年，深圳市政府工作报告首次提出"湾区经济"概念，提出要以"湾区经济"新发展构建对外开放新格局。

2019年，中共中央、国务院印发《粤港澳大湾区发展规划纲要》，提出粤港澳大湾区要建成充满活力的世界级城市群、国际科技创新中心、"一带一路"建设的重要支撑；其中，香港、澳门、广州、深圳四大中心城市要作为区域发展的核心引擎。大湾区文学，是大湾区的构想和实践得到进一步深化的过程中产生的概念；我们既要在民族国家的视野内去理解它，又要从世界视野或全球视野中去理解它。从这样的视野出发，我们就发现，大湾区文学确实有着丰富的可能性。

从地域、区域的角度来看，大湾区也的确是一座尚未得到充分发掘的文学富矿。很重要一个原因在于，大湾区有着非常具有当代性的历史经验与现实经验。

近现代的岭南是中国和西方、东南亚很多国家交流频繁的区域，是在跨文化交流方面非常重要的区域。当时的种种历史经验，放在当下来看，仍然非常具有冲击力；这些历史经验也在不断地影响着我们的当下，或是跟当下构成对话。这样的历史经验是非常具有当代性的。那一时期的岭南，值得作家去深入挖掘，并用文学的方式进行再现、想象和再造。甚至一个人物的经历，就可以成就一部很好的小说。比如马礼逊。回顾近代的历史人物，除了注意到梁启超等当时中国开明的知识分子的贡献，也应该同时重视马礼逊等外国人的作用。马礼逊最早到中国来希望进行传教活动，在这方面却很受限制，并不成功。可是，马礼逊又意外地因为在翻译等方面的工作而成为中西跨文化实践的重要人物。他翻译了《圣经》，还编撰了六卷本的《华英字典》——这是第一部汉英辞典，还曾经把《红楼梦》节选翻译成英文。王德威主编的《哈佛新编中国现代文学史》认为，马礼逊的大量翻译和著作，把词汇、句法、文学形式及宗教文化观点的新要素，输入汉语中。他所新创的许多词，比如像"世界末日"，在当代汉语中已广为使用。马礼逊还把新的句法结构引入汉语，比如使用"被"这一语法标记的被动句，也成为现代汉语的标准句法结构。这些跨文化、跨语际的实践经验，影响深远；他们曲折的人生经历，也非常适合成为文学书写的对象。而那一段历史，在文学领域有非常多的空白。

大湾区的现实经验，其实也颇具当代性。广州、澳门、香港、深圳等城市，因为政治、经济和文化等许多方面的优势，往往能够得风气之先，产生很多新的经验。这些新经验又是发散式的，对中国的许多地方都有重要影响，在中国的发展中非常具有代表性。这让我想起作家邓一光还有他的一个观点。邓一光原本是湖北的作家，是非常重要的军旅作家，后来他到深圳工作，写了很多和深圳有关的中短篇小说，还写了一部很有影响力的长篇小说《人，或所有的士兵》。他在这部小说中回到历史深处，把目光投向了香港保卫战，对之进行长久的凝视和思索，以倔强的认知意志深入一个地狱般的世界的内部。他以史实和虚构相结合的方式，呈现了战争如何扭曲人性，如何把人抛入非人的境地从而导致人无法认识自己，也反思了战争如何借助国家、民族、文明之名而获得合法与正义的假面。这部作品的篇幅是长的，思考密度也是大的，所呈现的图景则是晦暗的，但也不乏光亮。这是一部有阅读难度、根本无法很快就读完的书，也是一部值得慢慢读、值得重读的大书。在泛娱乐化、景观化的语境中，它显然不会成为大众关注的焦点，却也必定会长久地矗立在文学的岛屿中。邓一光的这些作品都和岭南或大湾区的历史和当下有关。他曾说过，他的这些作品，当然是在写深圳，但又不只是写深圳，而就是在写中国。因为他要处理的，是中国最具现代性的经验。改革开放以来，在大湾区，先后出现了打工文学、新城市文学、科幻文学等文学现象，它们

是对中国新经验的直接表达。

还需要注意的是，文学与地域之间可以是或然而非必然的关系。在现代社会中，人的流动成为常态。人的工作、生活，都不再受限于一时一地。写作也是如此。邓一光、鲍十、王十月、葛亮、盛慧、塞壬、王威廉、蔡东、郑小琼、毕亮等作家，现在都在大湾区生活，但是他们又都不是土生土长的本土作家。他们的写作，都有对这种流动的生活经验的表达。他们的写作，自然也是大湾区文学的重要构成。

岭南是中国的岭南，又不只是中国的岭南，也是世界的岭南。期待看到更多从全球史的角度去看岭南的研究著作，也期待看到更多对"世界的岭南"的文学表达。随着大湾区建设实践的展开，我们所期待的种种更有可能成为现实。

漫话

南沙湿地

王　溱

　　在时常被"回南天"困扰的岭南，"湿"并不是个受欢迎的字，就连粤语中带"湿"字的，也多半不是什么好词，诸如"湿气""湿毒""阴湿"甚至"咸湿"之类，皆叫人避之不及。能让岭南人高高兴兴心驰神往，甚至不辞劳苦长途跋涉来亲近的，唯独湿地。广州大型湿地公园有两个，一个在海珠，适合赏花，一个在南沙，适合观鸟。鸟语花香之逸趣，都被湿地占尽。

　　湿地之妙，恰恰在于"湿"。

　　"湿"这个字有意思，是个会意字，看懂了不免会心一笑。"湿"字的繁体写法是"濕"，本是古水名，是黄河下游主要支流之一，后来被直接借用为繁体的"湿"字。把字拆开来看，左边有水，右边头顶上有太阳，下边是"丝"的异体"絲"，这意思很形象了——水把丝麻打湿了，需要晾到太阳底下晒晒。若追溯到古文，你会发现古文的"湿"字结构上都是基本保持不变的。最早出现该字的是商代甲骨文，此后金文也好，小篆也罢，都是左边水右边晾晒丝麻的结构，要说不同，便是在晾晒的丝麻下方，小篆和金文要比甲骨文多了个"土"字。这也很好理解，丝麻湿了挂起来晾，底下的土当然也湿了呀，这场面感，越来越生动了。

　　《说文解字》中说"湿，幽湿也"，这里的"幽湿"，其实是渗湿的意思，是形容词。后来也引申为动词"沾水"，如王昌龄《采莲曲》中的"争弄莲舟水湿衣"，明显是个动词了。又如岑参的"散入珠帘湿罗幕"，也是动词。《韩非子·存韩》中那句"若居湿地"终于提到"湿地"二字，指的却是潮湿的地方，与我们今日说的湿地不是一回事。

今日说的湿地，简而言之就是"过湿的土地"，指陆地与水域的交错带，半水，半陆。在中国，湿地有着丰富的文化内涵。汉字的"汉"本身就是源自汉水，在汉字的201个部首中，水部的汉字上千，排名稳居前三，可见水在人心目中的重要性。与湿地相关的汉字也有800多个，湿地除了水，还有依水而生的植物，草字头、木字旁逐一诞生，构成许多其他的汉字。汉字的形成历程也从一个侧面验证了"水是生命之源"。正是因为有水，才能在山泽间形成千里沃野，河流两岸肥沃的土地和充足的水源为发展农牧业提供了水利条件，原始部落逐水草而居，灿烂的东方文化的形成过程，其实就是东方人追寻着流淌的水拼命生活的过程。

是的，人都喜欢逐水而居。这个"水"范围很广，江河湖海都算，人类的聚居地也大都围绕着这些水域延伸开。既是近水，免不了居住的周围有湿地，只是通常人们习以为常，不怎么在意罢了。以我为例，工作室就在大学城的中心湖旁边，竟也很迟才知道那里有片不小的湿地。水杉、芦苇，还有偶尔迁徙来的水鸟，都没能唤起我的注意。换一个角度看，可能也正因为湿地的地貌和生态特点已经融入了岭南人的生活当中，湿地元素随处可见，反而显得不够突出，不够引人注目。

历朝历代对湿地的理解还不一样：譬如把湖滨和浅湖地带的湿地称作"沮泽""泽薮""薮泽"，地表临时积水或过湿的地带称为"咀洳""卑湿""泽国"，滨海滩涂和沼泽则被称作"斥泽""斥卤""潟卤"。如《徐霞客游记》"前麓皆水草沮洳"里的"沮洳"，《天下郡国利病全书》"荆州之水其泽薮曰云梦跨江南北八百里"里的"泽薮"，《宋史》"濒海斥卤，地形沮洳"中的"斥卤"等等，指的都是湿地。最古老的诗集《诗经》的头一首写的场景便是发生在内陆湿地："关关雎鸠，在河之洲，窈窕淑女，君子好逑……"《诗经》中的"蒹葭"："蒹葭苍苍，白露为霜。所谓伊人，在水一方……"写的也是内陆湿地。古人在一赋一比、一比一兴中穿插了诸多内陆湿地香草花植，如娇嫩、清水缭绕的荇菜，迎风摇曳若飘若止的蒹葭等等，看待湿地的眼光充满诗意。

然而河是河，江是江，海是海，内陆湿地相关的诗句风格质朴，情思细腻，但怎么看都没有滨海湿地的大气磅礴之感。滨海湿地之"刚"，与内陆湿地之"柔"截然不同。南沙湿地之"湿"，源自海，从分类上讲当属滨海湿地。按上述古代的说法，当唤作"斥泽""斥卤"或"潟卤"。

南沙湿地位于广州最南端的珠江出海口，南部就是伶仃洋处的入海口，水道纵横交错，浅海滩涂景观别具特色。与其他类型的湿地相比，滨海湿地既是由具有宽广胸怀的海洋孕育形成，自然免不了传承海洋的"好家风"，给人大气磅礴、开放包容之感。

南沙湿地之"湿"，非阴暗之湿，而是阳刚之湿，海风大，日晒足，湿气再重也多为阳光充沛、温暖和煦之地。要感受到这种阳刚，你需要张开双臂面朝大海。光面朝大海还不够，你还得把墨镜摘下来，让你的眼睛大胆直视浪花汹涌的海面，你才能从海的姿态与颜色里看出些许不同。天气好的话，海一般是蓝色的，南沙的海是明亮的湛蓝，像用了很纯的颜料刷出来的，与其他地方掺杂了灰色的蓝截然不同。海水与湿地，并没有划定"三八线"，在交接的地方，它们相互交融，用几乎察觉不到的渐变色实现过渡。所以当你看到红树的倒影在清透的蓝色当中轻轻摇晃时，无需觉得奇怪，也只有红树能得到海洋此般馈赠。水浅露滩的位置则有微光闪烁，那是盐。海浪给滩涂抹上一层又一层的盐分，阳光一次又一次把它们析成结晶体，在日光下闪耀着滨海湿地独有的光。若是眼睛不够用的话，鼻子舌头也可用上。阴冷潮湿的咸与温暖和煦的咸是完全不同的咸，前者如一锅卤了又卤的老卤汤，几近黏稠，或是像雨季沤久了的咸鱼，几近发臭；后者的咸那就微妙了，像极了潮汕人杨梅蘸酱油吃时的感觉，一种别样的鲜咸，若非身为潮汕人，若非无数次体验过这种鲜咸美味，我还真想不出什么其他贴切的比喻。文化的形成就是这样奇妙，一环扣一环。

南沙湿地之"湿"，还是生态之"湿"。"广州之肾"的美誉并非浪得虚名。两百多公顷的湿地中，有三十多公顷的红树林，维管植物就有650种，在整个广东省名列前茅。

数年前我曾近距离感受过南沙湿地的生态之美。

路是水路，走的是船。船不大，挤满了跟我一样来体验湿地的游客。没有红绿灯，满眼全是绿，绿的树，绿的草，绿的水，还有被水染绿的各种倒影。"负离子有乒乓球那么大"并非夸张的说法，在被绿色统治的世界里，人的鼻孔可以比脸大。深呼吸的动作是会传染的，在游客脸上此起彼伏地出现。而后又化作鼻腔里的湿润，给人一种"把精华都吸收走了"的错觉。沿着海边有不少专为居民而建的健步木栈道，木栈道所用的防腐木与水边天然的树木多少算是远亲，凑在一起合情合理，丝毫不破坏原生态之美。与别的地方的木栈道不同的是，这里的木栈道随时可能被海水吞袭。每当涨潮的时候，木栈道可能成了水道，模糊了海与陆的分界线，让木栈道上"观潮"的人瞬间具备了"两栖"技能。潮不仅是拿来"观"的，还可拿来玩，拿来体验。我亲眼见过几个十岁左右的孩子脱了鞋卷起裤脚沿着木栈道奔跑，父母在栈道外笑，看他们在淹到脚踝的水中嬉水玩闹，路过的人也见怪不怪，陆嘛，跟海的界限本来就不需要划那么清。

帮着模糊海陆界线的重任，往往交给红树林。

你莫给"红树林"的"红"字骗了，红的只是里头的木材，外表看一株株基本都是绿的，与其他的树并无太大区别。"红树"不是一种树，是一类树，"红树林"却真真切切是"林"。众多具有相同特点的不同树种聚合成的树林勇敢站到了水里，如桐花树、无瓣海桑、假茉莉、老鼠勒、秋茄、水黄皮等等，都是南沙"红树家族"的重要成员。它们把小半截枝干埋在水里，只露出粗壮的树干和巨大的树冠。也有位于浅水处的露出一部分树根来，若你仔细看，就能发现根都朝着水的方向舒展开，像一根根大大小小的吸管伸向水域，好吸个痛快。海陆交界之处，咸淡水是呈梯度变化的，树处在其中，就相当于人每日生存的环境反复冷热交替一般，身体条件差点的必定是熬不住的，所以能成为"红树家族"成员的树种，也绝不简单。"红树家族"个个身强力壮，带着浩浩荡荡的气势，一簇簇、一垄垄地在水里安营扎寨。

作为红树林重要的树种之一，桐花树是湿地里最常见的身影了。它们非独行者，通常是整整齐齐列队出现的，或横队，或纵队，赏心悦目。它们是海岸线的守护者，像一个个坚守岗位的士兵，任由海浪一下又一下打在身上，看起来并不甚伟岸的身躯却似武林高手有以柔克刚的本事，任你海浪千般推打，底盘依旧稳当。这个坚韧淡定的武林高手，对待下一代却很溺爱，甚至纵容。桐花树的传宗接代方式是"胎生"，它的下一代性子都很急，种子们都还没脱离母树呢，就都迫不及待发芽了。拜这些会"坑爹妈"的小种子所赐，桐花树多了个"胎生树"的外号。这些小种子不仅心急，还有毒性，人类若是误食了可是件大事！可怜天下父母心呀，即便孩子有多爱闯祸，桐花树也不恼它，还是认认真真地舒展开倒卵形的叶片，结出一个个尖头的果子，让种子可以依靠果子里的养分先发芽生根，长成之后才恋恋不舍让它离开自己独立扎根到土壤里。一般发了芽的种子跑不远，只能落在母亲身边安家，老大带着老二，老二旁边是老三……一家人整整齐齐。

桐花树把心思都给了下一代，难道自己就没有"自我"了吗？不，它也有它的梦想。它果实的形状是圆锥形的，尖端锐利，弯弯的很像一个个山羊角。山羊自然不可能出现在滩涂地里的，桐花树一生可能都难见到山羊一回。果子的形状暴露了桐花树真正的心思：身在海，心在山。梦想总是可以有的，"山"大概就是桐花树的诗和远方。越是得不到的越想要，越是没去过的地方越想去。人是这样，树大概也是这样吧？

桐花树不仅有梦想，也实干。它的花不大，花蜜却质量很高，这不是我说的，是蜜蜂们用翅膀投票得出的。每年春天花开的时候，桐花树林里奔忙的就都是蜜蜂，当然也有养蜂人——在桐花树林发展养蜂事业是很有前途的。此外，桐花树还有个惊人本领，能利用叶子排出盐的结晶来。这活脱脱就是个纯天然的水盐分离机器呀！海水再咸也不怕。有这样的本事，何愁不能抵御海水侵袭，保护好海岸线？

经常出现在大片红树林里的，有一种叫无瓣海桑的舶来树种，但它却不是红树，只是适合生长在红树林环境罢了。舶来本是客，然而无瓣海桑可不是善类，很快就仗着自己生长速度快反客为主，成为地方"一霸"，在数量上占据优势。你也不好说它是"入侵"，毕竟是红树林自己请来的"客人"嘛，滋味是苦是甜自己吞。

无瓣海桑的"霸道"是有道理的。它们高高瘦瘦，高的可达20米，灰色树干呈圆柱形，小枝纤细下垂，时有笋状呼吸根伸出水面。其树形虽不魁梧但姿态优美，乍一看还是有几分俊俏。站远了看，椭圆形至长椭圆形的对生厚叶呈淡绿色，枝叶似翠柳，随风飘摇，又有点江南水乡的味道，分明是红树林界的"小鲜肉"。无瓣海桑的花也别具艺术感觉，虽然没有鲜艳的或精致的花瓣，但花形独特，柱头像把精致的小伞，伞柄或微微弯曲，煞是俏皮可爱。长得好看的都是要吃香些的，人看过了欣赏过了，心生欢喜，自然会盘算着多种些，再多种些。

更要命的是，无瓣海桑不仅长得好看，还很努力，年年都硕果累累。每年10月、11月球形浆果成熟时，沉甸甸的果实一串串垂落下来，让人想起两个喜庆的字——丰收。若真是农作物的话，这样见风就疯长的农作物必定备受青睐。这么优秀的树应该很傲气吧？不，恰恰相反，无瓣海桑勤奋、低调、抗压，默默无闻地与各种红树伙伴们站在一起，巩固着脚下的水土，防风固堤，在维持海岸带生态平衡方面功劳不少却从不居功。无瓣海桑抗寒性强，能生长在低潮滩上，也能生长在中高潮滩上，土壤硬些也好，贫瘠些也好，都不嫌弃，对海水淹浸的适应能力也较强，绝对是潮间带滩涂优良的先锋造林树种。它从来不是骄傲的。即便是作为中国生长最快的红树植物种类，在改善沿海生态环境、维持海岸带生态平衡方面获得过无数荣耀，它仍不会骄傲。这就是无瓣海桑的秉性：颜值高、努力，还低调。

如果说桐花树和无瓣海桑是在近海前线的话，那水黄皮应该属于后方"预备兵团"。水黄皮属于半红树林植物，平时就在红树林外侧的陆海交界处"待命"，扎根的地方以泥岸沙地或滩涂为主，无需泡水。但若是哪天"前线"需要支援，它们也能即刻补位，短期的海水浸泡不打紧，耐得住的。也只有半红树林植物天生有这种"技能"，像这样天赋异禀的植物可不多，全球也就十来种，从这个意义上讲，水黄皮也算是植物界万里挑一的佼佼者了。

美味的黄皮大家都知道，水黄皮就鲜少有人知了。此黄皮非彼黄皮，两者连远亲都算不上。水黄皮不仅不是水果，还有毒，断不能拿去吃。初识水黄皮时，它的果子形状真叫我疑惑。虽然它也像黄皮一样一串串地挂满枝头，却是扁平的、硬的，不像黄皮，倒像是黄皮的核。非要找出水黄皮和黄皮的相似之处，那也是有的，水黄皮树的叶子与黄皮树的叶子形状就十分相像，厚度也差不多，但水黄皮树叶子的颜色要更鲜亮些，怎么看都像是刚下过一阵暴雨把叶片冲刷过好几遍似的，或是刚刷上了新的绿色颜料，再老的叶子也透出稚嫩的气息。

水黄皮的花的确好看，花期也长，难怪很多地方刻意把它种在能观赏到的地方，五六月份当粉红色的小花一簇簇挂满枝头时，不失为湿地一景。一棵水黄皮的开花量是惊人的，还是花苞时有点像禾雀花，舒展绽放开之后，则像是蝴蝶，只是谁也没见过这么挤成一堆的蝴蝶。水黄皮树的杆通直，木材硬度较大，结构致密，纹理也美，是理想的实木高档家具用材。记得有个亲戚家里的实木沙发用的就是水黄皮树的木材，只上了清漆，纹路清晰可见，小时候不懂事，只觉得这沙发挺朴素的，搞不懂亲戚为何视若珍宝。

别看水黄皮只是"预备兵团"，它的本事可不小，浑身是宝，全株均可入药。现代药理研究表明水黄皮具有抗菌、抗炎、镇痛、抗病毒、抗溃疡和抗肿瘤等生物活性，是一种有开发潜力的药用植物。据台湾大学王亚南等人的研究，水黄皮净光合作用率高，吸收二氧化碳能力强，是高固碳的树种，有利于改善气候环境，降低温室效应。由于枝干和叶片含水率高，水黄皮还可作为防火树种；其根部的根瘤菌也具有固氮作用，有改良沙滩土壤，提高沙滩土壤肥力的作用；水黄皮果子含油量高，榨出的油可作为燃料。若真要比较的话，水黄皮只比黄皮多了个"水"字，一字之差，两者完全就不在一个档次了，再次验证了"水"的影响非同一般。

再往后方看，排着队出现在视线内姿态招摇的是水蒲桃。说它招摇，主要是因为挂满枝头那一簇簇如烟花绽放般浪漫的花。水蒲桃虽不像红树植物或半红树植物那样待在水里，但内心是渴望水的。光是看名字就知道，水蒲桃离不开水。这家伙喜欢择水而居，哪里温暖湿润，哪里就有它的身影，生存的位置无不暴露出它拥有一颗亲水的心。

说起水蒲桃，口腔里会不自觉分泌出一种清爽的淡淡的果香来。自小在广州长大的朋友跟我说，水蒲桃作为零食、作为水果，那可是很多同龄人共同的童年记忆。小时候不够钱买零食，家附近的几棵水蒲桃树就很贴心地给孩子们长出零食来。我第一次吃到水蒲桃是在几年前与一帮友人同行游南沙湿地公园的时候，走着走着有人忽然停下来抬头看，大家跟着抬头望去，马上就有人惊呼"水蒲桃！"这个"惊"是惊喜的"惊"，随即大家就七手八脚拉扯下树枝，还真的摘下十几个来。果子也就乒乓球那么大，有的表面光滑，有的却坑坑洼洼，颜色青涩不算好看。我向来谨慎，不敢贸贸然拿起就吃，有人却已经迫不及待拿纸巾抹干净表面的灰尘就三两下送进肚子了。谨慎点的也有，用拇指食指捏在手里摇，发出咕噜咕噜的声音。友人说，那是里面的种子。我接过来掰开看，果然，水蒲桃中间是中空的，一颗弹珠大小的种子在里边滚来滚去骨碌作响。据友人介绍经验，吃水蒲桃之前可务必记得先摇一摇，若是没有响声那就说明果子已被虫子啃坏，不能吃了。我突然被这种贴心的树征服了。也只有贴心的树，才会结出贴心的果，连能不能吃都给你先做好预警。

还有一种南沙随处可见的风物，甚受南沙人欢迎。秋凉季节，你就会看到不少南沙街坊拿着工具在长满蒲草的沼泽地里忙碌穿行，摆出了要大干一场的架势。他们要采摘的这种蒲草叫水烛香蒲。顾名思义，其茎顶棕色的肉穗状花序如一根根光滑的棍子竖立着，就像一根根燃烧着的粗硕香烛，细看，顶端密密麻麻全是毛茸茸的小花。亦有别称曰"毛蜡烛"或"水蜡烛"，都很直观贴切。当然，这得是6月份后才有的盛景，在此之前，你只可见到细长的叶子，如同被上帝拿来练习拉面的竹叶，被拉得细细长长，长至一两米，但叶子上的竖条纹却依旧清晰可见。这些叶子是没有主肋的，扁平而柔软，起风时便是一个个技艺高超的舞者，浑身"软若无骨"由着海风摆布，陆上一波波养眼的"绿浪"便是这样被风造了出来，与海里的真浪花遥相呼应。有时风也调皮，东南西北时来时往叫人摸不清方向，"舞者"的舞姿难免凌乱，然乱却不慌，倒是多了几分率性随意之美。别看它叶子柔，杆却是个"硬腰杆"，如同真正的人类舞者，四肢柔若无骨，主心骨却稳如定海神针。看吧，这种在植物界也就顶多属于温饱阶层的植物，也能是个有艺术追求的主儿。人又何曾不是？一句"高手在民间"，道出多少民间能人的心声。

待到秋黄萧条时，那些伫立了一夏的棕色"香烛"的顶端就会自然销蚀，愈发像是渐渐燃烧殆尽的香烛。植物之命名，从不含糊。外

面那层厚厚的密实的黄褐色绒毛里面裹着坚硬的小果子，待到有合适的风，绒毛便可如飞絮般脱落，乘风而去，种子也终得以离开父母的怀抱四处安家。

水烛香蒲并非徒有其表，它也如广东人般务实，作用多多，甚至用"浑身是宝"来形容它也不为过。其叶片扁平坚韧，可用于编织，用于造纸；其幼叶基部和根状茎前端还是比较嫩的，可作蔬菜食用，随手摘回家就是一道美味；其雌花序松松软软如同棉花，可作填充物，收集回家做成枕芯，或者坐垫，闻起来还带有一股淡淡的草香味，据说旧时穿不起棉衣的穷苦人家会拿它填充衣物，亦可保暖；就连花粉也大有用处，采集加工后便是中药蒲黄，有降血脂、缩短血液凝固时间、产后收缩子宫和心脑缺氧保护的作用。不仅对人，水烛香蒲对大自然、对水也是温柔而友好的，它能很好地净化污水，有水烛香蒲生长的地方，一般水质都比较好。它还是"奉献型"的，干得多，索取的养分却不多，有水就能长，随便长就很茂盛。凭良心说，这么懂事的植物，去哪儿找去呀！

还有莲花，那可是湿地的明星植物，哪敢遗漏了它。每年都有成千上万的人是为观荷而去，但被更多人惦记的不是水面上的花，而是水底的藕。南沙莲藕声名远扬，成了南沙的标志性"手信"之一，不带几节回去煲汤都对不住一趟南沙行。南沙的藕有点像洪湖粉藕，但口感比洪湖的略清爽些，除了煲汤，清炒也是可以的。"出淤泥而不染"首先得有淤泥，湿地大片湿滑的滩涂泥地简直就是莲藕最理想的家园，加上滩涂肥沃还有多种天然肥料加持，难怪南沙的莲藕那么粉那么糯，就连里边的丝都是甜的。大自然的馈赠，有因必有果，从来童叟无欺。

好花好树好环境，必然引来鸟。湿地有植物有昆虫，有了这么多食物，自然少不了鸟类。唐代王勃的《滕王阁序》有云：落霞与孤鹜齐飞，秋水共长天一色。此处的"孤鹜"指的是野鸭，也是鸟类的一种。作为珠江三角洲的"候鸟天堂"，据说南沙湿地每年冬季来临时都要吸引十余万只候鸟到此栖息过冬，鸟类种类多达185种。就这样，湿地得了"鸟的天堂"之美名。湿地那么大片地方，水草绿植各不相同，哪个位置好，鸟儿们都不用商议的，翅膀直接传递了信息。

有鸟，还会引来观鸟人。观鸟者之间也跟鸟一样无须相互知会，哪里有好鸟，数数脚印和人头就心中有数。观鸟人在这个爱好上似乎特别舍得下重本，各种昂贵高端的观鸟设备层出不穷。衣着朴素的爱好者省吃俭用也要买单反，买长焦镜，买专业观鸟望远镜。若是夜里观鸟，还得买夜视仪。长枪短炮背在身上，把步子都压沉重了，心情却出奇地轻盈雀跃。我就见过一位老者守着望远镜杆在那一动不动，循着他望远镜的方向看去，远处是几只黑鹤正在一片浅水的滩涂上闲庭信步。老者脸上的表情是严肃的，但嘴角的弧度还是暴露了他内心的欢愉。他的耐心特别好，我都逛了一圈回到原地，他还在那里一动不动地守着。那几只黑鹤依旧在，位置不时变换。黑鹤中不知何时混入了一只东方白鹤，黑影白影交叉穿梭，像棋盘上的黑白子交战。我猜老者大概也是在"下棋"吧，才能有足够的乐趣支撑他静候这么久。有些湿地公园会贴心地为游客准备好观鸟望远镜，固定在地面，只要把眼睛凑上去就能观察远处岛上的鸟。这些公共设备专业观鸟客是瞧不上的，必须得是自己带的，越复杂越好。

群鸟翩跹的场景在南沙湿地并不稀罕，专业观鸟者早就有了更高的追求，长枪短炮的标的物必须是栖息在此的珍稀鸟类，从来没在此地露过脸的最好。久而久之，就连白尾海雕、黑脸琵鹭这类国家一级保护珍稀鸟类也不能让他们兴奋了，他们只好用镜头不停地"钓鸟"，在繁密的芦苇间徘徊，在可见鱼的浅滩上徘徊，或是追逐着某些显眼的昆虫。昆虫们还不知自己已然成了诱饵，仍兴致高昂地在肥沃的泥地里觅食。

这就是湿地的"原住民"们。树伴着鸟生长，鸟依靠树安家，鸟给树施肥播种，树给鸟果子虫子，二者和谐相处，相亲相爱，好生态便是在这一片和气中生成。

不过树与鸟的互相成就还不值得称道，不过是一种耳濡目染的传承罢了，根源还是在于——水与陆的相互成就。

水与陆就像亲兄弟，流淌着血浓于水的亲人血脉，它们也会吵架，甚至打架，但始终是一家人，抱怨过了，争斗过了，依旧会念着对方的好，然后默默开始改变自己去适应对方。湿地的存在，就是水与陆相互妥协的结果。半水半地的滩涂淤泥，泥时而干些，时而稀些；泥上的浅水荡漾，时而浑浊，时而清澈。在水与陆斗争的"战场"，海水用浪花进攻，用盐分瓦解对方兵将，陆地则派出各种树来固土，抗盐度高的红树当属先锋，身后还有半红树、亲水植物。战斗结果便是苇丛苍苍，萍藻田田，红树立于水中与倒影共舞，白鸟闻讯而来……世界上最美的战场，非湿地莫属。

水与陆的关系给了人类启发，于是乎人与水也从来都是相互成就的关系。有水，有泥，便是生命最好的滋养地，这不仅是对摇曳的绿植、嬉戏的鸟鱼而言，更是对人而言。水赋予了人宜居的生态环境，水乡富饶而美丽；而人也为水提供了深刻的文化内涵，水乡文化闻名遐迩。

说起水乡，很多人会想到赛龙舟。南沙的龙舟盛景最早可追溯到宋代，龙船样式也多有变化，红龙、花龙、大乌龙、金头，甚至还分龙船公与龙船嫲（母）。端午是必须赛龙舟的，但不是端午也可以赛，各乡村根据潮汐等自然因素自行约定，说赛就赛，大有今日里年轻人时兴的"说走就走"的豪气。身为广州唯一一个有海岸线的区，南沙不负众望，不仅龙舟赛得好，还从龙舟文化中延伸出了一个全新的竞技项目——南沙赛龙艇。据说清朝时，珠江三角洲下游的人们在秋收过后会举行划艇比赛，以庆祝一年的收成，龙艇最初就是这么来的，亦名"农艇"。龙艇与龙舟比要简单许多，没有龙头龙尾等装饰，就是一种特制的较为狭窄轻快的小艇。通常每条艇坐三至五人，全都是划艇手，不需鼓手，划艇时只靠共同的呼喊一起发力，在同时间内比路程，所划路程最远者为胜。水文化在整齐激昂的呐喊声中绽放，水乡人开拓进取的精神不言而喻。

水乡人与海边渔民一样，信的是妈祖。供奉妈祖的天后宫自落成起就一直香火鼎盛，现在更是成了南沙的一张旅游名片，参观者众。妈祖信仰最初是起源于福建，宋代时渐渐随闽人入粤，广东沿海及海岛陆续兴建了不少天后宫或妈祖神祠，祭祀妈祖。在福建妈祖信俗的基础上，南沙结合自身的地域文化特点，逐步形成了自己的一套"南沙妈祖信俗"。人在陆地上的海陆交汇处供奉海里的神，可见人是懂水与陆之间的"战争"的，也晓得哪些是属于陆地的地盘，哪些不是。到了海的地盘，自然得自求多福，祭拜能平风息浪的海上神明就必不可少了。就算不去海的地盘，人们也愿意祭拜妈祖，海陆之间的同根共源关系妙不可言。"南沙妈祖信俗"包含的内容还挺丰富的，妈祖巡游、香烛祭祀、舞狮子、粤剧酬神戏演、妈祖游灯、圣杯问卜、佩戴香袋、诞辰禁捕……都融入了南沙当地民众的民俗生活中，成为精神生活不可或缺的一部分。2009年联合国教科文组织更是把"妈祖信俗"列入世界非物质文化遗产，成为中国首个信俗类世界遗产。而今正值粤港澳大湾区时代，南沙作为大湾区地理几何的中心点，其妈祖信俗也成为沟通闽台粤港澳妈祖信众的重要桥梁。

广东水乡文化中辨识度最高的当属疍家文化。疍民，指的是长年漂流水上以船栖身的居民，他们应该比任何其他人群都更亲水，更理解水与陆地的关系。而今疍民基本上都上岸安家了，疍家文化却作为一种传统民俗流传了下来。当中最广为人知的当属疍家咸水歌。广州发现的最早记载有疍家渔歌的是明初汪广洋《交州南楼》，当中说到"碧树藏蛮逻，清歌发蜑舟"，描绘的就是疍家人一边清唱着渔歌一边快速让小舟前行的场景。这两句的前两句是"谁知岭外客，独上斗南楼"，斗南楼原址就在广州府治后城上，可据此推断这"清歌"和"蜑舟"，写的必是当时广州的渔家盛景。广州咸水歌以广州方言演唱，都是较为口语化的唱词，演唱者口随心动，大有信口拈来之感。唱得最多的当属男女爱情主题的，男女青年择偶靠什么？靠嘴巴唱呀！"说的比唱的好听"这样的事在疍家是行不通的，唱得不好，无人青睐。我有幸近距离欣赏过一回咸水歌，大为震撼。那是在一艘坐了十来人的船上，船穿梭在红树林间带我们领略湿地美景。船上有个船娘，我怀疑纯粹是摆设，明明是现代电动的船只，且有人操控，站在船头渔家打扮的船娘并无实际用处。然而毫无预警地船娘忽然就开口唱起来了，因为她有口音，所以我听不清她唱的是什么，也就听清了"阿哥哩"或者"阿妹哩"，但从她脸上的表情和其他人的起哄，多少猜得出歌词内容来。唱的每一句都是短句，大部分也就几个字，句尾多押韵，有时还衔接不太流畅，这让我更加确信她是即兴创作了。迎面有另一艘船缓缓行来，差不多擦肩而过时对方船头的船夫忽然也唱起来，虽然听不清内容，但可以辨别出两人用的曲调是一样的。正惊奇间，两人竟很自然地就接上调了开始对歌，你一段我一段，你一句我一句，直至两艘船背对着远去。淳朴而俏皮的歌声叫人恍惚，我一直以为这样的事只会出现在电视里。后来听懂行的同行者说，他们唱的是"姑妹腔"，是曲调的一种，多为对唱。咸水歌在疍家风俗中常用于婚配，独具一格。若是年轻男女唱咸水歌对上眼，便可谈婚论嫁了。水乡特有的"花艇迎亲"也是一绝。出嫁时，男家接亲的人会用精心装扮过的船艇将新娘接走，婚礼上媒婆和亲友也都会唱着喜庆和祝福的咸水歌将新娘子送出门，这场景若是入画，绝对是一幅喜庆的民俗风情画。

"易有太极，是生两仪。两仪生四象，四象生八卦。"这句话，是孔子对《周易》及其宇宙体系的高度概括，其实用来解释湿地的生态体系也甚是相宜，你所能看到的一切，无非都是海陆两仪衍生出来的结果，唯有和谐共处才能拥有平稳的未来。

今日之南沙，便有如此"觉悟"：环境养人，人构建文化，文化成就科技，科技改善环境，环境给人类更好的底气……前些日子有幸参观了南沙的码头及几家高新科技企业，大开眼界之余，更是窥探到了南沙高新产业发展背后的这个生态逻辑。最具有视觉冲击力的当属智慧无人码头。这也是海与陆交接的地方，只不过湿滩变成了水泥地，红树林变成一台台高耸的吊机。吊机不是红树，却揣着跟红树一样的心思，向海而生，根偎依陆地，有利于人类，又帮人类反哺大自然。记得那天天气不算好，灰蒙蒙的雾阻挡了大海的开阔，盖住了大海的蓝，却阻挡不住它澎湃的激情。吊机抬起巨臂把集装箱吊起、移动，不偏不倚放入连驾驶舱都没有的无人运输车中，运输车"嘀嘀嘀"忙碌地来回传送——高科技解决的不仅仅是产业效率的问题，更是低碳环保的生态问题。随后参观了解到的几个高新科技企业，大都深谙此道，把文化、生态跟企业发展紧紧捆绑在一起，三位一体。

南沙是大湾区引领带动粤港澳全面合作的三大重要平台之一，自《广州南沙深化面向世界的粤港澳全面合作总体方案》发布后，南沙必然迎来更重大的发展机遇，南沙湿地也有了更大的空间大放异彩。叫人欣慰的是就目前看来，南沙发展走的正是人与自然和谐共生的生态发展之路，海、陆两极各安其位，四象欣欣向荣，甚好。

时间的出入：

南沙虎门炮台之思

封文慧

　　如今在大众眼中，"虎门"一词除了单纯指代地域的含义之外，也许还天然与"炮台""销烟"等词紧密联系在一起，共同勾勒出我们对风雨飘摇、命运多舛的中国近代史的共同印象。但事实上，地理意义上的"虎门地区"历史悠久，是珠江重要的入海口之一，在鸦片战争前便已经存在，其东畔主要属于东莞市，西畔主要属于广州市南沙区，此外还包括江中的几座岛屿。同理，著名的"虎门炮台"也并不单指位于东莞市虎门镇的古炮台，而是包括位于珠江口东西两岸和江中岛屿上的多个古炮台。

　　在清代，虎门炮台不仅是珠江口的海防要塞，同时也承担着控制航道、管理来往商船进出的海关管理职能，也就是说，早在鸦片战争爆发前，虎门炮台就已经存在并发挥着重要的作用。经历多年时光，如今的虎门炮台早已卸下了曾经的重任，成为岁月的遗迹。有些炮台上还保存着当年的火炮，这些已经不能使用的大炮默然昂首于江风之中，只有斑驳的炮身还依稀可见当年战争的痕迹；有些炮台则只剩下炮台基座，形制各异的台墙暗堡散布江岸，与荒草树木融为一体；还有的炮台已经消失不见，被街道民居所覆盖，只能从文献中找寻旧日的剪影。

　　相对于中国广阔的领土面积而言，偏居一隅的虎门炮台只是地图上小小的一角，但正是由于它矗立于出入中国海路的重要隘口，因此这些古炮台还承载着远比防御武器更加深厚的历史重量，在某种意义上为我们提供了追问中国过去、现在和未来的独特角度。以虎门炮台为线索，沿着时间长河向上追溯，既能一窥中国古代火炮制造技术的发展历程，也能回顾鸦片战争以来风雨飘摇的中国近代史，还可以展望未来中国与世界的交流合作广阔前景，让我们更好地思考虎门炮台于今日之湾区，以及今日之湾区人的重要意义。

从土炮到"夷炮"

虎门炮台最终在清代得以建设成型的物质前提条件，无疑是火炮制造技术的产生、发展和成熟。这一点看上去似乎显而易见，但其背后却有着一条有关世界政治经济和科学技术发展变化的漫长时间线索，亦与华夏儿女的命运息息相关。

火炮在中国古代被称为"第一神器"，是中国古代火器中射程最远、威力最大的一种重要兵器，它不仅曾在封建王朝更迭的战场上发挥过重要作用，也对世界兵器的发展产生过深远影响。提起"火炮"，我们很容易在脑海里描绘出这种武器的大概形象：巨大的炮身，有粗长的炮管，可装填火药。这些结构正是构成管制火炮的基本要素。虽然随着科学技术的发展，武器装备的形态和性能已经发生了翻天覆地的变化，但火炮这类重型攻击武器的基本结构和作用理念，依然在现在的火炮身上得到了保留和延续。

"炮"字古代最早写作"礮"或"砲"，从这三个字形中，我们不难看出这种武器与石头和火药的密切关系。事实上，我们可以把抛石机看作是中国古代火炮的前身。早在西汉以前，抛石机已经被运用于战场，在攻城略地时发挥出其他武器难以实现的强大作用，只是当时还没有固定的名字。到了晋朝，有文献开始将抛石机称作"砲"，所谓"砲石"，其实也就是"抛石"，即抛出石头的意思，用"砲"来形容抛石机，可以说十分贴切。

火药发明之前，火攻是两军对阵时常用的进攻手段之一，人们常将浸满油脂、松香等的易燃物点燃，作为引火物，使用抛石机将其抛到敌方阵营，以起到纵火烧毁敌军阵地的目的。也就是说，抛石机所抛出的攻击物并不只有石头，亦可根据战场情况需要使用砖块、泥弹或者合适的纵火物。及至宋元两代，抛石机在战场上的运用已经较为广泛，也发展出了多种形制，不同形制的抛石机，其体型大小、射程和威力均有不同。

火药发明之后，逐渐开始被运用于军事进攻，展现出传统的刀枪剑戟等冷兵器所难以企及的攻击优势，抛石机也开始被用于投掷火药包，代替原来的石头、砖块和油脂球。这样一来，"礟"或"砲"这个名字已经不再适用了。到了宋代，这样投掷火药或引火物的抛石机也开始被称为"火炮"。但这个名字并非特指扔火药的抛石机，人们也把使用火药的地雷、水雷、炸弹等称作"砲"或者"火炮"。从"礟""砲"到"炮"，石头被火药取代，取之于自然的单纯的"力"被人类制造并引燃的"火"所取代，武器的威力大大增加。当然了，严格来说，宋元时代的这些"火炮"还不具备管型的火器结构，还不能算是真正的火炮。

南宋年间，以巨型竹筒为膛装填火药的射击火器"突火枪"开始出现。元明之际，在突火枪的基础上，大型管状火器开始被升级改造。元代已经开始制造大型的铜制管状火器，即青铜大炮，到了明朝初年，铁质大炮开始问世。这些新制成的原始管状火器，同样被时人笼统称为"火炮"。随着这些新式武器的诞生，原始的抛石机逐渐退出了历史舞台，被战场所淘汰。

总的来说，"砲"或"炮"在中国古代的含义较为驳杂，包括抛石机和抛石机所抛出的砖石、泥弹或燃烧物、爆炸物、化学毒物，以及炸弹、地雷、水雷等，还有后来出现的管状射击火器，都曾被当时的人们看作是"砲"或"炮"。一般而言，我们今天讨论的中国古代火炮，指的是具备大口径的管状射击结构，利用火药在炮膛内燃烧产生的气体压力推动火药弹丸发射的大型、重型古代管状火器。而同样具有管状结构的小型射击火器，一般更多地被称为"铳"。《清史文献通考》里说"小者曰铳""大者曰炮"，可以说是对中国古代管状火器的一种较为直观合理的区分方法。

南宋突火枪的发明，是中国古代火器制造技术的一次革新，也是中国古代火器发展史的一个里程碑。突火枪的构造虽然简单原始，但已经初步具有了药室、前膛、尾底、火门等基本结构，与近代火炮的构造理念是基本一致的。在实际运用中，突火枪的制作技术逐渐进步，其形制基本得到了确定，包括装填、发射技巧在内的使用方法也更加系统完善，制作突火枪的材料可能并不局限于竹子，出现了部分木制的突火枪。

以今天的眼光来看，竹木火炮显然笨重又不好掌控，但和同时代的其他武器相比，竹木火炮的优点还是十分明显的。明代茅元仪在其所辑录的重要军事著作《武备志》里，曾经总结了竹木火炮的优点，认为这种火炮虽然"一发即废绝"，不能重复使用，但它的安全性相对比较高，基本不会危及使用者的人身安全，而且由于它是一次性的，使用后的竹木火炮就不会在战后被遗留在战场上，也就不能被敌人捡取和使用；虽然竹木等材料用于制作火器时不算结实耐用，但其造价非常低廉，产地遍布全国各地，制作工艺和方法也相对简单，因而基本很少受到成本、产地和制作技术的限制，这些特点大大提高了竹木火炮在战争中的实用性；与后来出现的金属火炮相比，竹木火炮虽然体积不小，但重量上还是轻多了，在战场上的机动性强于金属火炮，而且虽然竹木火炮的威力和准头一般逊于金属火炮，但与冷兵器和形制较小的手铳相比，竹木火炮还是厉害多了，在两军对阵时杀伤力和威慑力都不小，往往能够"令敌寒心"；与此同时，竹木火炮在战争中的应用范围也比较广，不仅能够用于陆战，也能够用于海战，对使用环境没有限制，在不同的环境下也都能发挥出可靠的进攻作用。正是因为这些特点，竹木火炮被大量应用于宋代以后的军事作战中，一直到清代依然活跃在战场之上。

不过便宜方便并不意味着攻击力最强，受到材料本身性质的限制，竹木火炮的炮管的内径和强度都是有局限的，因此它的威力也是有极限的；而且竹木火炮毕竟是一次性武器，不能在战场上连续使用，这也使得攻击力的发挥大打折扣。那么有没有可能找到比竹木更结实耐用的材料来制作火炮呢？随着中国古代金属冶炼技术的发展，人们开始尝试用金属铸造炮管，以金属火炮代替竹木火炮，从而实现火炮的重复利用，并且大大提高了火炮的射程和杀伤力，火炮制作技术也实现了又一次革新。

两宋至元期间，在连年混战中，辽、金、宋三国的武备彼此影响，相互交融。作为游牧民族，蒙古族在战争中以骑射见长，原本极少制作和使用火器。南宋末年在与宋、金两国的交战中，蒙古人逐渐学习和掌握了火药和火器的制作技术，元朝统一中国后，元朝统治者从南宋王朝手中得到了制作火药和火器的设备和人才，从而大大提高了火药和火器的制作水平。元代成熟的金属冶炼技术和繁荣发达的冶金行业，也为金属火炮的出现提供了必要条件。而元朝连年征战不断，这些对外扩张、对内镇压各地农民起义的战争，也对火炮提出了很大使用需求。在这些条件下，元代出现了铜火炮，并且有不小的生产规模。从目前出土的元代铜炮来看，这时人们已经有了调节射击角度的意识，并且制作出了简单的木制炮架，以方便使用。

到了明代，社会经济得到了迅速发展，为制造技术的发展提供了经济前提和物质基础。冶铁技术的进步，使大口径的铁质炮管的制作成为可能。加上明朝统治者十分信赖火器在战争中的强大威力，重视火炮在实战中的运用，这些都为铁炮的出现提供了条件。从现有的资料看，明朝洪武年间，中国已经制作出了铁炮。由于与铜矿相比，铁矿的储藏量更大、更容易开采，所以用铁制作火炮的成本要比用铜制作更为低廉，这个特点大大增加了铁炮的实用性，使得铁炮具有比铜炮更大的发展潜力。

明代火炮的设计和制造均由政府统一管理，出现了专管火炮制作的机构和工匠，火炮产量巨大，中国火炮的发展也开始进入鼎盛时期，出现了种类繁多的制式，以适应战场的不同需要。从火炮的制作工艺来看，这时的金属冶炼技术为进一步改进火炮结构和性能创造了可能性。金属火炮的炮身和炮口均采用直筒型，与过去经常使用的喇叭形炮口相比，火炮的射程和威力均有增加。金属火炮的炮身外开始增加炮箍，从而有效提高了炮膛强度。明代火炮炮身上耳轴、提手的出现，方便了金属火炮发射时的角度调节和炮身移动；这时人们也开始将火炮加装在车上，创造了车状的炮架；为了减小火炮发射时的后坐力，人们还在火炮上安装了铁爪、铁锚等固定工具……这些措施都大大增加了火炮在战争中的实用性和灵活性。

火药传入国外后，外国也制作出了金属火炮，部分性能优良的外国火炮在明朝年间开始传入国内，又被明朝政府学习和仿造。比如，为了减小两次发射之间的间隔，吸取国外火炮的优点，制造出了使用子铳、提心铳的后装炮，使连续装弹成为可能，大大提高了火炮的射击速度。再比如，学习国外火炮，开始在火炮的炮身上加装瞄准具，明朝末年还制作出了专用的铳规，金属火炮的命中率因此也得以提高。

清代前期，国内局势未稳，加上后来的三藩叛乱，为了巩固统治，清朝的军队依然需要经常征战，清政府因此较为重视火炮的生产。到了康熙年间，康熙皇帝曾重用过外国传教士，学习了包括火炮技术在内的各种西方先进技术，并以此为契机，对国内火炮的构造和性能进行了一些改进。对火炮的重视一直延续至乾隆年间，清政府曾颁布《钦定工部则例造火器式》，列举了多种火炮的制式，加强了对火炮样式的统一规划和管理。总的来看，清代火炮的形制趋向单一，大多为直筒型炮体；除了重型火炮，还出现了许多更方便使用的轻型火炮；而瞄准具和炮车炮架的普遍使用、炮管的增长等改进，在总体上使得清代火炮的性能有所提高。

但到了嘉庆以后的清朝后期，国内的局势开始趋于安定，内部战争减少，对火炮的使用需求也随之减少。政权的长期稳定，也使得清朝统治者逐渐安于现状，贪污腐败盛行，直接导致了火炮制作技术的止步不前，而生产过程偷工减料，更使得生产出的火炮质量不断下滑。从清朝初年开始施行的闭关锁国政策，阻断了中国对外贸易交流的通道，其影响到了清末变得十分明显。在清朝社会发展止步不前的同时，西方发生了工业革命，诞生了资本主义国家，西方先进的科学技术促使制造行业得到了迅猛发展，从而制作和生产出了各方面性能都更加强大稳定的近代火炮。清政府传统的火炮制造业，因闭关锁国而完全被排斥在世界浪潮之外，加上清政府对西方科技盲目排斥，使得中国的火炮制造没能及时吸收西方先进技术，这也加剧了中国火炮和西方火炮的性能差距。在这些因素的综合作用之下，传统火炮的制造在清代后期走向衰落，开始逐渐被西方近代火炮所取代。

回望历史，在漫长的时光中，中国的火药和火炮制造技术曾经一直走在世界前列。正是由中国发明的火药制造技术通过丝绸之路被"出口"至西方，被许多国家广泛应用于军事作战，才有了火炮制造技术在西方的快速发展。可也正是因为清政府领导下的旧中国封建社会的故步自封、墨守成规，才使得闭门造车的中国火炮技术在清末迅速衰落，反而要靠引入夷炮来抵御侵略。

从土炮到夷炮，战场上的武器更迭，不过是时代变化的一个缩影，其背后是发明创新和制造技术的从"出"到"入"，也是旧中国综合国力的由盛转衰。在断绝与世界的交流合作之后，封建统治下的中国与工业革命后的西方国家在科技实力、经济实力和军事实力上均产生了巨大差异。这些差异几乎能够从时人生活的千百个细节中得到直接体现，大到火炮，小到火柴，无数新鲜事物的出现冲击着陈旧的中国，空前撼动着时人对世界的认知，直接加速了中国封建社会的土崩瓦解。

动荡岁月中的三道防线

虎门盛产海盐，发达的盐业带来了人口的增长，促使虎门逐渐发展为粤近海的重要地区。到了元末明初，虎门入海口经常有夷船、海盗和私贩活动，侵扰过往船只，明朝政府开始在此处设立兵寨，以加强海上防务。到了清代康熙年间，清政府把虎门作为重要的海上防线，开始利用虎门天然的地势修筑炮台。这时在虎门入海口，已经出现了三门炮台、南山炮台、横档炮台等早期炮台。

根据《清史稿》记载："广州海防，自零丁洋过龙穴而北，两山斜峙，东曰沙角，西曰大角，由此入内洋，为第一重隘。进口七里有山曰横当，前有小山曰下横当，左为武山，亦曰南山，为海船所必经，乃第二重隘。再进五里曰大虎山，西曰小虎山，又西曰狮子洋，乃黄埔入省城之路，为第三重隘"。自嘉庆初年开始，到第一次鸦片战争爆发之前，清政府先后在这"三重隘"上修建了共11组炮台，形成了以沙角台、大角台为第一道防线，以威远台、镇远台、靖远台、巩固台、永安台、横档东台为第二道防线，以大虎台为第三道防线，同时以焦门台防守蕉门水道，以新涌台防守三门水道的基本格局。

1840年6月，第一次鸦片战争爆发，英国军队进入广州海面，封锁了广州、厦门等处的海口，截断了中国的海外贸易。之后英军又迅速攻城略地，到达天津大沽口外。到了12月，清政府开始与英国议和，双方在广东进行谈判，但迟迟没能达成一致。由于不满谈判进展，1841年1月，英国对位于虎门的大角台和沙角台发起进攻，虽然清军紧急调动了大量兵力前往支援，但依然不敌英军。经历了短暂的停战之后，到了2月，英军在下横档岛登陆，并开始炮击威远台、靖远台，同时在上横档岛西侧水道中炮击永安台、巩固台，从而攻陷了虎门的第二道防线，进而攻破大虎台，虎门炮台彻底失守。这时的虎门炮台使用的基本是清代自制的火炮，不仅在射程和威力上远不及英国舰队所配备的火炮，还有不少因为年久失修而难以使用，这也是造成清军在这场战役中失利的重要原因之一。

至此，虎门原有的炮台已在战争中被悉数摧毁。从第一次鸦片战争结束之后，到第二次鸦片战争爆发之前，清政府重建了虎门炮台，并对原有的第二道防线进行了加固。横档台、永安台被合并为上横档台，巩固台分成了南北两台，新建了水军寮台、蛇头湾台、九宰台、竹洲台、下横档台，将原有的11组炮台增加至16组。《清史稿》中提到"自道光中海禁大开，形势一变，海防益重。海防向分南北洋。山东烟台归北洋兼辖。闽、浙、粤三口，归南洋兼辖"。从中我们可以看出，清政府加强了对海防的重视，广东也被清政府看作是南洋海防的重镇，虎门炮台的战略地位显得更加重要。

1856年，英国和法国分别以"亚罗号"事件和马神甫事件为借口，发动了第二次鸦片战争。1857年，英法联军在珠江口集结，大举进攻广州，爆发了广州城战役。由于清政府此时正忙于镇压太平天国起义，对英法联军的进攻基本放弃了抵抗，双方没有在虎门海口进行大规模交战。因此在这次的广州城战役中，虎门炮台不仅没能发挥作用，反而被英法联军全部摧毁。

从第二次鸦片战争结束，一直到清朝末年，清政府再次对虎门炮台进行了修缮和重建。重建后的虎门炮台格局有了较大变化，基本形成了以大角台、沙角台两组炮台为第一道防线，以上横档台、下横档台、威远台3组炮台为第二道防线，共5组炮台的新格局。在这个时期之前，清政府实际上没有严格意义上的海军。两次鸦片战争的教训，让清政府开始致力于仿照西方，建立近代海军。经历同治、光绪两代的努力，清政府先后建立了广东水师、福建水师、南洋水师和北洋水师四支舰队。这些舰队使用西方制造的军舰，同时配备性能先进的西方火炮，战力得到了很大提高。与这种时代背景相应，这次重建后的虎门炮台也吸收了西方经验，绝大多数炮台已经不再采用传统的中式炮洞炮台，而是改为修建西式的露天炮台和暗堡炮台。各炮台配备的火炮也不再使用老式的中国土炮，转而大量使用进口火炮，其中也有小部分由洋务运动中兴建的近代兵器工厂所制造的自制火炮。先进的西式火炮具有更高的命中率和射程，虎门炮台也因此在海防上具有了更大威力。

在此后的甲午中日战争、八国联军侵华战争中，虎门入海口没有发生大型战役，这些炮台也就一直没有被大规模使用。辛亥革命爆发后，清政府的统治被推翻，民国政府接管了虎门炮台，承担了对虎门炮台的修缮和维护工作，并在虎门地区布置了军队和舰艇群，民国军队在虎门要塞的战斗力也因此得到了大规模提升。1937年抗日战争全面爆发后，日本海军军舰于同年9月突袭虎门，广东海军在空军和虎门炮台的配合下，与日本军队展开作战，成功击退了日本军队的进攻。但由于另一路日军从惠州进攻广州，虎门炮台还是被日军所破坏。至此，虎门炮台在军事防御方面已经无法发挥原有作用，被彻底弃用了。

虎门入海口三道防线的设计，充分考虑了河道特点和周边环境，显示出中国人民卓越的战争智慧。但可惜的是，从清朝末年到民国时代，虎门入海口的这些防线均未能在战争中起到抵御敌军海上进攻的关键性作用，也未能阻挡侵略者进军中国的脚步。从大的时代背景来看，即使是在清军装备明显落后的第一次鸦片战争时期，中国军队其实也有一战之力，不至于溃败得如此迅速而彻底。同治、光绪年间建设海军，引进西方火炮，使清政府拥有了几支战力不俗的海军，但这些军队也依然在甲午中日战争中惨败。抗日战争时期，国民党军队的装备与日军装备的差距已经不再悬殊，但在对日作战时还是几乎屡战屡败。可见要想取得反侵略战争的胜利，单靠装备性能的提升和战略战术的精进是行不通的，赢取战争的关键还在广大人民身上，在于广大人民是否深刻意识到中国社会内忧外患的事实，是否有斗争的勇气和觉悟，在于整个中华民族在面对亡国灭种的危机时能否团结一心，坚持抗争到底。虎门炮台的硝烟拉开了中国近代反殖民反侵略斗争的序幕，也震醒了在故步自封中沉睡着的中国人民，在中国近代史上留下了浓墨重彩的一笔。

动荡的岁月之中，虎门的防线屡次被外敌所击溃，这道曾经掌管"出"与"入"的海上隘口，最终未能完成它的使命。但在这被压迫的现实中，中国的防线却开始在每个中国人的心中筑起，推动着广大中国人民站起来，去争取国家和民族的独立自主。

南沙虎门炮台之思

新中国成立初期，已经失去了军事作用的虎门炮台没能得到有效的维护，残留的炮台一方面遭到风雨侵蚀和动植物的破坏，另一方面也时常被人为损坏和占用。改革开放以后，虎门炮台作为近代史上具有重大历史意义的历史遗迹，开始得到政府的重视，政府先后组织人力对炮台遗迹进行集中清理修缮。现存的大虎山、上横档岛、下横档岛、大角山、威远岛、沙角山等几个主要的炮台所在区域，大多数位于东莞市辖区，只有大角山和上、下横档岛的炮台位于广州市南沙区。东莞市将保存较好、交通较为便利的沙角炮台、威远炮台，和附近的鸦片战争博物馆、虎门林则徐纪念馆、海战博物馆一起，共同组成鸦片战争博物馆旅游景区，从而使这部分虎门炮台的遗址在得到保护的同时，也最大限度地发挥了历史文化教育作用。广州市南沙区则专门成立了南沙区虎门炮台管理所，全面负责南沙区炮台的研究和保护工作，并积累了丰富的研究成果。

2019年2月，中共中央、国务院印发《粤港澳大湾区发展规划纲要》，以香港特别行政区、澳门特别行政区以及广州、深圳、珠海、佛山、惠州、东莞、中山、江门、肇庆（即珠三角九市）组成的城市群为粤港澳大湾区，着力推进粤港澳大湾区建设，提出了共建人文湾区、构筑休闲湾区的建设目标，并着力打造广州南沙粤港澳全面合作示范区。2022年6月，国务院印发《广州南沙深化面向世界的粤港澳全面合作总体方案》，为广州南沙未来的建设做出了整体规划，提出了共建高水平对外开放门户、建立高质量城市发展标杆的建设目标。作为南沙重要的历史文化遗产，南沙虎门炮台遗址不仅是近代中国革命的历史见证之一，也是近代中国对外交流合作的历史遗迹之一，具有厚重的人文意义。南沙虎门炮台为讲好南沙故事、岭南故事提供了很好的角度，也是能够体现南沙海洋文化特色的代表性遗址。不论从南沙自身的高质量发展目标来说，还是从粤港澳大湾区建设的全局工作来看，进一步做好南沙虎门炮台遗址的研究保护和开发利用工作都是十分必要的。

就南沙本身而言，发动力量建设南沙虎门炮台遗址景区，或者进一步设置遗址公园和主题博物馆，是保护利用南沙虎门炮台最直接的策略，其方案的规划和执行都可以在南沙独立完成。但不能回避的问题是，南沙虎门炮台与东莞虎门炮台本是一体，在东莞鸦片战争博物馆旅游景区已经发展成熟的前提下，另外对南沙虎门炮台采取相似的开发规划，也许是一种重复。从区域整体布局来看，由两地分别管理，也无法最大限度地展现虎门炮台的全貌。如果有可能，实现广州南沙与东莞虎门两地古炮台管理的协同合作，不管是在人文历史意义上，还是在旅游资源的开发上，都能够取得更好的联合效应。

"粤港澳大湾区"这一地区命名的提出，其核心思路其实是打破香港、澳门和珠三角九市之间的行政区域划分的限制，最大程度地发挥本地区的地理位置和经济实力优势，推动和形成全面开放的新格局。这既是要求我们从固有的地区分立、各自发展的传统思维中"出"来，从大湾区的整体建设的需要出发，加强地区之间的交流，进一步建立互利共赢的区域合作关系；也是要求我们始终以形成全面开放的新格局为目标，从本地区实际出发，携手周边城市深化改革、扩大开放，让大湾区整体的建设规划和国际合作机会能够进"入"每个成员城市。相应的，结合粤港澳大湾区建设的背景，如果以当代的眼光来看，历史上的虎门炮台的名字已经不够贴切，广州市南沙区虎门炮台管理所的研究者黄利平在《大湾区海防炮台形制及历史作用》一文中，就用"大湾区海防炮台"来指代大湾区留存的各个古炮台，这一理念将两地的古炮台遗址从命名上形成统一，为我们实现大湾区古个炮台的整体保护和利用提供了一个很好的前提和思路。

《粤港澳大湾区发展规划纲要》在论述粤港澳大湾区的发展基础时，特别提到大湾区内的城市群具有良好的合作基础，香港、澳门与珠三角九市是文化同源、人缘相亲、民俗相近、优势互补的。所谓文化同源，既是中国历史文化的同根同源，也是岭南地域文化的同根同源。近代以来大湾区城市群所走过的风雨历程，从某种意义上看，可以说是从整体到分裂，又由分裂重新回到整体的过程。虎门炮台既是这一过程的见证人，也是参与者。林则徐虎门销烟，后来成为第一次鸦片战争的导火索；而在这次战争中，清军在虎门炮台局部战争中的失利，亦是清政府在第一次鸦片战争中失败的缩影，直接导致了香港被英国侵占，也为后来聚居澳门地区的葡萄牙人相继侵占澳门南面的凼仔岛和路环岛埋下伏笔。我们应该看到，虎门炮台的人文历史意义，在大湾区城市群之中、在大湾区人民之中是更加丰富具体的，或者可以说，虎门炮台具备成为联结香港、澳门和珠三角九市历史文化的纽带的充分条件。在炮台遗址的保护和开发过程中，我们不仅要将其本身与中国近现代历史的大背景联系起来，充分挖掘和展示其海防作用及人文内涵，也要重视和强调它在大湾区的独特历史意义，发挥其沟通湾区城市人民共同的故乡记忆和爱国感情的潜在作用。这对于我们凝聚粤港澳大湾区城市力量，增进粤港澳大湾区人民感情，让人民对湾区更有归属感，从而更好地建设和发展湾区是非常有益的。具体到南沙虎门炮台的实际工作中，以更广阔的湾区视野对南沙虎门炮台进行文化阐释，是我们在目前的条件下合理打破地域局限，将南沙虎门炮台做出特色品牌的可行突破口。

在珠江入海口之畔，南沙自古便是经海出入珠三角的门户的组成部分，也是现在的粤港澳大湾区城市群的中心地带之一。时间的出入在南沙留下的痕迹，亦是历史的出入在大湾区留下的痕迹。由南沙虎门炮台这个小角度切入展开的思考，是从历史出发立足当下南沙，从现实出发展望未来南沙的一个侧面。相信随着南沙建设、粤港澳大湾区建设的不断深入，南沙虎门炮台将焕发出勃勃生机，南沙也将逐渐完成向高水平对外开放门户成长的过程，在新的时代中走向更美好的明天。

希望
之港

张　霖

在不久将来的某天，人们已经习惯享受中国沿海遍布的大型智能化无人码头所带来的高效和便捷。翻开厚重的中国航运史，他们会发现原来当年点亮完全独立自主智能化码头希望之火的地方叫作南沙港。

一

黑！漆黑！

远处随波漂荡的灯塔，在无尽的大海中是那样的"孤苦伶仃"，它那"微弱"的灯光只是让夜显得更黑。放眼望去，水和天都成了一个颜色，那是深夜赋予它们的"礼物"。

亮！敞亮！

眼前的码头灯火通明，甭管龙门塔吊有多高，却还有灯儿比它高。俯瞰下，码头上有着一堆堆由无数个集装箱搭起的"糖堆"，而披着红色外套的IGV就像辛劳的蚂蚁那样，将发现的"糖"在"塔吊巨人"的帮助下有条不紊地转运到指定的存放地点。

这些场景早就在世界各地的大码头中屡见不鲜了。但如果仔细观察，却能看出包含在一样中的诸多不同。

首先第一个就是"蚂蚁"无"头"，且多了四只"手"。残破的平头托卡也好，霸气外露的"彼得比尔特389"也罢，这些"擎天柱"的原型们都有着巨大的车头以及硕大的平躺方向盘，司机大佬们在狭小的空间里"辗转腾挪"，就为了让这些"老蚂蚁"能够稳稳地停在指定放"糖"的位置。而眼前的这些"新蚂蚁"没有"头",反而多了4只掌心朝天的"手",一副安能辨我是"头尾"的架势。但就是这样一只只"无头无脑"的红蚂蚁,却排着"一字长蛇阵"的队形,极富节奏地在码头上穿梭。别看人家无头,但是在龙门塔吊下却停得分毫不差,轻轻松松接过塔吊放下的"糖"后,又优哉游哉地向指定存放点驶去。一只、两只、三只,每一只"无头蚂蚁"都在有序地排队,接糖,再送往远方,然后又井井有条地回来排队。

而另外一个不同就是,在码头上"万物之灵"消失了。忆往昔,码头可是一个实打实的劳动密集型产业所在地,古今中外大大小小的码头都聚着一批批的人们。从"挑夫"到"码头工人",再到机械化码头时代,随着分工的精细化和机械化带来的效率提升,码头上早已不再人流涌动。但在这里,龙门塔吊上的操作师傅不见了,IGV连驾驶室都取消了,更别提司机了。黄灿灿的灯光下,偌大的南沙港四期1号泊位竟然看不到半个人影。

"诡异"的事情在这里可是多了去了,一辆IGV在从远而近驶来,忽然就像踩了一脚油门一样,突然飙了起来,但转瞬间它又在路口仿佛被踩了一脚重刹一样迅速地停了下来,没有驾驶舱的车头轻轻地点了点头,随即不急不慢地转了一个90度的弯。但它还没有完全从视野中消失时,后面又跟上了一台编号为"007"的IGV。忽然,刚才还纹丝不动的塔吊这时已悄悄运作了起来。吊机已经移到与塔吊垂直摆放的集装箱上空。

这些或两层或三层的集装箱排列得整整齐齐,前后相接,宛如一条长龙匍匐在码头之上。说时迟那时快,刚刚移动到待转运集装箱正上方的吊机,立即"四手齐下"。只听"啪"的一声,"四手"将集装箱牢牢抓稳。"嗞"的一声,在起重机的加持下,"四只手"慢而稳地收回，吊机随后平移到卸货点。那些没有"头"的IGV早已在此等候。"嗞"低沉的电流声再次响起，"四只大手"将刚才还捧在"怀"里的集装箱匀速放下。随着"咣"的一声，以及IGV的轻轻晃动，集装箱被稳稳地放在IGV的"背"上。当"大手"收回，背负重任的IGV无声无息地启动了，慢慢向下一个目的地驶去。而它留下的空缺，转瞬间就被下一辆IGV所取代。

所有的一切形成了一个周而复始的循环。无论是塔吊还是IGV的运作都井然有序，仿佛一套设计精良并且已经上足发条的自动港口模型，在那里运转不停。一切是那样的不可思议。可，人去哪了呢？

日有日的样子，夜亦然。此时早已夜深，伫立在南沙港码头四期的智控大楼是那样的静悄悄。然而，虽"静"但不"黑"。位于楼内，只不过占了半层空间的指挥控制中心里灯火通明。如果说整个智控大楼像人的头部一样，那么这位于前端的指挥控制中心就像人的眼睛一样，紧紧地盯着眼前南沙港四期的一举一动。它靠的不是人眼，而是遍布港口各地，不计其数的高清摄像头群。而它们采集到的信号，转眼就铺满了每一个控制员眼前的或四块或六块的屏幕组。控制员们紧紧地盯着屏幕，观察画面的变动，以及各种在屏幕上跳动的参数。桌面上还放着一个硕大而且布满了各种按钮的手柄。乍一眼望去，跟游戏手柄十分相像。只见操作员一推一按之间，一个个硕大的标准集装箱在大船上就被抓起，然后被转运到指定的地方。

原来人都在这个地方，这个码头并不是完全真正的无人。这也让我想起多年来的"自动化"究竟需不需要人的争论。龙穴岛外即是宽阔的海面，时而轻柔时而狂暴的海风在这里毫无障碍。不但如此，在河流与海流交汇的此地，天上的风与水下的暗流的共同作用下形成了变化难测的海浪，让哪怕已经是十万吨级的集装箱货船仍然会产生不规则的摆动。这对于"抓箱子"的操作员而言是一个严峻的考验，无论是对人还是"AI"都是。因此，这个集装箱转运过程中风险最高的操作，无论国内还是国外，都是由人来负责，哪怕是国外那些已经赫赫有名的自动化码头也不例外。虽然这一个环节体现了人在自动化实现过程中的重要性，但也让我陷入了更深的思考。如果人的作用仅仅局限于此，那么人只不过是这条"自动化"流水线上稍显特殊的一个环节，就仿佛是一座巨大机器上一个特殊规格的螺丝一样。哪怕这个螺丝的规格再特殊，也不是这个机器的主宰，而仅仅是其中一个部分而已。

人在"自动化"中到底充当了什么角色？这是一个问题，但不仅仅是一个问题。

二

"蝉噪林逾静，鸟鸣山更幽。"

回荡在指挥控制中心的按键声，让这里显得格外的安静。所有的人都在自己的工位前，密切注视着码头中集装箱动线上的一举一动。常说"无声胜有声"，此时此刻要的就是无声，因为它代表着一切正常。

有时，正常是常态。而有时，正常却是非常态。那天属于后者。忽然警报声打破了沉寂。桌面上不停闪烁的红光也给LED灯下的控制室染上了令人不安的颜色。屏幕上跳出的警示信息，时时刻刻提醒着工作人员，刚才还运转正常的系统，此刻出现了问题。问题的根源是一辆IGV，症状是"趴窝"了，而原因则是它的液压系统出现了故障。虽然这事已经不小了，但也不过仅仅是一道"开胃前菜"，更可怕的事情会接踵而至，那就是因为它的"趴窝"导致了整个IGV车队无法正常运行，进而无法完成集装箱转运工作。再勤劳的"蚂蚁"也会有生病的时候，关键是要及时给予照顾，还要同时保证原有体系的正常运转。不管是什么系统，总会在不经意间出现各式各样的问题，这些都不是问题。真正的问题是应该如何去解决它。

"开会！"两个字短促而有力。话音还未落下，就有几个人从椅子上站了起来，转身背对着显示器，大步流星地往指挥控制室的门口走去，然后径直走到旁边一间小会议室。

众人在一张长椭圆形的桌子旁坐下，唯独刚才喊"开会"的人伫立在桌边。他大手一挥，再次开口："我们没有时间了，长话短说，说重点。"此时此刻，现场所有人都神色凝重地看着他。

"液压系统故障，需要修多久？"他是一点气口都不留，前面一句话的余音还在，下一句就砸了出去。接话的人，也是沉着冷静，他挺直坐在椅子上略加思索，三秒后给出了答案："一个小时。"

"那这一个小时，现场如何安排？"

"先叫吊车将发生故障的IGV吊走，接着立即抢修。"

"好！就按这个方案做。等IGV吊走后，立即重新编队。"

"好！"

连"散会"这两个字都没说，会就像旋风一样来了，也像旋风一样去了。所有人站起身来，离开会议室，重新进入指挥控制中心，去迎接新问题带来的挑战。

可是，他们急什么呢？是什么让他们如此紧张？原来这天在这里举行的是一场实打实的模拟演练。说"实打实"，是因为确确实实是有一艘满载集装箱的货船在南沙港四期1号泊位停泊卸货。而留给工作人员的时间，从靠船到货物完成装载驶离，立有为期24小时的军令状，无论如何都要在规定时间内完成一切动作，任何原因都不能成为船只延期出港的理由。

这是在南沙港四期自动化码头正式投入使用前，无数次测试中的其中一次。设备是新的，系统是新的，理念是新的，除了一批从事港口工作多年的资深人士以外，一切都是新的。不但如此，这种新不单单是全国首例，更是全世界首例。都说第一个吃螃蟹的人是勇敢的，因为他已经为后人开启了一条切实可行的道路。后来人纷纷沿着他走过的路，有经验可借鉴，有未来可期许。从某种意义上来说，做一个"尾随者"是一件成功概率较高的好事。但广州南沙港没有，他们放弃了原来的"螃蟹"，换了另外一种"螃蟹"，成败未可知。毕竟古往今来已经有了无数的案例，理论上看起来完全可行的事情，在实操中变得一塌糊涂。南沙港吃另外一种"螃蟹"无疑需要更多的勇气和理由。

2019年，当具有30多年港口工作经验的广州港南沙四期总经理何叶科代表广州港，在阿联酋迪拜举行的码头智能化解决方案交流论坛上提出要建设全国产自动化码头的"广州方案"时，引起与会国际专家的一片质疑。专家们纷纷表示，该方案放弃在各地都验证过的"磁钉"方案而改用5G和北斗定位，在全球现有技术水平下，实现精准定位以及最优路径规划几乎难以实现，不可思议。

"磁钉"就是那只旧"螃蟹"。这个起源于德国的技术，早已在美国纽约港等大港推广使用，而且就算是在国内也已经在青岛港等地落地生根。毫无疑问是一个非常成熟的方案。"磁钉"方案从技术上来说，通过在靠近泊位的道路上放置强有力的磁钉，用其散发出来的磁力为引导，引导着AGV（自动引导运输车）在堆场和塔吊间来回穿梭。

但无论任何方案的诞生，都必然是在利弊当中做出合理取舍的结果。"磁钉"方案集中布置在港口堆位的最外侧，在这个狭小的区域内，凭借磁力可以实现引导运输车的定位和自动运行，稳定和可靠性都比较高，但也有其局限性，在没有磁钉布置的区域，AGV就如同突然失明了一般，哪怕是知道去哪里，却不知道应该怎么去。AGV将集装箱一趟趟运送到堆放区，越堆越多。箱子之间的转运只能依靠大型的塔吊机转运到指定的地方。看似十分合理的运作，但无论是对堆场前的道路、堆场，还是对于塔吊机本身或是运输吊轨等，在强度、承载量等方面都提出了十分严苛的控制要求。不但如此，垂直的堆场设计加上塔吊吊轨覆盖范围的限制，也使得堆场在水平布置方面存在着明显的问题。一方面需要在堆场建设、塔吊设备和配套上投入大量的费用。另一方面，也会在港口设备上形成"军备竞赛"。但即使如此，"磁钉"方案加上堆场垂直布局的先天劣势仍然无法弥补，更何况现有港口在改建为"磁钉"自动化码头时投入巨大。这些都是摆在港口营运者面前不得不思考的现实问题。

沿用原有的码头建设方案是否可行？毫无疑问，开启新的泊位，自然能够增加货物的吞吐能力，旧有模式轻车熟路，无论是人还是设备，都是熟悉的配方。这样出错的概率会小很多，也能为南沙港带来更大的吞吐量。虽然是保守一点，似乎也是一个可以接受的方案。但实际情况并非如此。

粤港澳大湾区拥有非常好的港口群，光年货物吞吐超过万亿吨的就有香港、深圳港、南沙港、东莞港和江门港，还有吞吐量近万亿吨的佛山港以及正在快速增长的中山港，而"邻居"湛江港也是万亿吨大港俱乐部的成员之一。南沙港在竞争激烈的珠江三角洲港口群中取得如今的地位，是一点一点拼搏出来的。所有人都知道，要在未来仍然保持南沙港的影响力，不能满足于现状，还要百尺竿头更进一步。支持粤港澳大湾区建设，增强港口群整体国际竞争力，既是国家对广州的要求，也是南沙这个千年古港发展的机遇。

知己知彼，方能百战不殆。香港和深圳的优势在于拥有天然良港，受潮汐影响小，船舶进港距离近、时间短，码头装卸效率高。凭借这一优势，尽管两地都面临港口用地紧张的现实困难，但仍然长期将年总吞吐量保持在高位。其他的粤港澳大湾区大港都位于国内生产制造重镇，当地的原材料进口和成品出口需求旺盛，也造就了这些港口的快速发展。

而南沙港所在的地理区位及岸线资源优势突出，在加强航运物流、水陆中转、铁水联运，以及深入推进广州、佛山、中山等湾区内港口合作等工作之后，枢纽作用将会更加突出。如果将上述工作比作"外功"的话，那么提升装卸效率就是练"内功"了。这才是南沙港未来的发展方向，不但要数量大，更要效率高。

那么，有没有效率更高而且投资成本较小的方案呢？这值得所有人深思。但放弃现有已经被国内外验证过多次的成熟方案另辟蹊径，这无疑冒着巨大的风险。大部分人都会望而却步。毕竟项目的竣工仅仅是开始，而并非结束。如果罔顾当地实际情况，照搬照抄，或者是盲目创新，最后的结果恐怕会与设想南辕北辙，提升装载效率的目标也将难以实现。这对于每一位有心进取的人而言，都是两难的问题，他们从一开始就要面临无法估量的挑战。

三

解决问题的关键并不在于巨量的人力、财力投入，而是在于要准

确地找到核心问题并顺利解决，随后问题就会迎刃而解了。

"磁钉"系统的痛点在于AGV的运行范围小，只能依靠塔吊频繁地长距离来回抓放来实现集装箱的定点堆放。这造成了基建成本、设备成本以及运作成本的高企。尽管这些成本比传统码头已经低了许多，而且效率也有大幅的提升，但有没有更好的办法可以对成本进行再次压缩呢？

答案是显而易见的。只要能解决引导运输车在堆场内的大范围行动问题，问题就解决了一大半。而要解决运输车的行动问题，要有宽厚的"背"用于承载，要有强壮的"腿"以便行走，要有明亮的"眼睛"用来观察四周，还要"耳聪"确保每一条指令都能准确到位。这些功能虽然都很重要，但都不是最关键的。最重要的是它能够时时刻刻知道自己所处的位置。因为只有精准的定位，它才能精准地停在指定点，让塔吊抓取与放落集装箱。任何事情都不可能百分百精确，因此在系统设计时会有一个偏差的范围，而这一个范围是必须在3厘米以内，这对于一个超过40公尺的标准集装箱而言，是一件非常困难的事情。毕竟这不是往昔在考场考驾照，不是说通过后视镜瞄着某些特殊的点就能一把到位的。偌大的智慧型引导运输车（IGV），靠什么才能精准定位呢？是靠在车头、车尾伸出的四支"铁手"。它们水平伸出，"掌心"不但朝天还各自托着个"宝贝"。"宝贝"里藏着接收器，用于不间断接收高精度北斗卫星定位信号。定位信号完成收集后，迅速送到车载系统，计算分析车辆的定位信息，并对IGV的下一个动作做出指令。这一方案十分完美，通过我国拥有完整独立知识产权的北斗卫星定位系统，不但能满足IGV精准定位的迫切需求，也能彻底避免重要时刻被GPS断网的风险。

但意想不到的事情发生了，虽然IGV顺利做出来了，却不时会出现停靠位置大于误差许可范围的情况。对于繁忙的港口而言，IGV停靠地点不准问题绝对是灾难性问题。因为只要发生一次，就可能造成码头的拥堵和集装箱装卸工作的停滞。也正因如此，能否完美解决引领运输车的精准定位问题，成了所有自动码头能否正常运作的关键之一。

是接收设备的精度不够？是所在点位的卫星信号较弱？还是系统匹配出了问题？一个现象出现的背后常常是包括了无限的可能。而这也是当年国际码头专家们在迪拜对广州自动码头方案的质疑理由之一。没有精准的定位，码头自动化将成为无源之水。

南沙港建设者们没有在意外界的议论和喧嚣，而是埋头检查各个零部件和系统的磨合与优化。但问题依旧没有得到完美的解决。问题出现在哪里呢？一次次的失败后，渐渐大家将目光放在了那掌心朝天的"铁手"上。那"四只手"在经过水平调试后被直接焊接在IGV的身上。优点就是结实抗造，不会受到集装箱放落冲击力的影响。但也正是因为它是刚性连接，其与车身的角度是固定不变的。当IGV通过一些不平整的路面时，或者发生一定程度的侧倾时，这些"铁手"中的一个或者多个就不能再保持水平了，而是与水平产生一定的夹角。常言道，失之毫厘差之千里，更何况它们需要时刻与在太空的北斗卫星索取位置信息。哪怕是与水平发生了1秒的夹角，也有可能对车辆的四角定位发生偏差。这或许就是IGV总会在某些特殊的点发生偏差的原因。

此时此刻，昔日外国港口专家此起彼伏的质疑声，在困难面前仿佛通过了扩音器一般，是那样的响亮，让人们心中无比压抑。实践出真知。南沙港建设者们二话不说，将原有北斗卫星定位接收装置的支架拆了，换成了可以随时进行微调保证接收装置时刻保持水平的可移动支架。这批新的支架，可以做到接收天线左、右倾斜的角度随时调整，还实现连接臂伸缩，整体天线支架更能围绕安装轴做平面360度旋转。问题迎刃而解了吗？这只是一个美好的愿望，就像人们在蜿蜒漫长的隧道中遇上了塌方，当陷入绝境之时，忽然见到一缕曙光。虽然这微弱的曙光能够点燃大家的希望和斗志，但曙光仅仅是曙光，并不代表完完全全就能突破障碍。

但曙光至少说明有一个方向可能会走得通。科学是极为严谨的。松紧的旷量需要预留多少？或许少一分则太紧，多一厘又太松，唯有恰到好处才能充分发挥作用。可什么是恰到好处呢？纵然如今通过大型计算机，工程师们可以较为准确地估算一个大致的范围，但仍然需要通过不断地调试，来寻找最佳的数值。更困难的是，IGV的精准定位和自动驾驶，不单单依靠"北斗"卫星定位系统，还包括5G系统、自动港口管理系统等多个系统的综合体。任何一个参数，哪怕是一个细微角度的变化，在对应的系统中都要做出验证和调整。尽管如此，烦琐和纷杂也不能阻挡被曙光照耀的人们。他们在各自的岗位上，纷纷挥舞着"镐子"，挖掘着一条通往光明的道路。

每一次调整，都会带来系统的优化。在这里，优化是一个中性词，因为有正优化，自然也有负优化。最佳的优化方案，就是在无数次的正负优化摇摆之间诞生的。没有人知道这个问题的最优解什么时候能达成，有时甚至是隧道都快通了，一"镐子"下去又是大面积的塌方。

没有近在咫尺的强大"磁钉"，只有远在天边的"北斗"，到底能不能实现厘米级的精准定位，能不能让理想成为现实，参与南沙港四期建设的人们都憋着一口气。"舍近求远"，到底行不行？每个人都在想，这脸不能丢，国内不行，国外更不行！他们斗志昂扬，因为知道没有任何的退路。南沙港四期自动化码头的设计思路前无古人，没有任何港口的经验可以借鉴，只能靠自己一步一步走。他们的每一次有计划的尝试，都让问题距离解决更近了一步。

为了加快进度和对IGV进行严格的测试，负责IGV项目的核心技术人员聚集在一起。他们在上海振华的长兴岛基地进行IGV单小车的测试。他们需要进行实地演练，从而确保IGV功能的实现。换句话说，他们要确保IGV的合格上线，在这过程中发现的每一个细小问题，都是为南沙港的正常运营提前排雷。终于，在无数次的试验和反复认证后，具体的参数被确定了下来，自此就没有发生过超出误差范围的事情。大伙总算松了口气，这最难的一关总算是闯过了。毕竟IGV是南沙自动化码头运作过程中，将岸桥和堆场承上启下的最重要环节。没有IGV的成功，南沙港四期自动化码头中国方案就不能实现。

四

但能做不一定能做好。毕竟，"做"和"做好"是两个完全不同的概念。好"武器"要配能人，好马也要配好鞍。南沙港四期自动化码头能不能正常而且高效运转，还有许多的因素要考虑。毕竟一个水桶的最大盛水量，取决于最短木块的长度。南沙港四期要充分发挥其枢纽作用，这"木桶"的所有"木块"都要足够长。一个也不能少。

为了实现这一目标，南沙港四期在国内率先启动了多项领先技术。这一切早在设计之初就已确定下来。2020年5月9日，广州港集团南沙港四期工程的第一根桩下地，"广州方案"正式进入了陆域建设阶段，综合地理环境特点和经济效益等因素，广州港集团联合中交四航等参建方，专门设计了一套因地制宜的"水工施工方案"，创立了中国港口建设的五个首例：首例大型钢管组合板桩、首例泡沫轻质土技术应用于港口工程、首例综合管沟应用、首例"海绵"港口、首例超长分段胸墙混凝土结构。所有的土建建设工作，紧紧围绕设备上岸的时间节点，列出清单，昼夜不停24小时建设。

2020年9月，广州港集团南沙港四期工作组、华东软件开发组、上海振华港口设备研发组集中在山东烟台的养马岛，进行为期一个月的"封闭式组合研发工作"，对控制与保证"广州方案"南沙港四期码头顺利运转的三个"大脑"，即码头操作系统、智能调度系统以及设备控制管理系统进行紧密研发。其中烟台华东电子科技有限公司是研发的主力团队，是已经参加了100多个港口软件建设的中国自主品牌企业。但世界上没有两片雪花是完全一样的，哪怕是再完善的TOS（码头管理系统）的开发商，也不能保证能完全实现一个新码头的需求。何况，南沙港四期采用的是首创的"广州方案"。

南沙港四期在与时间赛跑，各项工作都在同步推进。与此同时，南沙港四期工程的第一批核心硬件，也在上海振华重工集团的生产基地紧锣密鼓地生产着。尽管该集团已经是全球销量第一的港口设备生产企业，但是南沙港四期全新一代的自动化设备订单对其也是不小的挑战。而重中之重的就是全球首创的北斗导航IGV。它集成了"北斗"导航、5G技术、激光雷达以及视觉影像定位技术，能根据接收到的指令，在放置集装箱后，通过智能算法自动规划路径，在码头和堆场间自由穿梭，将集装箱运往目的位置，实现了从自动化到智能化的历史大跨越，是更为先进的前沿科学技术。

在各方的共同努力下，一场影响未来港口自动化发展的大变局正在徐徐拉开帷幕。2021年1月26日，第一批大型港口设备从上海出发运往广州南沙。也就意味着对于南沙港四期建设最为关键的第一个安装与测试阶段即将开始。从这批设备上岸的第一天起，南沙港的运行调试工作就一天也没有停下来，每一个环节甚至是每一个人都像大型机械中紧密咬合的齿轮一样，一环扣一环。其中一位参与者回忆道："最直观的感受，就是对讲机一直在叫，哪台车有什么问题，人员几乎是没有任何休息的空当……"

所有人都要面对巨大的压力。而这种压力来源于南沙港四期是真正意义上的全球首创，完全没有可以借鉴的经验。而各种BUG（错误、漏洞）在整体运行测试中，不断以各种方式显示它们的存在。毕竟每多一创新点，就化成技术难点，而且关关难，又关关相连，这让项目的所有参与者都付出了更多的时间和努力。南沙港四期IGV一共通过了16大项163个小项的5000多次IGV自动化研发测试，攻克了IGV高精度厘米级定位的难题，不但如此，路径还灵活多变，精准直达每一个箱位。

2022年1—6月，四期码头共联合调试运作了183天，完成测试船舶2787航次，装卸船达19.12万标准箱测试箱量，发现1009项系统问题，解决了720项技术漏洞。

万事俱备，南沙港四期启动实船作业。2022年6月19日早上8点，一艘长188米、宽28米、装卸量为2301个自然箱的货船停靠南沙港四期码头1号泊位，开启实操实战的装卸作业测试。也正是前文提到的IGV发生故障的测试。

时间一分一秒地过去。所有的人都在急切等待检修人员的回复。虽然一辆IGV的故障，并不会对整个实船装卸任务的完成产生决定性的影响，但毫无疑问的是，这对于原来已经规划好的行车线路必然产生影响。更令人焦虑的是，这是偶然的事故，还是会在任务执行的过程中持续出现？实测就是实测，哪怕IGV已经历过数千次测试，一旦进入实船测试，那就是不一样。每个人的心中都明明白白。指挥控制室里，大家都在焦急地期待着答案。不管答案的好与坏，起码心里都能有底。

"沙！"对讲机通了，首先传来的是空旷的背景声，接着能听到其他正常运行的IGV发出的"滴滴滴滴"的声音，那声音忽大忽小，时远时近。

"情况怎么样了？"

"液压装置正常。没问题。"

这是一个好坏参半的消息。好消息自然是设备硬件没故障，能正常投入使用。而坏消息则是这一情况很有可能是出现在控制系统当中。一场新的会议立即开始，尽管已是半夜三更。

一轮排查下来，原来是遍布IGV身上的各种传感器发现这辆IGV在转弯时，箱体发生了倾斜，而且还大于系统的设计值，接着就触发了IGV的安全保护装置，提示车载液压系统故障，采取刹车措施，从而避免集装箱的翻落。这就是实战演练的意义所在。满载的集装箱分量满满，行驶速度较快再加上转弯的离心力以及本身就高的重心，一下子就暴露系统的大BUG。发现了问题，就要马上修改。工程师给出的方案是适当增加集装箱倾斜角度的上限，从而避免相关现象的再次触发。他们需要更新的不仅仅是这台出现"故障"的IGV，而是现场全部的IGV。当通过5G通信模块更新全部IGV的参数设定后，这个问题才算得到了完美解决。IGV车队又开始齐齐整整地在码头和堆场之间来回穿梭，又变回一只只勤劳有序的"红蚂蚁"。清晨时分，实船装载测试圆满完成，货船鸣着长笛载着满负荷的集装箱，稳稳地驶向远方，直到从水平线上消失。

然而谁也不知道，下一个BUG会何时以何种方式出现。继续开展实船作业测试，无疑是南沙港四期正式投入运营前的重要工作。从单船到双船，南沙港项目组一次次上难度，排除故障，优化系统。

2022年7月28日，全球首个江海铁多式联运全自动化码头——广州港集团南沙港区四期全自动化码头正式投入运行，这也是粤港澳大湾区首个全新建造的自动化码头。随着"华达609"等三艘大船陆续靠泊广州港集团南沙港四期码头，现场10台岸桥、20台轨道吊、50辆IGV按照信息系统发布的指令，通过智能算法，自动完成装卸生产作业，整个过程行云流水，作业区内"空无一人"。

天高海阔。设计年通过能力490万标箱的南沙港四期全自动化码头，具备同时作业4艘大船和16艘驳船的能力，完全投产后南沙港区集装箱年通过能力可超过2400万标准箱，位居全球单一港区前列。珠江向海，加快世界一流国际航运枢纽建设，提升粤港澳大湾区港口群总体服务能级，更好服务国内国际双循环新发展格局。

2023年3月，在南沙港正式投入运营6个月后，我在南沙港四期智控大厦的展示大厅，通过展览了解南沙港的现在、过去与未来。

传统的自动化码头方案其实已经在中国实施了一段时间。磁钉和垂直分布的堆场设计方案有其自身的特点，AGV智能在堆场最外侧磁钉分布的区域活动，因为它完全依靠磁钉。而集装箱的堆放完全依赖岸桥和轨道吊。这样的安排使得对港口基建要求以及设备要求都非常高，在传统方案中使用的都是双小车方案，投资巨大，而且导致堆场必须垂直化，尽量减少空间使用以符合岸桥和轨道吊的覆盖范围。

而"广州方案"得益于IGV可以在堆放区内自由规划行驶路线，承担了所有的集装箱转运工作，水平化的堆场设计方案非常符合南沙港作为江海转运枢纽中心的地位，可以实现港口与铁路的无缝衔接，而且也大大降低了对岸桥和轨道吊的使用强度。在全球首次采用的单小车自动化岸桥，较双小车自动化岸桥作业流程简化，整机较其他自动化码头的双小车岸桥轻约800吨，这些减轻的重量也降低了港口基建建设的压力。

"广州方案"的优势不仅于此，IGV的引入，大大减少了轨道吊的投资和运营成本。得益于"广州方案"，南沙港的建设成本比传统的自动化码头"磁钉"方案有了大幅度的降低。对于一个港口而言，日常运作成本是其能不能在激烈的竞争中长期立于不败之地的重要因素。南沙港四期通过半年的正常运营，其运营成本比传统的自动化码头方案低40%。这也让新生的港口在运营方面获得巨大的成本优势。而更为重要的是，该方案拥有目前世界上智慧港口的最先进功能，包括5G技术应用、无人驾驶智能导引车、智能闸口、智能理货、人员定位管理系统以及国产自主研发的TOS系统、调度系统和设备控制系统，打破了国外TOS系统对自动化码头的垄断，实现了纯国产化，彻底解决外国"卡脖子"问题。

基于南沙港四期工程取得的专利近70项，其中发明专利30多项。中国沿海的各大码头近年来陆续掀起自动化和智能化的热潮。"广州方案"的低建设成本和高效运营优势，极大降低了旧码头改造的难度和投资额，为其开辟出一条新的道路。

未来，国内的众多港口将借鉴"广州方案"，沿着南沙港的探索轨迹，实现其自身的智能化改造。或许从这个意义上说，崭新的南沙港四期承载的不仅仅是其在粤港澳大湾区发展进程中的历史重任，是世界级未来港口的中国探索，更是肩负中国港口未来发展方向的希望之港，不断迈向辽阔未来。

南沙码头与
海上丝绸之路

高　旭

2006年7月18日上午，广州南沙客运港码头，一艘巨型轮船缓缓靠岸。这艘名为"哥德堡号"的瑞典仿古商船，在时隔261年后再次抵达广州。作为东西贸易的桥梁，新"哥德堡号"串联起新旧码头，讲述了由大航海时代到21世纪的百年故事。

向海而生："哥德堡号"的冒险

千百年来，人类从来不是孤独地行走于天地间，对未知领域的探索也一直没有停止过。当桅杆升起，船桨劈开波浪，一场未知的冒险也由此开启。

公元15至17世纪是欧洲历史上的大航海时代，欧洲人的视线开始投向海洋。1488年，葡萄牙人第一次穿过非洲最南端的岬角抵达印度，1492年，哥伦布第一次航行至美洲大陆，1519年，麦哲伦从西班牙的塞维利亚港出发，完成人类第一次环球航行……在此后的数百年间，水手们一直在寻觅新的抛锚处。伴随着无数新的远洋航线的开拓，东西之间的文化交流与互动逐渐加深，各国间贸易繁荣兴盛。海洋贸易催生了近代金融业，随着航海技术的发达，涌现出一批港口城市。

哥德堡市，瑞典第二大城市，位于卡特加特海峡约塔运河畔，是瑞典最大河流约塔河的出海口。这座位于斯堪的纳维亚半岛的"哥特人之城"，因海运而繁荣发展。哥德堡港终年不冻，是天然的优良港口。以哥德堡这座城市命名的古老商船，正是从瑞典的西南部海岸港口出发，经西班牙外海，穿过好望角和印度洋，抵达遥远的东方。

"哥德堡号"商船隶属瑞典东印度公司。东印度公司是欧洲从事海上贸易的大公司之一，1600年在英国成立了第一家公司，最早的名字叫"伦敦商人在东印度贸易的公司"。东印度公司的业务范围不仅包含印度次大陆，还包括了越南、印度尼西亚等东南亚国家，以及日本、朝鲜等国，当然还包括了最重要的贸易伙伴中国。

为了促进与远东地区的商贸往来，1731年，瑞典人效仿荷兰和英国，成立了瑞典的东印度公司，并且获得了瑞典皇室颁发的海上贸易特许证。次年，瑞典东印度公司派遣"腓特烈国王号"出发前往中国。在清代的《皇朝文献通考》里，还能找到"通市始自雍正十年，后岁岁不绝"这样的记载。在1731年到1806年的76年间，瑞典东印度公司先后派遣37条商船进行了132次远航，运输瓷器达3000万件，单次航行的收入甚至抵得上瑞典一年的国民生产总值。

作为18世纪最大的远洋木制帆船，"哥德堡号"船身长达190英尺，载重843吨，排水量达1250吨。当这艘拥有三层甲板的千吨货船驶出港口，26面高桅白帆瞬间鼓满海风，船头经典的狮雕在蓝色海洋中昂首挺立。

大航海将全球紧密地联系在了一起。欧洲的商船将美洲大陆的白银运到东方，载回纺织品、瓷器和香料。英国王室饮用的红茶来自遥远的印度，而瑞典国王古斯塔夫使用的餐具，则是来自景德镇的青花瓷。不仅是商品的交换，西洋的油画、音乐、机械技术等也一并传入，带来了东西方文化的广泛交流。

"哥德堡号"在大航海时代的三次远航，都与广州有关。在1739到1745这七年间，"哥德堡号"往返哥德堡港口和珠江口岸之间，将瓷器、钟表、木材、土特产带向西班牙的加的斯港口换成白银，然后以白银从中国换回数吨的丝绸、茶叶和瓷器。每次出航，"哥德堡号"都满载而归。这是属于瑞典海上贸易的鼎盛时期。

当时的船舶还是利用风能的帆船。"哥德堡号"是一艘典型的三桅帆船，每一个桅杆上挂方形船帆，船员们依据风向来升降桅杆，所以如果错过季风，就只能等待下一个周期。在"哥德堡号"三次的航行里，有时最长可能需要两年多才能往返。很难想象，在浩瀚空旷的水面航行，船员们是如何度过漫长的旅途的。他们登上甲板，会不会忽然唱起维京时代的故乡歌谣。穿过太平洋的季风，"哥德堡号"的巨大船身像一只鲸，朝向遥远神秘的东方驶来。在广州，瑞典商人大量采购丝绸、茶叶等畅销品，由于丝和茶很轻，他们会习惯购买一批瓷器压仓。来自景德镇的青花瓷，是当时欧洲上流社会最喜欢的奢侈品和畅销品。

那是怎样壮阔而震撼的画面，18世纪的水手们降下船帆，兴奋地冲向甲板，码头上行人往来如织，劳工正在繁忙地装卸货物，来自东方的瓷器被抢购一空。从广州黄埔港出发的商船，满载成吨的茶叶、瓷器和丝绸航行在碧海之中，向更深的蓝海进发。维克多·雨果曾形容过，大海的力量是无穷的，船的力量是有限的。尽管海洋是充满力量的，水手们关于海洋的冒险却一直没有停止。在开辟航道、扬帆起航中，人类一次次彰显出探索未知的勇气和力量。

不幸的是，"哥德堡号"的传奇命运在第三次返航时画上了终点。1745年1月11日，满载700多吨货物的"哥德堡号"，从黄埔港起航返回哥德堡。经过8个多月的海上颠簸，在9月12日，巨轮已经航行到了哥德堡的外海，船员们站在甲板上可以清晰地看见陆地。忽然间，随着一声巨响，船头撞上了礁石，帆船急剧下沉。码头上的人们纷纷赶来救援，无奈船身已经进水太多，只能急忙抢救船员和货物。

就在离港口900米的地方，"哥德堡号"的巨大船身缓缓下沉，直至散架沉入大海。"哥德堡号"触礁沉没后，瑞典东印度公司又派出了多艘商船来广州贸易，如"瑞典王后"号、"歌德狮子"号、"卡尔亲王"号等。

尽管当时的航海技术已经较为成熟，航线也大多固定，但面对汹涌未知的大海，船只的失事率还是很高，大概占6%的概率。冬季海上风浪大，船只常常在欧洲海域的多佛尔海峡和爱尔兰海域遭遇飓风，好望角和孟加拉湾也常常有船触礁。与"哥德堡号"同时期的"苏塞克斯"号，属于英国东印度公司，1938年从广州装载大量瓷器返回，在马达加斯加海域遭遇了强风，主桅杆折断，船体大量进水，最终在莫桑比克海峡触礁搁浅。沉船事件常有发生，也注定了水手们的每一次扬帆起航都是一场巨大的冒险。

为了纪念"哥德堡号"商船，从1993年起，瑞典决定仿照原有的沉船，打造一个1：1原样的仿古船。经过十年的时间，新的"哥德堡号""复活"归来。新商船使用瑞典南部和丹麦的橡木材料打造，全长40.9米，船幅11米，水面高度47米，采用两台405千瓦的沃尔沃发动机，安装GPS雷达通信系统。从外观看，和1745年沉没的"哥德堡号"几乎一模一样。

船只带来了一个流动的世界。在几个世纪的航海史里，船是战争时代的武器，是冒险时代的运输工具，是满载技术与文化交流的中间桥梁。从桅杆到蒸汽动力，再到现代的发动机。从桅杆上的征服者，到海上贸易的先行者。"哥德堡号"商船经历的不仅是动力运输方式的变化，也是一段有关贸易、战争、探险、技术和争霸的历史变迁。经由海上贸易，不同文明围绕海洋这一媒介进行了双向的交流互动，从这一角度说，海洋贸易史也是全球史。

海上丝绸之路的记忆

让我们重新把时钟拨回1743年3月14日的那个下午，巨大的"哥德堡号"缓缓驶出码头，船长莫伦在航海日记里写道："顺利离开哥德堡港，再见，瑞典。"

船在海上颠簸了18个月，一度遭遇过海盗的侵扰和罕见的风暴。在爪哇岛，因为霍乱和炎热，数十名船员不幸丧生，不得不逗留了5个多月才扬帆起航。终于，在1744年的9月8日，"哥德堡号"停泊在了珠江口。在遥远而神秘的东方，正是清乾隆九年（1744年），也是广州对外贸易的黄金时代。

那是怎样的一个广州城呢？

此时的珠江口岸早已是国际贸易的中心。来自世界各地的大小商船密布在珠江水岸，十三行"商贾云集，殷实富庶"，每年的海关税银超过百万，是名副其实的天子南库。1715年，英国在广州开设第一家商馆，随后法国、荷兰、西班牙、普鲁士等国纷纷在广州设立商馆，与英国、荷兰等国不同，瑞典和中国的海洋贸易开始较晚，在雍正十年（1732年）左右，瑞典的东印度公司商船抵达广州，正式建立贸易关系，同时设立了商馆。"哥德堡号"的广州之旅，就是沿着大航海时代开拓的航线抵达中国的。

海上丝绸之路，以泉州和广州为起点，穿过印度洋进入红海，抵达东非和欧洲。明清两朝，从广州出发的海上丝绸之路达到兴盛。法国著名汉学家布尔努瓦夫人在《丝绸之路》一书里，描写了这条"从中国广州湾的南海岸出发，绕过印度支那半岛，穿过马六甲海峡，再逆流而上，直至恒河河口"的海上贸易之路。根据《东印度公司对华贸易编年史（1635—1834）》的记载，在这两百年间，欧洲各国的东印度公司从中国进口的货品，都以瓷器为大宗，如越窑的青瓷，广州的白瓷，都有为海外客户定制的图案纹路。

这是一条带给欧洲人无限遐想的黄金之路。每一个在码头起航的船长，都像"哥德堡号"的莫伦船长一样，对马可·波罗笔下那个遍地黄金的东方大国充满好奇与向往。对那个时代的英国、荷兰、葡萄牙等国来说，海洋不是人类活动的边界，而是探索与希望之地。

黑格尔在《历史哲学》里说："大海给了我们茫茫无定、浩浩无际和渺渺无限的观念；人类在大海的无限里感到他自己的无限的时候，他们就被激起了勇气。"这无疑是一种积极开拓的海洋文明精神。在以西欧为中心的大航海时代里，人们用帆和桨开启的海上征途，改变了依赖动物驮运的古老运输方式。海上船只的运载量，大大超过陆上丝绸之路。

《荷马史诗》中描绘了古希腊人的跨海远征，是古希腊文学乃至整个西方文学的起点。奥德修斯在海上十年的漂泊与冒险，展现了古代欧洲大陆的英雄情结与扩张征服的精神，是多元共生的海洋文明的起点。

与主动向外扩张的欧洲海洋文明完全不同，中国传统较为重视农业文明，将海洋视为陆地的界限。"四海之内"就是以海洋为边缘线，划定陆地的范围。唐宋时期的海洋交往，大多看重文化交流的意义，而鲜有商业行为。明朝郑和七下西洋，也主要是为了宣扬国威。周边国家以"朝贡"形式带来贡品，统治者也相应回报给丰厚的赏赐。

"礼乐寰中盛，梯航海外通"——苏辙的这句诗显然显示出一种礼乐之邦的自信。在久居中原的统治者眼里，海洋是边缘的。为何会形成这样的海洋观念呢？古代中国拥有平坦宽阔的陆地，富庶的黄河、长江冲积平原带来的优良种植环境，为先民提供了长久的定居条件。在新石器时期已经有较发达的农业经济活动。这意味着不需要长途跋涉和迁徙就可以获得稳定的生产资料，也因此形成了安土重迁的思想。统治者站在从中心看边缘的视角，自然会认为"海内"是统治的重点区域，而相应地比较忽视海洋。

尽管如此，民间的商贸活动一直没有停止。东南沿海各地都有过繁华的港口，比如宁波港、泉州港。其中，广州作为千年商都的地位一直没有动摇。广州的对外贸易起源可以追溯到秦汉时期，在唐代已经形成一条"广州通海夷道"的全球最长航线。16世纪的广州，就已经有国际贸易交易的定期交易会。不同于传统印象中的"闭关锁国"，明清两朝虽然实施了严格的海禁政策，海洋贸易在广州却一直兴盛。

明朝初年，为了加强海防阻拦倭寇，实施过严苛的海禁政策。政府修建海防，禁止私人贸易，由官方垄断。在《皇明世法录》卷七十五的"私出外境及违禁下海"一条里，严格规定了进出口货物只能经由官办："禁止地方豪绅参与海外贸易，不论是出本办货，坐家分利，还是窝藏出口货物，装运出海，均予以严惩。"严厉的禁海政策使得民间走私活跃，到明中叶，东南沿海的江、浙、闽、粤地区，私人海上贸易十分兴盛，泛海而商，处处有之。

这种非官方的海上贸易活动在清代更为频繁。即使在清代最严厉的海禁时期，广州依然保留了对外贸易的空间，甚至在一段时间内，是官方指定的唯一通商口岸。自从1684年清政府开海禁以来，指定了广东、福建、浙江、江苏四地设立海关征收关税，其中广州的粤海关，海外贸易最为繁荣，也是对外贸易重要机构之一。

到乾隆二十二年（1757年），清政府撤销闽海关、浙海关和江海关，仅保留了广州作为对外贸易的关口。广州作为中西海洋贸易的唯一门户，存在了近一百年，直至鸦片战争失败，清政府被迫签订《南京条约》，打开更多通商口岸。关于一口通商，清政府有着策略上的考虑，而不单是海洋政策的收缩那么简单。从四口变为一口通商，是国家政权的有意引导。当外国商船集中在广州贸易，政府可以对其控制，亦可以打击和杜绝民间走私行为。这样的措施，无疑给清朝国库带来丰硕的回报。据统计，一口通商以来，粤海关收入逐年递增，年均税收约一百万两白银，"天子南库"的美誉也因此而来。

从宋元时期的民间贸易集散地，到清代指定的官方通商口岸，这座外国人叫作canton的城市，汇聚了阿拉伯商人、波斯商人、印度商人和远航而来的欧洲人，以及珠江口沿岸大大小小的制造工厂，展示出千年商都的自信与包容。

每年8—9月，各国商船乘着东南信风驶入珠江口，而到了来年的2—3月又乘西北信风远航。其间，黄埔港商船云集。美国商人亨特（William C. Hunter）曾这样形容他在广州的感受：

对游客而言，广州江面的船只无论何时都分外新奇迷人。夜幕时分，当每条小船、驳船，还有舢板被晚霞点亮，一天中甲板上最喧嚣熙攘的时刻到了。

在渡海而来的外国商人眼中，广州无疑是新奇而迷人的。在这里，东方和西方、故土和异邦神奇地交织在一起。时至今日，广州城内仍然有许多旧式建筑，代表了中西交流繁盛时期的印记，比如石室圣心大教堂、怀圣寺光塔、南海神庙等，多种宗教和文明在此汇聚。这座城市既有对外来文化的吸收接纳，也不断向外输出着本土的制造工艺乃至审美品位。跟随欧洲东印度公司商船而来的，还有各国传教士、外交官、冒险家，他们把中国的文学经典、建筑风格、艺术设计等带回欧洲。盛行在广州十三行的外销画，是画师在通草纸或玻璃上描绘传统文化元素的图画，是华南地区出口西方的重要文化商品。

作为中国南部面向世界的门户，广州给世界展现的，是一座国际大都市的包容与多元。这里有古老的南粤人向海而生的气质，也有近代粤商远洋航行的勇气。17世纪以来的广州贸易史，也是全球史的缩影。广州用千年海上丝绸之路的记忆提醒我们，海洋不是人类活动的边界，而是联系人类的纽带。

面向未来的南沙港

码头是船舶的生命线。因为有了流动的水，码头便比火车站或机场，多了那么一丝感官上的轻盈。当船身撞击码头发出沉闷的巨响，海和陆地就此相连。船员们在这片面向海洋的交汇之地补充淡水、下船休憩，短暂停泊后又扬帆起航。从船舱望出去，繁忙的港埠也一起浸湿在蒙蒙细雨中，海平面越来越广阔，驶出伶仃洋，岸上整齐的建筑物越来越远。

如今的码头，承担了更多运输货物、连接世界生产的职能。南沙水网密布，路网交错，交通十分便利，对周边的辐射面积十分广。加之港内水深浪缓，是天然的良港。除客运航线外，南沙港主要承担了大型集装箱货运的枢纽。从国内集运到跨海经营，南沙与世界上300多个港口开辟了往来航线。除了在龙穴岛上的南沙港一、二、三期等，还有采用了最新的物联网感知技术的南沙港四期全自动码头。

通过南沙港码头抵达的海外货物，迅速装卸，通过铁路、公路输入到全国各地。而珠三角地区的家电、服装、手机等，也通过南沙码头走向非洲、南美洲等地。通过巨吨货轮，南沙港正把华南变成一个"世界工厂"。

最近，南沙港五期的建设项目也将开启，拟建成4个20万吨级集装箱泊位和23个5000吨级集装箱泊位。在国务院出台的《广州南沙深化面向世界的粤港澳全面合作总体方案》中，南沙湾、庆盛枢纽和南沙枢纽三个区块多点支撑，不仅协同大湾区内部的发展，也展示出了面向世界的决心。

和同处大湾区的深圳盐田港相比，南沙港的航线集中在东南亚和非洲，与盐田港的欧美航线形成互补。同时，南沙港也一改此前国内货物需要先出口至香港再转销世界的情况，而从南沙直接出口全球。南沙港四期的全自动码头，通过塔吊运送到无人引导车，再转运到堆场，整个过程不再需要任何人力，真正实现了直装直卸。虽然南沙港比邻近的盐田港、香港港的开发时间晚，却后来居上，甚至还加单处理了因疫情从盐田港分流的海外业务。

南沙港的物流成本最低，从广州主城区到港口只需70公里，顺德到港区60公里，中山到港区63公里，东莞到港区60公里，发达的高速路网，将整个珠三角地区的制造与集散工厂和码头紧紧相连。通过南沙码头到香港38海里，澳门41海里，加上南沙港铁路的顺利通车，已经组成了港口、铁路、公路联运的立体运输网络。

20世纪80年代初，南沙的大部分区域还是一片片的蕉林和滩涂。香港企业家霍英东在一次考察中，看到了南沙优越地理位置的潜力，提出了开发南沙的设想，并率先与时属番禺县合作开发南沙东部，南沙开发大幕就此拉开。与此同时，南沙也进入了国家战略布局：1993年，国务院成立南沙经济技术开发区；2012年和2014年先后获批成为国家级新区和自贸试验区；2019年，打造南沙粤港澳全面合作示范区；2022年，国务院印发南沙总体方案……南沙正以一日千里的建设速度改变着。航运码头、汽车制造、金融产业、晶片开发、人工智能，这些关键词组成了现在的南沙。

　　堆满各色巨型集装箱的龙穴岛，如今已经是南部最大的单体港区，并且形成了集装箱码头、汽车码头、通用码头等多产业布局的发展。既有海港，也有客运，南沙港的建成使用，也使广州这座千年商都拥有了现代化的出海口，完成了沿江城市到滨海城市的转变。

　　从传统单桅帆船到自动化货轮，从古老渔乡青春新区，南沙港正以年货物吞吐量35504.88亿吨的速度，迅速成长为一个综合性的现代化枢纽与航运中心。曾经的瓷器、丝绸与茶叶贸易，已经被通信、医药、金融等高新产业贸易所取代。穿梭于南沙的前世今生，才更能理解如今南沙港的价值。在一个新的海洋时代，粤港澳大湾区的崭新蓝图正在加速绘制。一个更开放、更现代的南沙港，正在以崭新的姿态，面向世界，面向未来。

后　记

　　2022年6月，国务院印发《广州南沙深化面向世界的粤港澳全面合作总体方案》，明确提出"加快推动广州南沙深化粤港澳全面合作，打造成为立足湾区、协同港澳、面向世界的重大战略性平台"。作为国家级新区、自贸试验区、粤港澳全面合作示范区和广州唯一的城市副中心，南沙正在以开放和活力的姿态凝聚起磅礴的发展力量，焕发出全新的魅力。

　　为了深入贯彻落实国家关于南沙的重大决策部署，我们先后组织了多场政策学习专题会，对以总体方案为中心的政策精神进行了深刻领会学习。同时，在上级主管部门的支持下，我单位文学创作研究室的一批专业作家，赴南沙进行了实地调研采风，力争以南沙为支点，讲好湾区故事，助推湾区文化高质量发展。

　　这本《南沙，通江达海向世界》散文集，就是在此契机下创作出来的。经过前期的资料搜集和专业研讨，2023年3月，我们又组织了文学创作专题采风。由练行村院长、罗丽副院长亲自带队，文学创作研究室饶晖主任精心筹划组织，作家们深入探访南沙港四期智控大厦、南沙穗港智造基地、涩湄村星海故里、黄阁麒麟文化展览馆等多地，对南沙的多元而丰富的文化气质，有了更加深刻的理解。这里既有面向海洋的现代化码头，又有鱼米飘香的岭南水乡；既有鸦片战争留下的硝烟与历史，也有绿色生态长廊环绕的宜居空间；既有见证近代广州商贸史的舢舨洲灯塔，又有代表创新科技前沿的尖端生物实验室。

此次作品集的出版，也得到了罗铭恩、王厚基等前辈专家学者的大力支持。在散文集编选的过程中，罗铭恩所长为编选提出很多宝贵的意见，也慷慨地向我们提供了自己的新作。王厚基老师关于南沙的两篇散文，描绘了南沙飞速发展的磅礴图景。通过这些饱含深情的文字，我们不仅看出作为湾区文化枢纽的南沙的地位，也体会到文化助推湾区发展的意义和价值。

最后，参与本次南沙散文集创作的各成员列名如下：

罗铭恩，曾任广州市文艺创作研究所所长、广州市作家协会副主席、广州市文艺评论家协会副主席兼秘书长、广东散文诗学会副会长。现任广东《散文诗人》期刊执行主编、《中国散文诗年选》编委。已出版各种文学书籍10多部，近期还创作完成了长篇小说《一夜之间》。

王厚基，广州市文学艺术创作研究院编剧、作家，副高职称。广东省作家协会会员，广东散文诗学会常务理事，广州市文艺评论家协会理事，南方诗歌专委会常务理事。《粤剧大辞典》人物篇副主笔。在基层单位、政府机关、文艺报社及创作部门供职40年。创作电视连续剧百余集及话剧、粤剧剧本、各类文学作品共约二百万字。多次获省、市各种文学奖、戏剧奖。新作《老城·杂记》散文集即将出版。

庞贝，文学创作一级作家，广东作协主席团成员，广州文学艺术创作研究院专业作家，广州市作协主席。长篇小说曾决选入围茅盾文学奖并两度获评《亚洲周刊》年度全球十大中文小说。曾获"中国好书"奖、人民文学奖、《中国作家》剑门关文学奖、"华文好书"

奖、"中国图书海外影响力"年度TOP10等荣誉；戏剧作品曾获华文戏剧节最佳编剧奖并在法国阿维尼翁等国际戏剧节演出；电影作品曾获台湾金马影展最佳创投剧本奖。

黄曜华，广州文学艺术创作研究院文学创作研究室副主任、专业作家、国家二级作家、中国作协会员。文学作品散见于《花溪》《鸭绿江》《北方文学》《散文百家》《速读》《粤海散文原创文库》《新世纪文坛》等报纸、杂志。已出版长篇小说《风雨清西陵》（中国文联出版社），长篇小说《日照清东陵》（人民文学出版社），长篇散文《纸上江南》（上海文艺出版社），长篇纪实文学《丘逢甲》（上海文艺出版社）等。

李德南，上海大学哲学硕士、中山大学文学博士，现为广州文学艺术创作研究院专业作家，兼任中国现代文学馆特邀研究员、广州市文艺评论家协会副主席。文学创作一级。入选"广东特支计划"青年文化英才、"岭南英杰工程"后备人才、"广州市高层次人才"青年后备人才。获《南方文坛》年度优秀论文奖、广东省鲁迅文学艺术奖等奖项。

王溱，女，文学创作二级作家，中国作协会员。主要创作小说，尤其是岭南题材小说。出版有长篇小说《同一片海》《第一缕光》，小说集《触摸尘埃》《超乎想象》等。曾获师陀小说奖、全国大鹏生态文学奖、广州青年文学奖等三十余项奖项。

李怀宇，广东澄海人。作品有《访问历史》《访问时代》《知识人》《思想人》《家国万里》《与天下共醒》《各在天一涯》《如是我闻》《字里行间》等。

张霖，作家，中国报告文学学会会员，广东省作家协会会员。曾获广东省有为文学奖第二届"有为杯"报告文学奖。

后记

封文慧，广州文学艺术创作研究院专业作家，广东省作家协会会员。已出版小说《故事之王》《奔跑的青春》。

高旭，南京大学文学硕士，中山大学文学博士、历史学博士后。现为广州文学艺术创作研究院专业研究人员。《羊城晚报》"粤派批评"特约评论家。在《文艺争鸣》《扬子江评论》《文艺报》等发表评论多篇，主要研究方向为近代知识分子思想史、新诗诗学研究。